チューリップ

ダシール・ハメット

中短篇集

小鷹信光 編訳・解説

草思社

チューリップ　ダシール・ハメット中短篇集

チューリップ　ダシール・ハメット中短篇集——目次

I

チューリップ　*Tulip*

私は、二年前に風でひっくり返されたトウヒの根穴に陣どり、微風に乗って空地をよぎってくるスカンクの臭いと、さっきまでやかましく鳴いていた野ネズミの声にどう対処しようか思案している一匹のキツネを見守っていた。アカギツネはもと来た方角に頭を回し、さっと姿を隠した。俊敏だがとりわけ急いでもいない独特の素早さだった。犬たちが放たれていたのにちがいない。犬は森の中で大きな音を立てる。私はキツネが、犬と人間に同じような侮蔑的な用心深さで対していると信じていた。ところが、ほどなく聞こえてきたのは人間の足音だった。

チューリップは、キツネが立ち止まった地点から十二フィートほど離れたイバラの茂みをかきわけて空地に踏みこみ、私を認めて顔中に笑みを浮かべると、「やあ、パップ」と声をかけてきた。さらに近寄り、「ずいぶんと痩せちまったな。殺されはしなかったようだが」

「どうしてここだとわかった？」

彼は後方の家のほうに太い親指をぐいっと振り向けた。「ここらで見つかるはずだと教えてもらったのさ。姿が見えなければ飛びだしていって、いないいないばあと叫ぶつもりだった」

彼は私が手にしている散弾銃をじっと見つめた。「それでなにを撃つ？　狩猟期は終わったんだろう」

「カラスがいる」

彼は広い肩をすくめた。「食う気もないものを撃つのはマヌケだ。ブタ箱《クリンク》はどうだった？」

「知りたいのか？」

彼はにやりと笑った。「連邦（訳註1）刑務所は経験がない。州立のと田舎のブタ箱だけだ。連邦はどうだった？」

「ご機嫌なところさ、たぶんな。だがどこも入ってみれば穴ぐらだ」

「それくらい知ってるさ！　話したことがあったろう、おれが――」

私は「ああ、勘弁してくれ」と声をかけ、使っていたストゥールを折りたたもうと手を下におろした。

「わかったよ」彼は気安くこたえた。「あとで話すから、聞きたければ言ってくれ。そのガラクタをどこで手に入れたんだ？」坐る部分が深緑色のズック製で、下にジッパーつきの物入れがついた金属枠の折りたたみ椅子に目をやって、彼が訊いた。

「ゴーキー(訳註2)だ」

「両側に巻いてある緑と茶のシロモノは？」

「森の中で金属枠が光りすぎないように〈ミスティック・テープ〉でくるんだのさ」

彼はうなずいた。「自分の始末ぐらいはなんとかなるようだな。だがその歳で地面にしゃがみつづけるやつはあんまりいないと思うがね」

「そういうおまえさんも五十を過ぎたんだろう」私は言った。

「あんたはもっとずっと上だ」

「バカを言え。今年でやっと五十八(訳註3)だ」

「それを言いたかったのさ、パップ！　体を大事にしなきゃいかん」彼は根穴の縁に立ち、私は十ヤードほど離れた若い楓の枝の股にはさんでおいた〈メイスン・ジャー(訳註4)〉をとりに戻った。

「そいつはなんだ？」ふたをねじこみながら戻ると、彼が訊いてきた。

「スカンクの臭いを染みこませたボロ切れだ」私は説明した。「シカがすぐそばまで近寄ってくる。人間の臭いを消してくれるだけなのかもしれないが、キツネに試してみたのさ」

「あんたって男はときどきひどく子供っぽくなるんだな」私のあとについて空地を横切りながら、彼が言った。

　森を抜けるけもの道と岩石を配置した庭を通って家に向かうあいだ、彼は私につづいた。私は〈メイスン・ジャー〉を二つの岩の合わせ目に押しこみ、三つめの岩を上に載せ、散弾銃から弾を抜き、ポーチへ昇った。くたびれた革製の旅行鞄が二つ、深緑色の円筒型雑嚢が一つ、戸口のすぐ前に置いてあった。

「なんのためだ?」私は訊いた。「私もここの客にすぎないんだぞ」

「あんたの友だちでも、そいつらにとっては友だちじゃないなんていう連中を友だちと呼べるか? どっちみち二、三日しかここにはいないつもりだ。それ以上長く一緒にいるのは我慢できないからな」

「お相手はできない。本を書き始めようとしてるところなんだ」

「おれが話したかったのはまさにそれだ」彼は私の背中に大きな手を当て、戸口のほうに押した。「ここでしまいまで話しちまってもかまわんが、あんたは酒でも手にして腰をおろしたほうがいいだろう」

私は彼を家に入れ、散弾銃と折りたたみ椅子を廊下の隅に置いてから酒を注いでやった。怪訝な顔をする彼に、私は告げた。「この三年間、一滴もやってない」

彼は、氷がきしる音を聞こうとみんながよくやる手つきをして、ウィスキーとソーダをはねちらかした。「それはけっこうなことだ」彼は言った。「いつだって飲めばへべれけだったからな」

私は声をあげて笑い、深紅色の肘掛け椅子を手ぶりで示した。そこは、茶、赤、緑、白で色どられ、テレビ・セットの上にヴュイヤール(訳註5)の逸品を飾った広い居間だった。

「元アル中としては、そんな話は気にもならんね。どっちにしろ近頃はアル中どももたいして飲まなくなったというじゃないか」

「ま、じつはまだあんたも……」

「もういい。そこに坐れ。夕飯のあと、なぜおまえさんが街に帰らねばならないのか、そのわけを聞かせて……」

「ポーチでの話とちがうだろう」彼は言った。

「えっ？」

「本を書き始めると言ったじゃないか。そのことで話がしたいんだ。そこが、あんたの愚かなところだ——いつもそうだった、パップ——おれの話を聞こうともせずに……」

「いいか、チューリップ——それがほんとうの名前だと言い張るんならそういうことにしておくが——おまえさんのことなど金輪際書く気はない。一語もだ。いつか、誰かがきっと書きたがるにちがいないと勝手に思いこんでいる退屈でバカげたことをずっとやってきた、退屈でバカげた人間にすぎないんだ、おまえさんは。そんな理由でなされたとしたら、誰がなにをやってもそれは退屈でバカげたことになってしまうだろう。物書きがいつもなにか書くことを探し求めているなんて考えを、いったいどこで吹きこまれた？　問題は、材料をいかにまとめるかであって、手に入れること自体ではない。私が知っているたいていの物書きはありあまるほどの材料をいつも持っている、処分しきれない材料の山に埋まってるんだ」

「口だけだ」彼は言った。「書く材料が山ほどあるんなら、なぜこんなに長いあいだなにも書かなかった？」

「なにも書かなかったとどうしてわかる？」

「どうせほんのわずかだろう。雑誌の扱いもひどかった。このところ見かけるのは昔の作品の再録（訳註6）ばかり。しかもだんだん少なくなっている」

「私は物を書くためだけに生きてるんじゃない。私は……」

「話をすり替えてる」彼は言った。「物を書くことについての話をしてたはずだろう。あんたが森で小さなけもの相手にじゃれ合ったり、英雄気どりで刑務所に入ってムダな時間を過ごしたりするのはいっこうにかまわない——だが、パップ。体験する目的で服役したんじゃないはずだ。あんたのために、おれは時間を節約してやれる。ほんとうに知るべきことをみんな話してやれる」

私はこたえた。「だろうな」

彼は肩をすくめ、酒を飲み、太い人さし指で唇を拭って言った。「あいかわらずのしゃべり方だな、なんの意味もありゃしない。ただ口にしてるだけだ。物書きなら、もう少しましな言葉を使えるだろうに……」彼は部屋の中を見まわし、気に入ったように見えた。「なかなか趣味のいい部屋だ。持ち主は？」

「アイアンゲイトという名前の人物だ」

「あんたの友だちか?」

「いや、初めて聞いた名前だ」

「わかったよ、おもしろいね」彼は言った。「ここにいるのか?」

「聞いた話では、彼らはまだフロリダにいるらしい」

「なんでここに二晩ぐらい泊まれないのか、さっきの言い草がますますバカげてきた。どういう連中なんだ?」

「人さ」

「少しはましな物書きなのかもしれんが、そのしゃべり方はなんだ。どういう種類の人間なのかと訊いたんだぞ。若いのか、年寄りなのか、左利きなのか?」

「ポーリーは三十代初めだろう。ガスはちょっと年上だ」

「二人っきりか?　子供は?」

「統計局の調査のときに同じことを繰り返さずにすむように、こたえをぜんぶメモしておいたらどうかな。子供は三人、十六からたぶん十二のあいだだ」

彼の灰色がかった目が輝いた。「上は十六だって、うーむ。母親は三十代初めか。ショットガン・ウェディング(訳註7)の口かな?」

「知るもんか。陸軍を除隊になったあと彼らと知りあったんだ」

「陸軍ねえ!」空のグラスを持って彼は立ちあがった。「勝手に注ぐからほっといてくれ。自分が飲むのをやめてから、人に酒を注ぐことがますますなおざりになったようだな。ま、アリューシャン列島じゃ、おれたちも大騒ぎの戦争をやったもんだ、ちがうか？　ところで、あんたはおれより先に除隊したんだっけ？」

「四五年（訳註8）の九月に戻った」

「すると、あんたに会うのはほとんど丸七年ぶりってことか」彼は赤い肘掛け椅子のところまで飲物を運んでくると、また坐りこんだ。

「もっと長いはずだ。おまえさんと最後に会ったのはキスカ島だった。あの島には四四年以降行ってない」

「四四年？　四五年？　たいしたちがいはないだろう。あんたは暦を手に持って生きつづけるくだらん歴史学者なのか？　アイアンゲイト家のことをもっと聞かせてくれ。裕福なのか？」

「なるほど、キスカのことを思いだしたくないんだな。裕福だと思う。どれくらい持ってるかは知らない」

「なにをやってる？」

「絵を描いてる。それで生計を立ててるんじゃないがね。父親がたっぷり遺したんだと思う」

「そのじいさまってのはいいやつのようだ」

「だがどっちみち、うまい話を持ちかけたりはできないぞ」

彼は私をにらんだ。密生した灰色の刈りこんだ髪をした彫りの深い顔にまぎれのない驚きの色が浮かんだ。「うまい話ってのはなんのことだ」

「どんな話にしろ、悪さはなしだ、チューリップ」

「うーん、これはまいった」彼は言った。「どうやらこれが刑務所流ってやつらしいな。人間を最下級のたまり場に追いやり、いたるところに悪徳と不正を見てとるようになっちまう。昔っからあんたは人のいいところを認めることはしなかったが……」

「それだけじゃない」私は言った。「ＦＢＩ（訳註9）はまだ私に目をつけてるだろうし……」

「となると話は別だ」彼は言った。「なぜそのことを黙ってたんだ？」

「おそれをなして逃げだすんじゃないかと思ってね」

「おそれをなすだと？　そんなことは万に一つもあり得ない！　じつを言うと、いま懐があったかいんだ。シルクを着て汗をかくって軍隊でよく言われてたろう。まったく同じ言い方じゃなかったが」

「カネ《ポテト》をどこで手に入れた？」

「戦争が終わったあと、アリューシャンで牧畜業をやらないかと持ちかけてきた、頭のおかしな少佐がいたろう。モーリイ・メイヴェリックと話をつけて、島の一つを安く貸してもらえるようにすると言われたのを憶えてないか」

「おやおや、まさかそれに手を出したんじゃないだろうな。輸送費だけで……」

「とんでもない。ちょっと思いだしただけだ。少佐の名前はなんだっけ？」

「たっぷり持ってるカネの話から話題をそらそうとしてるな」

「ああ、その話か！　じつはオクラホマとテキサスのほうで手に入れたんだ」

「石油成金の未亡人か？」

彼は笑い声をあげた。「おもしろい男だな、パップ」

「ブタ箱で学んだのさ。去年の夏、ウェスト・ストリートの連邦拘置所に、そんな罪状で公判を待ってる男たちがいた」

チューリップはびっくりしたようだ。「なんだって！　男が女たちからカネをいただくのが法律を破ることになるなんてわけがわからん話だ」

「そういうこともあるんだろうよ」

私は台所へ足を向けた。流しでドナルドがジャガイモの皮を剝き、女房のリンダは《クライ》という曲がかかったラジオの音量をひかえめにしてくれた。私は二人に話しかけた。「ミスター・チューリップは――もし自分でいまもそう称しているのなら、チューリップ大佐殿は――陸軍では中佐だったんだが――今夜ひと晩泊まってゆくそうだ。二晩になるかもしれないが、用意をしてくれるかな？」

「あなたの部屋の隣りにしますか？」ドナルドが訊いた。「それとも、廊下の先の黄色い部屋がよろしいでしょうか」

「黄色い部屋にしてくれ。ありがとう」

私が居間に戻ると、腰をあげたチューリップが言った。

「なあ、パップ。考えたんだがな。エヴェレスト（訳註10）で知り合った女の子に電話したほうがいいような気がするんだ。イカした妹がいるんだが、二人に都合を訊いてみて……」

「そうかい、近くに親類の連中もいるんじゃないのか。私も手伝えば、二人で二十人か三十人、かんたんに集められるかもな」

「ちょっと思いついただけだ」そう言って彼は酒をお代わりするために隅のテーブルに向かった。「いずれにせよ、あんたの書き物について話をしたい。そのためにここへ来たんだ」

「そうじゃない。自分のことを話したくて来たのさ」

「まあ、ある意味じゃ、どっちも同じことだ」彼は椅子に戻り、腰をおろし、膝を組んで、私をしげしげと見つめた。「パップ、人があんたの書き物のことを話題にすると、とたんに不機嫌になるわけをおれに言わせたいのか？」

「いや、その気はない」私は正直にこたえた。「要点を言ってくれ。いまなにをやってるんだ。どんなおもしろいことをやってるのか、聞かせてくれ」

「そういうことじゃない」いつものかすれ声に当惑じみた思いがこもっていた。「あんたは一度だっておれのことをわかっちゃいなかった。ときどきそう思うことがある。シェミア島で、リー・ブランチという男とでっくわしたことがなかったか？」

「記憶にない。なぜだ？」

「彼は第十二陸軍航空隊の航空兵だった。別に意味はない。ふと思いだしただけだ。なかなかいいやつだった。除隊後に会いに行ったことがある」

リー・ブランチを訪問した話をチューリップは始めたが、その男にはポーリーという姉がいることになっていた――私が教えたポーリー・アイアンゲイトと同じ名だ――しかも相手が住んでいる場所も、州はちがったがアイアンゲイトのところといくぶん似ていた。私がキツネを見守っていた空地で彼と会ったとき手にしていた散弾銃も彼の話に出てきた。

チューリップはいつも無駄口が多い。自分の物語の世界に戻るときはとくにそうだった。だが使う言葉やそのとき考えたと自分で思っていることなどとは関係なく、彼が私に話してくれた逸話の要点は、「旗が揺れている」とリー・ブランチが言い、灰褐色の帽子のひさしの下からガマの穂先越しに先をのぞこうと頭を少し低くした、ということだった。

五羽(訳註11)の鴨が、鈍い真珠色をした十一月の空を背景に黒々と目に映り、おとり《ディコイ》の上をかすめて森のほうに向きを変えたとき、翼の裏側の白い部分が見えた。

「いまだぞ、チビ助」チューリップが叫んだ。二〇口径の〈フォックス〉銃は彼の大きな手の中できゃしゃに見えた。枯れた柳の下の地面に坐ったまま、彼は立ちあがらずに発砲した。初めは左の砲身、つづいて右、先頭の鴨の動きが、あまりにも急角度の上昇を試みた飛翔線の下端で一瞬停止した。二羽の鴨は同時に水面に落ちた。一羽は死んでいた。もう一羽は、小さな波紋の四分の三だけ泳いだあと、死んだ。

リー・ブランチは立ちあがり、重いほうの銃を右に振って発砲し、もう一度大きく振ってまた発砲した。二羽の鳥が地面に落ちた。一羽のほうは羽根がほとんど失くなっていた。リーは薄い笑みを浮かべ、弾をこめ直しているチューリップを見下した。「どうやら今夜の飯にありつけたようだ、スウィード(訳註12)」

チューリップはすぐそばの枯れた雑草に横たわる二羽の死んだ鴨と、湖上の四羽を満足げに眺めた。「そうだな」彼はポケットに手をつっこんで煙草を探した。「おまえの最初の一発はものすごかった」

「もう少し待つべきだった。おれは、銃が手の中で跳ねる感じが好きなんだ。次は一〇口径のにしよう」リーはベルギー製の鴨撃ち銃に弾をこめ、静かにわきに置いた。「こんどはどっちが拾う番だ？」

チューリップはリーのほうに親指をぐいっと向けて、枯草の上にあお向けになった。リー・ブランチは二十八歳、艶のある黒い髪を中央で分け――いまはもちろん灰褐色の帽子に隠れている――明るい黒い目をしている。小柄ではないが、身なりに工夫を凝らしているので――自分たちの舟を隠してある、向こう側の小島まで、イバラをかきわけてつき進むために馬革の服を着ているにもかかわらず、実際より小さく見えた。

彼が撃った鳥を集めて戻ってきたとき、チューリップはあお向けのまま目を閉じ、煙草を喫《す》っていた。

リーが言った。「あんたが撃った一羽はまたしてもウッド・ダック（訳註13）だった」その鳥をぶらさげてみせた。

「わかってる」チューリップは片目を薄く開け、煙を透かして鳥を見た。「人間がいつも腹を空かしていなければ、殺すには可愛いすぎる鳥だ」ガマの穂越しに煙草を水面に投げ、横たわったまま両腕を伸ばした。「あの話は冗談じゃなかったんだな、お若いの。話はずっとそればかりだった」

リーはこたえかけ、しゃがみこんだ。黒い目が用心深げになった。「〝だった〟というのはどういう意味だ?」彼は訊いた。「現在形」一拍おいて、「未来形じゃなくて」見るからに若造といった感じだ。

チューリップはまた両目を閉じた。「わからんね、お若いの。おれはここにどれくらい滞在した?」

「一週間。十日。数えていない。それがどうだというんだ。戦争のあと、あんたがここを訪ねてくる話をよくした頃、おれたちは……」

チューリップは身じろぎし、顔をしかめたが、目を開けなかった。「わかった、わかった。だがな、軍隊で話し合った戦後の計画に誰もがすべてつき合わなきゃならないとは考えていないはずだ」

「それは当然だ。だがこの話は——これはまた別の話だろう、ちがうか、スウィード」

「確かにこれは、ほかの話とはちがう」チューリップはこたえた。

「それで、どうなんだ？」

「あらゆる問いにこたえられるやつはいない」

「あんたを縛りつけようとしてるんじゃないんだ。いいか、スウィード。あの家がポーリーのものだから、という理由じゃないんだろう？」

「ちがう」

「あんたを好いているから、いつまでも滞在してもらいたがっている」

「彼女がおれを好いてくれるのはうれしい」チューリップは言った。「おれもすごく彼女が好きだから」

「でもそのせいじゃない？」

「ちがう」

リーは柳の小枝をねじりとって親指の爪で切り離していたようだ。「あんたのようなご老体はあてもなしにいつまでもぶらついているべきじゃない」

「わかってる。好きでやってるんじゃない。ある場所で何かを見聞きすると必ずどこか別の場所のことを思いだしてしまうのさ」彼は目を開き、上体を起こし、〈フォックス〉銃を両腿に載せた。「こんなきゃしゃな銃は使わないんだろう。売る気はあるか？」

「やってもいいんだが、ポーリーのものなんだ。彼女に訊いてみろ」

チューリップは首を横に振った。「彼女は弟と同じように頭が少しおかしい。たぶんくれると思うがね」

「あんたはなんなんだ？　最後の南軍兵かなにかで、女からは恵みをうけない男なのか」

「どうやら南軍兵のことをよくご存じないようですな、旦那さん。ポーリーは亭主をとても愛してたのか？」

リーは、湖上のディコイのほうを見ているチューリップをじっと見つめた。「よくはわからない。とてもいい男だった。戦地で会わなかったのか？」

「おれがチェイン(訳註14)を下る前に戦死してしまった。まだ彼の話で持ちきりだった」

「みんなに好かれていた」リーは折った柳の小枝を投げ棄てた。「なぜポーリーのことを訊いたんだ？」

「詮索好きな性質《たち》でね。それだけだ」

「訊くことが悪いと言ったんじゃない。まったく、なんで会話ってのはうまく通じないんだ！」

チューリップは広い両肩をすくめた。「なんの話をしてくれてもかまわない。訊かなくてもいいことがときたままじってるだけのことだ」

「つまり、あんたとポーリーのこととか？」

チューリップは首をまわし、若い男の顔を慎重に眺めた。「ああっ、まさに幼い弟御の典型だな」

リーは顔を赤らめ、笑いながら「くたばれ！」と言い、一呼吸おいて、「だけど、図星だろう。ちがうか？」とつけたした。

チューリップは首を振った。「そのことなら、しゃべるべきじゃないことなどあまりないと思うがね」

湖の向こう岸にそびえる丈の高いホワイトウッド(訳註15)をまわりこんでポーリー・ホリスがやって来ると、手をじょうごの形にして、声を張りあげた。「そこの殺し屋さんたち、日は暮れたわ。十分間も規則違反よ」

二人は立ちあがって手を振り、散弾銃と死んだ鴨を手に、イバラを抜けて小舟に戻った。チューリップは船尾に立ち、棹を操ってディコイの群れに近づいた。リー・ブランチは二度何か言いかけたが、船首近くの舷側に背中をあずけ、人工のマガモを拾いあげ始めるまで口を閉ざしていた。そして訊いた。「あんたはただのマヌケのふりをしてるんじゃないんだろう？」

小舟が這うようにそばを通りすぎたとき、ディコイを二つ、かがみこんで拾いあげると、チューリップが言った。

「もぐもぐしゃべるのはやめろ」

リーは背筋をのばし、明瞭な口調で告げた。「彼女の亭主が戦場の英雄だということなんかが気になるのか。それで尻尾をまるめて逃げだすのか？」

チューリップは、チッ、チッ、チッと舌を鳴らし、「それだけ言われればもうたくさんだ」

とこたえた。

リーの顔にまた赤みがさした。彼は笑って、言った。「あんたと話をしても始まらない。いつもそうだ」二人は残りのディコイを拾いあげた。

チューリップがバスハウスの方角に舟を進めると、ポーリー・ホリスが、湖の向こうのウルシ林をまわりこんで姿を見せ、石造りの船着場まで下りて二人を出迎えた。長身で黒い髪、黒い目をした三十歳の女性で、ホイップコード織りの灰色のスカートと七分丈の黄色い革コートを身につけていた。

「すばらしい健脚女性ですね、ミセス・ホリス」チューリップが声をかけた。

彼女は膝をかがめて会釈を返した。「やさしいお言葉、ありがとうございます」

リーはディコイをバスハウスにしまい、チューリップは風が吹いても船着場にぶつからないように小舟を紐で結びあげた。そのあと、おたがいに数羽ずつ獲物を持ち、女性を間にはさんで、家に向かう坂道を並んで歩きだした。

百ヤードほど進んだところで、リー・ブランチが姉に話しかけた。「スウィードは行ってしまう」

その口ぶりに反応して彼女は鋭い目つきで弟を見つめ、たずねた。「それがなんなの？」

リーは言った。「ぼくはバカなのかもしれないが、こう思ってたんだ、みんなで……まあ、そんなわけで、彼はここを去るようなことを言っていた」歩きながら、砂利の小さな山を蹴散らした。

彼女は足を止め、男二人も一緒に立ちどまった。彼女はチューリップのほうに顔を向けた。青ざめていた。「彼は」言いかけて、ためらった。「彼は、わたしをあなたに売りつけようとしたのかしら?」

チューリップが言った。「そんなふうに考えるのはバカげている、ポーリー」

彼女はみんなの足元に目を落とし、ひどく低い声で「そうね、そのとおりよ」と言うと、前と同じ足どりで歩きだした。

家に着き、運んできた鴨を台所に持っていったあと、チューリップは二階へあがり、アトランタにいるある女性に手紙を書き始めた。

親愛なるジュディ

長い歳月のあといきなり手紙が届いてびっくりしただろうね。ある事情があって、この一週間か十日間ほど、きみのことをしょっちゅう思いだしていた。どっちみち近々アトランタへ行くつもりだったので……

こんな具合にチューリップが自分の脚色した話を語っているあいだに、ドナルドが居間へやって来て、夕食の準備ができたと告げ、私たちはすでに食堂に移っていた。チューリップは食事中もほとんどしゃべりつづけ、黒クルミのタルトのデザートにとりかかった頃、やっと話を締めくくった。行くつもりではあったと言ったが、もちろん彼はアトランタへは行かなかった。南へ下る途中、ワシントンで足をとめ、復員兵のある組織に関することに長期間首をつっこみ——あるいは、将来誕生するかもしれない組織だったか——それがすんだ頃には、住所は正確に覚えてはいたものの、空白期間があまりに長かったので、ジュディがまだアトランタにいるかどうか確信が持てなくなっていた。そのうえ、彼女のことを思いださせてくれるポーリーも近くにいなかった。

「よくわかった」彼が話し終えると、私は言った。「だが、おまえさん自身はあまりかかわっていない話だ。いわば暗号の一つにすぎない。もちろん、物事や人々がおまえさんを巻きこんで、いかなる責任からも引き離してくれることとか、あるいはどこかの場所の記憶とかいうお伽話をでっちあげるということを正直に認めるのなら話は別だがね」

チューリップはタルトを山盛りに載せたフォークを下におろして、言った。「あんたに話を聞かせるなんて時間の無駄づかいをなんでやってしまったのかわからない。いいか、おれは、ポーリーへの思いもちゃんと話したつもりだ。アトランタの女性のことも。おれは……」

「そのときおまえさんの頭の中がどんな具合だったかという話はどうでもいいことだ。そんなものはすべて無視する」

彼は首を横に振った。「たいしたやつだよ、あんたは。それが物書きのやり方なら、物を書くということが人生とはかかわりがないのも不思議じゃない」

「食いながらしゃべりつづけるがいい」私は言った。「人生とほとんどかかわりがないのは、人生についてのおまえさんの考え方そのものだ。ポーリーに背を向けた理由を、自分でどう思ってる？」

食べているタルトをもぐもぐやりながら、彼はこたえた。「そうだな。そんな気分になったら恋をしろ、愛しちまったらお別れだって口なのさ。おれは……」

「まさにそこだ。いまのようなことを思考と呼べと言うのか？」

彼はまたタルトを頬ばり、もう一度首を振った。「たいしたやつだよ、あんたは」

「同じことを弟がホリスという男にもやったと姉が考えるのも当然だと思うか？」

「そこまで考えはしなかった。いいか、パップ、リーにどんなホモセクシャル志向があるにせよ、彼自身気づいていたとは思わない。悪い若造じゃないんだ」

「おまえさんのような人間の最大の欠陥は、考えそのものが子供じみていることではなく、まわりのものに自分のことをあれこれ考えさせないようにすることだ」

「わかってる。自分の持ち味の最善のものを発揮させようとして、ある小説のどこかであんたが意味をとりちがえていたフロイト主義の生焼けのパンに添えるのにふさわしい〝オオ〟とか〝アア〟の持ち合わせはおれにはない。それが得意なのは女たちじゃないのか？」

「私が知ってる女たちの中にはいない。運が悪いんだろうな」

「そうか。少し休んだら、電話番号をいくつか探してやれるかどうか試してみよう。あんたがつき合っていたような女たちが気に入ったことはないが、例外と言えばあの……」

「おまえさんが気に入るような種類の女たちと遊びまわっていたなんて思いたくもないね。コーヒーはここで？　それとも居間にするか？」

私たちは居間へ戻り、ドナルドにコーヒーを運んでもらった。ドナルド・ポイントンは中肉中背の三十五歳になるハンサムな黒人で、真っ黒い顔をしている。私は彼が好きだった。相手のことがわかるようになるまでは隠しているが、かなりのユーモアのセンスを持っている。彼は言った。「よければ犬どもは台所の外にいます」

「急ぐ必要はない」私はこたえた。「仕事がすんで、邪魔にならないようなら、中へ入れてやってくれ」

「あんたの悪いところは」ドナルドがいなくなると、チューリップがしゃべりだし、言い方を訂正した。「あんたの悪いところの一つは、おれのことを理解していると自信を持ちすぎてることだ」

「それほどひんぱんにおまえさんを理解してるとは思っていないがね。おたがいの意見の分かれめは、おまえさんのことで理解するに価するものはたいしてないということだ」

葉巻をとりに部屋を横切っているあいだに彼が言い返した。「なるほど。自分以外の人間のことは理解するに価しないと考えてるのか？」

「理論的に言えば、そのとおり。だが時間という要素がかかわってくる。この先五十年も六十年も生きつづけられるとは思っていないからね」葉巻を入れたガラスの容器を持って彼のそばに戻った。彼は一本とりだした。

「あんたのか？　それとも前からここにあったのか？」彼が訊いた。

「私のだ」

「よかった。あんたのことでいつでも気に入ってるのは、おそらくあんたの葉巻だけだからな。で、それは性分なのか？　あのときボルティモアで、おれのことをよくわかっていると、あんたが思いこみすぎてさえいなかったら、あんな厄介事に巻きこまれずにすんだんだ」

「ああ、あれか。あんなのはたいした厄介事じゃない」

彼は葉巻の端を嚙み切って、むっつりと私をにらんだ。「ときどきひどくしたたかな話し方をするんだな、パップ。ブタ箱にぶちこまれるのも不思議じゃない」

「あのときボルティモアで私に迷惑をかけて逃げだしたことを気に病みすぎているぞ。おまえさんがしょっちゅう蒸し返したりしなければとっくに忘れていた話だ。なぜ忘れられない？」

彼は「えらそうに、このクソ野郎」と悪態をついたが、私が笑うと自分も声をあげて笑った。

「自分もただの人間だと考えるのが苦痛らしいな」

「そのただのという言葉は好きじゃない。エヴェレストはただの二万九千フィートの高さしかないとかシロナガスクジラはただの地上最大の動物にすぎないというときに使うんならかまわないが」

「なんのつもりだ?」不快げに彼は訊いた。「知識をひけらかしたいのか? 人類の未来とかまだ試みられていない可能性や潜在能力についての御託を並べようっていうんなら、おれは退散する。そんなことをしゃべりだすほど歳はくってないとは思うが、拝聴するにはおれが歳をくいすぎている」大笑いしたあと、「ところで」とまだ笑いながら彼は言った。「あんたが書いた物をとうとう読むハメになった。サンフランシスコである男がくれたんだ。ちょっとしたシロモノだ」

「それはなんだ?」

「おれの鞄に入ってる。あす見せてやろう。中身の話をしてせっかくのお楽しみをふいにしたくない。極めつきのシロモノだぞ! 頭がおかしいことは前から気づいてたが……」彼は首を左右に振った。

「飲む物を持ってこようか? ブランディを一口どうだ? キスカのことを持ちだしたときもそうだったが、ボルティモアの一件を思いだすとおたおたするようだな。ほかにも思いだすと気が動転することがごまんとあるらしい」

「キスカの話は今夜これで二度めだ」彼は言った。「まちがいなく、あれはたいした話じゃない。おれになにをさせたかったんだ? 階級をかさに着たことはなかったが、おれが中佐で、役立たずの下士官のあんたがやろうとしたのも同じように……」

「前はどうだったか知らないが、島には日本人将校の外套など残っていなかったんだ」

「おれは自分の目で見たんだぞ」

「国で仕立て屋をやっていた二人組が日本製の上等の毛布を継ぎ合わせ、偽の飾りなどを縫いつけて将校用の外套に仕立てあげ、一着百二十五ドルだか、同じ値段の酒とひきかえにこっそり船に運んで売り払ったのさ。百二十五ドル分の酒といっても当時はたいした量じゃなかった」

「ほんとうか？」

「ほんとうだとも。ありもしない外套の隠し場所を探しまわって、おまえさんがすべてをぶちこわしにしちまった。毛布はまだいっぱいあった。わかってたくせに」

彼は言った。「嘘っぱちだ。それを証明するために、あんたが書いた物をいま見せてやる。おれの鞄はどこだ？」

「黄色い部屋に置いてある。階段の上を右へ曲り、廊下のつき当りの部屋だ」

彼は腰をあげ、階段を昇り、やがて頭上に足音が響いた。彼は黄ばんだ紙切れを手に持って戻って来た。「これだ。もし笑わずに読めたら、おれより上手《うわて》の無表情が売り物の喜劇役者ってことになる」

その紙切れは三〇年代初めの大不況期に消えたある週刊誌からの切り抜きだった。

「書評(訳註16)だな」私は言った。

「極めつきのシロモノだ」彼が言った。

私は読み始めた……

薔薇十字団の歴史は、推測、意味の両義性、虚偽、不明瞭さなどによって非常に混沌としている。そこで著者のアーサー・エドワード・ウエイトは、『薔薇十字友愛団』（ウィリアム・ライダー社、ロンドン、一九二四年刊）で、正しい編年史と資料評価を試みた。神秘主義についての調査を、長年にわたって細かい点まで慎重に幅広く行なった結果、学者らがため込んだ莫大な量のガラクタの棚をみごとに一掃している。彼らはすさまじい熱の入れようで、錬金術師、神秘主義者、種々様々な魔術師らをすべてれっきとした薔薇十字団の同胞と見なしていたのである。

ウエイトの言う事実は、常に事実であるようには思えるが、意味合いの解釈は必ずしもなるほどと思わせるものばかりではない。たとえば、作者匿名の『薔薇十字の名声』と『薔薇十字の信条告白』が、それぞれ一六一四年と一六一五年に、それと一六一六年にヨハン・ヴァレンティン・アンドレーエ著『化学の結婚』(訳註17)の三点の出版以前には、薔薇十字団が存在した確かな証拠はないことをはっきり示しながらも、アンドレーエが薔薇十字団を創始した可能性はまったくないと言い切っている。この否定的な見かたを裏づけるために引用しているのが *Vita ab Ipso Conscripta* である。この中でアンドレーエは、一六〇二年から一六〇三年にかけて書いた作品の一つとして『化学の結婚』をあげ、これを若気の悪ふざけであるとして、これを見ればほかの多くも「戯れの妄想――これが事実に即したものだ、きわめて博識なものだという輩がいるから驚く。愚の骨頂。学者馬鹿丸出し」などといった荒唐無稽な魑魅魍魎《ちみもうりょう》本だということがわかる、と述べている。

ウエイトは、『化学の結婚』の本文には、『名声』と『信条告白』を読んだ作者によって、薔薇十字団の象徴表現を書き加えられているのではないかと言う。だが、もっと可能性が高い見方を見逃している。それは、この二つの宣言の（一人か複数の）匿名の作者は、『化学の結婚』から象徴表現を得ていることだ。創作してから、記録に残っている初版の年までの十四年間にこの作品に接していたはずだと考えることも、決してできないことではないからだ。そうなればもちろん、父親になったのは「悪ふざけ」の結果であるとは言え、アンドレーエが薔薇十字の父という一般に言われている説は正しいことになる。だからと言って、アンドレーエが多くの小冊子になっていると言う「魑魅魍魎本」に、『名声』と『信条告白』がきわだってとりこまれているとは言えないにしても、含まれていないと考える理由はない。

みずから反対意見を述べているにもかかわらず、ウエイトが採りあげた証拠資料の中には、十八世紀以前に団員が意図的なペテン師ではなかったことを示すものが存在しない。この時代の薔薇十字団は、思弁的フリーメイソンと――仲よく付き合っていたとは言えないにしろ――共存して成長していたと思われる。このテーマについて比較的詳しいロバート・フラッドは、一六三三年の *Clavis Philosophiae et Alchymiae Fluddanae* で、十七年以上に及ぶ研究の結果をこんな文章にまとめ上げていたようである。「神秘教会（Church Mystical）の信徒は、どこにいようと、どの宗派に属していようと、ひとりひとりが真に薔薇十字の同胞であることに相違ない」。もちろんこれはフラッドがなんらかの合法的な結社とかかわりがあったことを示すものではない。

一七一〇年にドイツのシグマンド・リヒターによって組織された、あるいは再組織された黄金薔薇十字団〈The Order of the Rosy and Golden Cross〉が、会員たちが信じられているかぎりではまちがいなく正真正銘の薔薇十字団となった。それ以来、現在に至るまで（ウエイトはアメリカの薔薇十字団に一章を当てている）薔薇十字の名前とシンボルを用いたグループが、程度の差はあれ、あちこちに出現している。薔薇十字に自分たちの好きな意味を持たせ、錬金術だろうと、医術だろうと、神智学だろうと、たまたま持ち合わせていたものをその目的としたのである。グループ間のつながりについては、同時代の由緒正しい系統のものでさえ、足跡をたどるのはむずかしい。「石」や「ことば」も、誰もが好き勝手な意味に解釈している。

ウエイトは、薔薇十字団の発足から現在に至るまでの、神秘主義を目的としたグループの一貫した流れを見いだそうとしている。幸いなことに自説を裏づける証拠を改ざんしていない。どれほど重要であろうとも作り事は排除したのだ。そうすることで、十七世紀初頭よりつづく神智学、つまりオカルト好みの心を魅了したシンボルを「学問」として――混乱したこの世界で目いっぱい権威主義的に――成り立たせたのである。

読み終えて目をあげると、チューリップが言った。「顔はそのまままっすぐにしてろ。読んだ物が気に入ったなんて言うなよ」

「昔書いた物を何でも気に入るやつがいるもんか。だが、二、三の点を除けば……ああ、わかったよ。二四年頃の私は街学趣味の男だったようだ」

「うーむ。それだけじゃなく、日々の生活のズキズキするような熱い拍動に指をじかに触れていたんじゃなかったのか？　街の男は、とつぜん現われる拳銃に向きを正されるまで、どっちに跳んでいいのかを決めるのにかなりの時間を費やさねばならなかったはずだ」

「この書評を持ちだして、キスカでのマヌケぶりとおあいこにしようというのかな？」私は訊いた。

「そうくるんならもちろんそれでもいいが、おれのほうが少しだけ分がいいようだ」

「この切り抜きをもらってもいいか。すっかり忘れてたんだ」

「いいとも。燃やしてしまいたいからだとしてもかまわんよ」

「サンフランシスコである男からもらったと言ったな？」

「ヘンクルとかいう男だ。知ってるか？　昔はよく一緒に過ごしたと言っていた」

「知ってるはずだが名前を思いだせない。私はサンフランシスコで物を書き始めたんだ」

「その男もそう言ってた。あんたにかかわりのあるおもしろい話をいくつも持っていた。チャイナタウンの二人組のギャングとツルんでいた話は傑作だったし……」

「いま思いだした。ヘンリーとかいう男で、アマチュア無線クラブでよく会った男だ。二人組のほうはビルとパディだった。おまえさんのつくり話なのかもしれないが」(訳註18)

「つくり話はしない。その男が言ったことを話したまでだ」

「いまのはとうてい納得のいかないご発言だが、まあよしとしよう。あれは、もし店を持つのなら必要か否かとは関係なく、念のために用心棒を一人置いておくのが当り前だった頃の話だ。ビルの用心棒は丸々と太った中年のオカマの中国人だった。脚を一本折るとかいう具合に痛い目にあわせてやりたい相手がいれば貸してくれるという話だったが、カネをやりすぎて甘やかすなと言われた。〝チップとして五ドルとか十ドルやるのはかまわないが、それ以上やりすぎて甘やかすのはよくない〟と。三〇年代にハリウッドで中国人がでてくる話を書いたことがあったが、オカマはごめんだというマッチョの監督だったので、登場人物の役柄を変えるハメになってしまった」

チューリップはうなずいた。「このヘンブリーとかいう男が——名前なんかなんでもいいんだが——オカマの殺し屋の話を聞かせてくれたことがある。彼の話では、あんたはトーキョーにいる男と婚約していたマギー・ダブズという女と親しくしていて……」

「おしゃべり好きな男のようだな?」

「そうとも。しゃべり方にちょっとくせがあった。しゃべり方にくせのあるやつはたいていおしゃべりなものだ。あんたの崇拝者のようだったな」

ドナルドと一緒に犬どもが部屋にやって来た。アイアンゲイト夫妻は二匹の茶色のプードルと黒色の一匹も飼っていた。茶色のほうの一匹、ジャミーはプードルにしてはとてつもなく大きい。私としばらくじゃれ合ったあと、連中はチューリップのそばに集まり、どれだけかまってもらえるかを試していた。ドナルドはおやすみのあいさつをして、コーヒーのカップなどを片づけた。

一匹の犬の頭を掻いてやりながらドナルドを見送ったチューリップが言った。「いい歩き方だ」人を見るときに彼がいつも歩き方に目をとめるのを思いだした。彼自身は並の背丈だがすっくと背をのばして歩くので、広い胸と肩をしているのに実際より背が高く見える。うしろに押し戻されたり、バランスをくずされたりは絶対にしないぞと心を決めているかのように、はっきりと意識して体を前につきだす歩き方だった。誰かが――彼の友人のドクター・モーホーターだったと思う――彼は羅針盤さえあればどんなところへでも歩いて行ける男だと言ったことがある。

「その男は十五、六年前、なかなか強いウェルター級のボクサーだった。ドニー・ブラウンという名前（訳註19）でフィリーあたりで闘っていたんだ」

「聞いたことがない名前だ」

「とにかく強かった。ところが、彼が言うには仲間には入れてもらえなかった。黒人が生計を立てるには、ほかに道がなく、しかもすぐにでも頂点にのぼりつめられる信念がなければやっていけない世界だった」

「肌の色がなんであろうと、フィリーで生きていくのは生やさしいことじゃない。タクシーを拾うのでさえ一苦労させられる。縁石から車道に乗りだして、めいっぱい腕を振らないと気がついてもらえない」

犬どもは当座望んでいたかまわれ方をチューリップからあらかた得られたと納得してそばを離れ、ジャミーはソファの陰のいつもの場所で体をのばし、牝のメグはソファの端の床で夜を明かそうとしていた。黒いシンクは、まだ子犬の気分がぬけきらず、横になる理想の場所を見つけようと部屋から部屋へと駆けまわりだした。ドアの下から隙間風が吹きこんでくる場所がお気に入りなのだ。

「たいへんだったな」私はチューリップに言った。「じゃ、そろそろ……」車寄せで警笛が鳴ったので、私は言葉をとぎらせた。

キャンバス製の鞄を二つ、重そうに引きずりながら、トニー・アイアンゲイトが家に入ってきた。犬どもが群がると、彼は戸口に鞄を置いた。茶色い目、明るい青白い顔をした小柄でしなやかな体つきをした十四歳の少年だ。「やあ」と彼は言った。「ポーリーとガスからなにか聞いてる?」

「あすの夜遅くか水曜日には帰ってくるだろう」そうこたえて、彼をチューリップに紹介した。

トニーは犬の群れをかきわけて進み、チューリップと握手をしてから私に告げた。「ミンギー・ベイカーから新しい十字弓をもらったんだ。すごい威力があるんだけど、下に向けて構えると太矢が滑っちまう。直せるかなあ？」

「かんたんさ」

「よかった。あした、一緒に直そうよ。セクソとローラはまだ来てないみたいだね」

「まだだ」

「そう。ぼくはミルクを飲んで寝るよ。台所から何かとってこようか？」

「いや、けっこう」私がこたえると、彼は「あしたの朝、またね」と私たちにあいさつして、鞄を持ちあげ、犬どもを従えて部屋を出て行った。

チューリップが訊いた。「セクソってのはなんだ？」

「今月は、姉のことを彼はそのあだ名で呼んでるんだ。ちょうどいろんなことを知りたがる年頃の娘で、質問ばかりしている」

「で、あんたはその質問にぜんぶこたえている。なるほどね。唇を舐めまわしながら、こたえの山でその娘を圧倒しようとしてる姿が目に浮かぶよ。ベッドでもイカしてるのか？　その手の若い子がけっこういる」

「おい、おい、そんなんじゃないんだ。イエスかノーかと迫るようなこととは関係ない。おまえさんにはたぶん理解できない次元の関係だ」

「そういうこととは無関係の仲だとしたら、まちがいなくおれには理解できんだろうな」彼は同意した。「おれは、イエスかノーかのタイプだから」

「わかってる」私は言った。「おまえさんは人を支配したがるタイプだ。いろんな種類の女たちとよろしくやろうとうろつきまわってるが、実際になにをやっているか正視してみれば、あれこれあっても結局はマスタベーションにすぎない。例外と言えば、相手に出しぬかれたときぐらいなものさ」

　彼は笑い声をあげた。「いまの話はよく考えておこう。あんたにはいろいろ言われてきたが、いまのはけっこうこたえた。女とのことがときどき退屈に感じられるのはそのせいなのか？　ほんとうに退屈なんじゃないが、思ってるよりずっと退屈に思えるときがある」

「おまえさんの物の考え方ややり方をしてれば、退屈になって当然さ」

「女とのことでは物を考えたりしないんだろう、パップ。ほかに考えることがあるからという理由ではなしにだ。それは物書きにかぎっての話だ。そう言えば同じ話を前にしてたとき、あんたの母親がくれた忠告のことを教えてくれたろう。おぼえてるか？」

「彼女がくれた忠告は二つ。どっちも最上のものだった。一つは〝息子よ、櫂を持たずに船には乗るな〟だ。〝たとえその船が（訳註20）クイーン・メリー号でも〟。もう一つは〝料理が満足にできない女にかかずり合うな。そういう女は別の部屋でもたいしておもしろみがないから〟だった」

「あんたのおふくろさんはとっくに亡くなって、クイーン・メリー号の建造計画が始まる前に墓の下だったんじゃないのか」

「彼女にはスコットランド人の血がまじっていた」私は言い返した。「そういう人種は未来が読めるのさ」

「わかったよ。だが今夜の話題は二つめの忠告のほうだ。前に聞いたときより真実味を感じたが、どの女にも通用はしないんじゃないのかな」

「いつでも、どこでも正しいものなんてそうざらにはないだろう」

彼は立ちあがって隅のテーブルに向かった。「そんな話をつづけるんなら、寝酒をつくって、さっさと眠る準備を始めるぞ。哲学じみた話になると、退屈なまぬけ男になっちまうんだな、パップ。（訳註21）あっちの話だけじゃいけないのか？」彼は飲物を持って戻ってくると、また尻を落ち着けた。

「チューリップ」私は言った。「おまえさんは、ボストンで会った小娘のことを私に話したがった男みたいだ。そして……」

「あの子に初めて会ったのは、じつはメンフィスだったんだが……」

「私は、おまえさんの話に耳を傾けたがらない男のように見えないか？　それで、そろそろ寝室へあがって、眠くなるまで本でも読もうとしている男に見えるといいんだがね」

「オーケー」機嫌のいい口ぶりだった。「胸の内をさらけだすのはゆっくりやれる。ま、メンフィスで会った可愛い子ちゃんは、たしかに料理はからっきしで、なんにでもニンニクをぶちこむだけだったがね」

「ニンニクは好物だったろう」

「そうとも。好きだ。だが料理にニンニクをぶっかけさえすればなんでもうまくなると思いこんでる阿呆な料理人が多すぎる。しかも文句でもつけてみろ、スリの現場をおさえたかのようにニヤッと笑ってこう言うんだ。〝あっ、さようでございますか。ニンニクがお好きではないので?〟朝は何時に起きるのかな?」

「この時期は八時頃だ。だがおまえさんは……」

「起きたら声をかけてくれ。一緒に朝飯を食いたい。アイアンゲイト夫妻が帰ってくる途中だという話をおれにしなかったのには、なにか特別の理由でも?」

「いや別に。いつものつむじ曲りのせいさ」

　私が明りを消しているあいだに彼は最後の一杯を飲み終え、一緒に階上《うえ》にあがった。彼の部屋と浴室に不備はないかとのぞきこむ真似事をしたあと、おやすみと告げて、廊下の反対側のつき当りにある自分の部屋に戻った。若い黒いプードルのシンクは、私のベッドの足元で居心地よさそうに体を伸ばしていたが、私が寝支度を整えると、おやすみのあいさつがわりに頭を掻いたり、ポンとたたいてもらったりしてもらおうと近づいて来た。そのあと私はベッドに入り、二状態エーテル(訳註22)の中には物理学者が熟考すべきものはなにも見当らないと丁重に否定したアインシュタインの手紙がついているサミュエルの『物理学随想』(訳註23)を読み始めた。

チューリップのことはあとで考えることにして、無限大の概念をたんにこっそりと持ちこむ試みとしての膨張する宇宙とか、一つ、一単位、一単体が、計算上の便宜という利点以外まったく数として考慮されないのであれば、いかなる再配列が数字に必要とされるのかといったテーマに先にとりかかった。ほどなく睡魔に襲われ、私は明りを消して眠りについた。

翌朝、朝食をとろうと階下に降りると、トニーが食堂でキッパーを食べながら新聞を読んでいた。あいさつを交わし、私も坐って新聞に目を通した。ドナルドはオレンジジュースのあとキッパーとトーストを運んできた。半分ほど食べかけたとき、チューリップが加わった。まだ食事が終わらない彼をひとり残して、少年と私はポーチに出て、昨夜言っていた新しい十字弓を検分した。

「すごい威力なんだ」そう言ってトニーは私に十字弓をよこした。「もちろんどれもすごいんだけど、とくにこいつの威力はすごいんだ」中世の鉄製の十字弓とペンシルヴェニア州の西部の連中が自動車のスプリングから作る武器の中間のような十字形の弓だった。「とにかく力はいっぱいある――ところが、ほら、傾けると太矢が滑り落ちるでしょ」黒い目を輝かせている。

武器の類が好きな少年なのだ。

「この道具を使って、引き金を引くまで太矢をとめておくように改良できるが、そこまでやるべきかどうか。下方を狙うということはあまりないんだから、太矢をとめておきたければスコッチ・テープの切れっぱしでおさえるだけで充分じゃないかな。どっちみち構えかたや、引き金を引く速度が重要な武器じゃないし、小さなテープでとめるくらいで威力や正確さが減ることもないだろう」

「うーん、ほんとにそう思うんなら」彼はゆっくりと言った。「だけど……」

私は少年を見下した。「手間を省こうとしてるだけじゃないかと言わんばかりだな。チューリップのような話し方はやめなさい」

彼は笑い声をあげて、言った。「あなたの友だちのチューリップは変わった人だね？」

「そうも言えるが、彼と私は言葉でゲームをやってるんだ。わかってるかな。二人が口にすることを額面通りに信じないようにすればするほど真実に接近できるはずだ。彼はどちらかと言えば自分を本来の自分より悪人めかそうとするし、私は逆に少しだけ善人ぶろうとする。昔話を交わすじいさま連中がよくやる手だ。男のたわごとっていうのはどっちみち、相手を感心させるものじゃなく自分で悦に入るためのものであって、そうじゃないのは女子供ぐらいのものだ」

「その話は前にも聞いたよ」彼は言った。

「だからといって、この話のどこかにある真実性が損なわれることにはなるまい」私は言った。

「さあ、こいつをガレージの裏へ持っていって具合を試してみよう」私たちはポーチを降り――まだ網戸ははめられていなかった――足の下でザクザクという音を立てる初春の芝生を横切って砂利道に向かい、開花までにまだ一カ月はかかりそうな楓が立ち並ぶガレージのそばを通りすぎた。「チューリップにはいいところもいろいろある。私が気に入ってる一つは、学問との関係だ。彼はハーヴァードを出てるんだよ」

十字弓と付属の革鞄を持ち、並んで歩いていたトニーが「マジで言ってる?」と、私にはよく理解できない口ぶりで言った。トニーのことではわからないことがよくある。

「ほんとうだ。チューリップの家族や経歴のことはなにも知らないが――私が信じるのをやめにした事柄はいろいろ話してくれたがね――とにかく四年間、ハーヴァードに通って卒業させてもらったので、教養ある人間になったと自認したんだが、次の年にジャクスンヴィルでユーバンクスという人物に出会い、教養ある人間になるにはたんに大学を卒業するぐらいでは充分ではないと言われた。大学は第一歩の必須課程にすぎないとね。チューリップはそんなことはまったく考えていなかったのだが、その男の話に納得し、教養なんてくそくらえと言って、教養人であることをやめてしまったのさ」

トニーが「へーイ、気に入ったよ、いまの話」と言い、私たちはこれまでいろいろな武器の的にしてきた木の切株に十字弓の狙いを定めた。標的の背後は地面が急勾配でせりあがり、果樹園の先の小山に通じている。その弓はまぎれもなく凶悪な武器だった。長さ三インチのスチール製の太矢がかなりの力で――少しコツがのみこめるようになると、正確に的に向かって発射される。トニーは私を見てにんまり笑った。「いいでしょう、ね?」

私はうなずいた。「うーむ」

彼の笑みがひときわ大きくなった。「これしか役に立たないと不満を言うのはバカげてるよ、ね？」

「そうとも。私たちにとってはな」

彼はため息をついて、うなずいた。

トニーと私が家に戻ると、チューリップは暗褐色と白色が配された一階の部屋でコーヒーを飲みながら新聞を読んでいた。それなりの理由があって書斎と呼ばれているその部屋は窓が多く、本がいっぱい並んでいて、木立ちに沿って見えなくなる先までつづく芝生の端の長い切れ目と向きあっている。

彼は新聞から目をあげ、十字弓を見た。「あんたらは少しばかり時代遅れじゃないのかね？」

彼は質問口調で言った。「光線銃とか宇宙銃とか分解銃なんてのを読んだことがあるが……」

「進化というのは」私は言い返した。「しまいには己自身を打ち負かすことさ、火薬のように。池まで散歩をするか？」

「いいとも」彼はコーヒーを飲み終え、立ち上がった。

私は彼のために厚い毛織りコートを見つけ出し——寒さはまだきびしかった——三人そろって芝生を横切り、池につづく小道に向かった。まだ北に飛び立っていなかったユキヒメドリが餌台の下の地面を蹴散らし、クログルミの木に巣をかけているコジュウガラが木の幹を素早く伝い降り、一羽のコガラ（訳註24）がさえずり始めると同時に仲間の三羽がためらいがちに私たちのほうに飛んできた。

「ヒマワリの種をもらいたがってるんだ」トニーがチューリップに教えた。「彼は鳥に自分の手で食べさせるんだよ」

「セント・フランシス（訳註25）の血が流れてるのさ」チューリップが言った。「本を読みすぎてよろよろしてるじいさまだ。ずっとそうだった」

トニーはチューリップに向かって声をあげて笑いかけた。少年は私たち二人にはさまれて歩いていた。「彼がハエを可愛がるワザを見たことがあるかい？　みごとなもんだよ」

「想像がつく」チューリップが言った。「パップはいろんな面で子供じみた愛すべき人間なんだ。スポケーンの近くの町で昔あったことを話してやりたいんだが……」

「トニーは、私たちが隠しごとをせずに話ができる相手の一人だ」私は言った。そのとき私たちはぬかるみ道を歩いていた。三人並んで歩ける道幅がある。ハナミズキの中にはいまにも花がはじけ咲きそうな木もあった。すぐにでも咲きそうなのにいつも何週間も何週間も咲かずにいる木だ。

「コールダレーン（訳註26）であのとき起こったこともしゃべっていいのか」チューリップが訊いた。

「なんのことを言いたいのか知らんが、聞かせてやってもいっこうにかまわない。ハエのことなら、たいした話ではないんだ。ハエが羽根をこすり合わすのが好きなのは見たことがあるだろう。始めるときに手の影で驚かさないように用心して、羽根をそっとこすってやると、喜んでじっとそのままにしている。それだけのことだ」

「オーケー」チューリップが言った。「だから、ハエはそうされるのが好きだと思うんだな。じゃ、なぜそうすることが好きなんだ?」

「いずれ昆虫が世界を征服するという説に一理あるとすれば、連中の中に友だちを作っておくのも悪くはなかろう」

「とんだ化石じじいだと思わないか、こいつは?」彼は少年に問いかけ、頭を左右に振った。「化石に毛が生えていたのを思いだす」

トニーが言った。「あんたたちはずいぶん長いつき合いのようだね」

「長すぎる。だからといって、私たちがそんなにいい友だちだとは思わんことだ。私がいるところならどこにでも、ときたまひょっこり現われて、二、三日ぶらぶらしていくだけさ。長居をしたためしがない」

チューリップが少年の頭越しに、いくぶん攻撃的な口ぶりで声をかけてきた。「いつ現われるかも、なぜ長居をしないのかもよく知ってるだろう」

なにも言わずにいると、トニーがたずねた。「そうなの?」

「こいつは頭がおかしい」私は言った。「確かに私にはわかっている。だが、頭がおかしいことに変わりはない」

「口でそういうのは簡単さ」チューリップは素知らぬ顔で言った。

「ねえ、ねえ」トニーが口をはさんだ。「ぼくは、隠しごとをせずに話せる相手の一人だと言ったじゃないか。でもそうじゃない。なんの話をしてるときでも、ぼくのことはそっちのけだ」

チューリップはトニーの肩を肘でこづいた。「こまっしゃくれたがきだな。この小僧め！」

彼は少年の頭越しに顔をしかめてみせた。「なにもかもこの子しだいということにして、彼がなんて言うか試してみるか？」

「好きにしろ」私はこたえた。「だが、誰がなにを言おうと、自分のことは自分で決める。それを忘れるな」

「わかってるとも。あんたは民主主義の敵だ」

「敵ではない。ただ、小さな集団内での民主主義の価値をたいして信じていないだけのことだ。私が民主主義の敵だなどと触れまわらないでくれないか、刑務所に逆戻りさせられてしまう」

「そんな心配事はコーヒーを一杯飲む前の陰気な朝にとっておけ。いいか、パップ、この一件をなぜ現実的に考えられない？　おれは……」

「ある言葉が議論に出てきたら、まともな人間は帽子を手にとってさっさと退散する。現実的という言葉もそんな言葉の一つだ」私はトニーに話しかけた。「試してみようとしていたあのランプはどうなった？」

とにかくやってみるという子供じみたやり方、彼の父親が家に置いておいた力学的相似性についての書物から得たヒント、現在認められている光についての理論を充分に信頼しているものはいないことなどを理由に、トニーは、両端を垂直の螺旋状になるように曲げた金属製の反射板を使って経済効率の高いランプシェードを作れないだろうかと試行錯誤を繰り返していた。当然のことながら、彼は熱に関する要素を無視、もしくは偶然に解決できるだろうとあてにしていた。そんなことを言えば、光についての理論はみな同じだ。

「ああ、あれね。どうもうまくいかないんだ」

小道の分岐点にさしかかったとき、犬どもが追いつき——左に進めば小山を越えてマッコネルの新しいバード・サンクチュアリ(訳註27)へ、右を行けば池に出る——つかの間大はしゃぎで私たちにじゃれついてから前方に駆けぬけ、池の一部が——数週間、氷はすべて消えていた——まだ葉のない木立ちの合い間から見える方角に走り去った。ほとんどの常緑樹は池の向こう側だ。泉から注ぎこむ八から十エイカーほどの大きさの池で小島が二つあり——最も深いところでも十二フィートはない——オオクチバス、カワカマス、サンフィッシュ(訳註28)、ミズヘビ、カエル、カミツキガメなどが季節によって棲息している。ミズヘビを食べようとしたことはない。バスは私にとっては初めっからいくぶん泥臭い味だったが、その他のものは料理しだいで美味かった。夏はマスには温度が高すぎ、充分な酸素が得られなくなる。私は、チューリップが話してくれたホリスという女性の家の近くにある湖とこの池がよく似ていることをまた思い返した。ただし、彼の話には石造りの船着場が出てきたが、この池にあるのは、キャンヴァスに覆われた長さ十フィートの木の桟橋だけだ。

「アルミフォイルを貼った厚紙は光沢のある金属と同じように役に立つ」私は言った。「肝腎なのは、光を導くために上と下に螺旋状の溝をつけてやることだ。それには紙のほうが扱いやすいという利点がある。どれくらいの長さにすると光を一番うけられるかがわかってきたとき、切断したり貼り合わせたりするのが簡単だからな」

「じゃ、いまのやり方で進めるべきだって言うんだね？　自分がなにをやってるのか充分に納得がいってなかったと思っていたんだ。あなたがそれでいいと言うんなら、それでやってみたいな」

「やってみるだけの価値はあると思う」私は言った。「自分のやっていることがよくわかっているというのは、いい仕事のほんの一部にすぎない。自分の知ってることを生かし――簡単に手に入る知識以外のことも活用し――それまで知らずにいたことを知る。それこそがいい仕事だ。結果としてはほとんど達成したというぐらいで充分だと思うことだな。常識として知られているものを手に入れ、それが苦労して自分がめざしていたゴールだということをうけ入れるのがいつか、というだけのことだ。大工とホンモノのなにかをつくりだす人間のちがいはそこにある」

「おれのオヤジは大工だった」チューリップが口をはさんだ。「いまのような話し方を許していいんだろうかね」

「おまえさんの父親はスリか、売春婦のヒモだったろう」私たちは小道からそれ、池の端にある小さな桟橋に向かって歩いていた。私はチューリップにじっと目をやったが、彼が以前この池を見たことがある男に見えるか否か、判断を下すことはできなかった。

「だがそっちのほうでは充分に食っていける技量はなかった。もっぱら大工仕事で食うしかなかったんだ」なにを考えているかわかってるぞと言わんばかりに横目で私を見ながら、彼は池のほうに顎をしゃくってみせた。「おれが話したリーのところの湖はこの池と似てるところもあるが、船着場は石造りだった。小屋もこっちのように離れた場所ではなく湖畔にあったし、ここよりずっと広い湖だった」

彼が小屋と呼んだ建物はアイアンゲイト夫妻が湿気の少ない離れた場所に移転させるまでは池のすぐ端に建っていたものだった。チューリップの話に出てくる物はなんでも大きめだ。石造りの船着場だけは例外だったが。

犬どもはいつもの探索のために水際で出たり入ったりを繰り返している。一方の小島の端から二十フィートほどのところで、早めに北へ渡るカナダガンかコクガン——ここからでは識別できない——の番《つが》いが、私たち（あるいは犬ども）のほうを見守っていた。この時期、ガンは臆病さより好奇心が先立っている。

「一番気になってるのは」トニーが言った。「全体が大きすぎるほどじゃないと、螺旋部分の端が電球に接近しすぎてしまうことなんだ」

「螺旋の仕掛けをあてにしすぎてるようだな」私は言った。「自分で思ってるほど重大なことじゃないかもしれない。どっちみち一番いい長さを決めてくれるのは光度計だ。心配事を探してるのなら、そのこたえは私たちが扱っている二次元螺旋ではなく三次元螺旋のほうにある」

少年は黒い目を閉じ、ふたたび開いて問いかけてきた。

「その三次元螺旋からどうやって光をとりだすの？　自分で邪魔をしちゃうんじゃないかな、ぜんぶとは言わないけど。それにその螺旋の仕掛けをどうやって維持するのかもわからないな――あなたが言おうとしている――その三次元というやつのことだけど」

私の数学の知識では彼の質問にまったくこたえられそうにないので、正直にそう言ってつけ加えた。「もちろん私たちは数学上のある命題に抗おうとしてるわけじゃない。(訳註29)位相幾何学は数学の一分野などと言うものがいるが、そんな連中は頭がおかしいのさ。私たちは位相幾何学に立ち向かわなければいけない。私たちというのは、光の問題にかかわり合っている人間すべてという意味だ」

私が、まるで古い友だちの話を持ちだすように位相幾何学という言葉を口にすると、トニーはうれしそうに小さくのどを鳴らした。彼はガスと私がある冬の日、三次元の話は彫刻家たちにまかせ、物体の表面という空間だけにかぎって絵画に関する長い議論を交わすのにじっと耳を傾けていることがよくあった。私は位相幾何学が気に入っていた。それより数年前、(訳註30)メビウスの帯を題材にした話を一つ書いたことがある。どこから読み始めてもいいが、ぐるっとひと回りしてまたそこに戻ってくるように按配されていて、読み始めた箇所がどこであろうと、きちんと完結するという話だった。自分でもかなりの出来だったと思えた——完璧という意味ではない。どんな物語も完璧だったことなどない。ただかなりの出来栄えだったというだけのことだ。

チューリップはシンクを泳がそうと小枝を池に放り投げていた。犬どもは以前はよく泳いでいたのだが、ジャミーが両耳にできたおできを切除せねばならなくなり、そのために水が気になって泳がないようになると、残りの二匹もジャミーがやらないことはやらなくなってしまった。シンクはいまは小枝を拾おうと遠くまで泳いでいる——泳ぎやすいように毛を刈りこんでもらっていないときにプードルがやるように、頭を水面から高くもたげている。ジャミーと牝のメグは岸辺の屈曲部のあたりの浅瀬で出たり入ったりを繰り返していた。

トニーがチューリップに話しかけた。いくぶん含みのある口ぶりに思えた。「ぼくたちはランプのことである思いつきがあるんだ。それで……」

泳いでいる黒い犬の頭を見守りながら、チューリップが言った。「パップも一緒なら、少しはおもしろい考えなんだろうが、実用には即さないだろうな。いま現在役立たずではないとしても、彼がやれるだけのことをやり終える頃には役立たずになってるだろう。彼は理屈はいろいろ持ってるおしゃべりじじいだ。放っておくと時間の無駄づかいをさせられるぞ」そう言って彼は、小枝をくわえたシンクが水からあがってきた方角に向かってわきにそれて歩きだした。

「すねてるだけだ」私は少年に言った。

「そうかな。外に出てから彼が話したがってたことを、あなたはぜんぶはぐらかしてきたよね。しゃべるのはかまわないと言いつづけながら、いつもはぐらかしてた」

「誰かさんもそれに気づいてくれたらよかったんだがね」私は言った。

「そのほうが都合がいいってことだろう」戻って来たチューリップが口をはさんだ。私たちは小さな桟橋に坐り、私は煙草に火をつけたところだった。「おれにとってはどうでもいいことだ。たいした話じゃない」

「私がさっさと逃げだすべきだと言いたいのさ」私はトニーに向かって言った。「誰かが、それは自分の都合だと言いだしたら、さっさと逃げだすのが決まりだからね」

チューリップはうめき声を洩らし、私たちの隣りに坐ると、私の煙草に手をのばした。「なにをやっても退屈だと思わないか？」彼はたずねた。「あっちへ行け！」彼は、濡れた小枝をくわえてやって来たぐしょ濡れのシンクに命じた。黒いシンクは子犬っぽさがまったくぬけないいいやつだ。少し離れたところまで行って体をふるわせ、小枝をかじろうと草の上に体を伏せた。チューリップは私の煙草から火をつけ、煙草越しに私を見つめた。「こんならちもない話をいつまで繰り返していても始まらない。出発点に逆戻りしてるだけだろう」

「悪いことかね？」

「悪いことだ」彼は冷静な確信をこめてこたえた。「好きなだけふざけまわればいい。自分でもわかってるはずだがね」

トニーは桟橋の上であぐらをかき、こっちを見ていないふりをしているキラキラ輝く黒い目で私たちを見つめていた。どんなやりとりの中にいるのかはわかっていないが、そのまっただ中に立ち合っていることはわかっていて、その状況を楽しんでいる。いい子だ。私のおしゃべりの大半はこの少年に向けられていたのだと思う。チューリップもそれに気づいていて、私に調子を合わせてくれた。これまでは、話さないことで彼を打ち負かしてきた。というか、少なくとも彼が話したがっていることは無視することで勝負をしてきた。

「今度ばかりは私の首ねっこを押さえた、と彼は考えてるようだ」私はトニーに言った。「私は刑務所から出てきたばかりだ。服役中に私の最後のラジオ・ドラマは放送を打ち切られた。そして、州と国が突然巨額の所得税の留置権を通告してきた。この赤狩りがつづくかぎりハリウッドでは仕事はできない。だから彼は私がまた小説を書かなければならないだろうと考えている――そう考えるのも無理はない。で、私に書く材料をくれようと、これまでの退屈でくだらない人生をひきずりながら私の前に現われるのさ」

「一冊の本になにもかも詰めこむのは無理だ」チューリップはそっけなく言った。

「できることならそのことはどんな本でもあまり触れたくはない」こういう話をしているときのチューリップが好きなので、私はそれほどそっけない口調ではなしにこたえた。「いいかい」私はまたトニーに話しかけた。トニーを通して、チューリップに話しかけたのかもしれない。「戦争にも二度ばかり行った。というか、少なくとも戦争のあいだ陸軍に在籍していたと言ったほうがいいだろう。連邦刑務所で服役したこともある。結核を七年間患った。（訳註31）結婚もしたし、自分が決めた期間だけつづけてきた。子供たちも孫たちもいる。休日の昼と夜を楽しむために、サンディエゴの近くにある病院をぬけだしてティワーナに出かける結核患者のことを書いた、かなりの出来だが狙いのはっきりしないこの小品を除けば、いまあげた私の体験のことはこれまで一言も書いたことがない。どうしてかって？　私向きの内容じゃないからとしかこたえようがない。いまもそう思っているし、これから先もきっと同じだろう。なんとか書こうとしたこともあったが――ほかの場合と同じように精一杯やった――重要な意味がある内容だとは一度も思えなかった」

「そのことを書いてもあまりうまくはいかないだろうな」チューリップが言った。「だが、ある意味では、おれがずっと言ってきたのはそういうことだ」

「そうか。私がうまく書けないのに」私は訊いた。「なぜおまえさんは？」

「なんだって」彼はむきになってこたえた。「おれのほうがよっぽどおもしろい人間だ！」

「そうは思えんがね。だが論点はそこじゃないし、どっちみち私が話してきたこととはなんのかかわりもないことだ」

チューリップはぶすっとした口ぶりで、「あんたが言わんとしてることを、少なくともおれたち二人のどっちかがわかってるのを知ってうれしいよ」と言うと、トニーにたずねかけた。「彼が何を言ってるか、きみはわかってるかい？」

少年は首を横に振った。「でも、なにか確かなことを言おうとしてるんでしょ」

チューリップは少年に、「まだ若いんだ、きみは。彼がやることをじっと見守る時間がある」と告げ、ずっと私の言ったことを考えていたらしく、私に向かって言った。「孫が何人もいるだって？　最後に会ったときとは話がちがうな」

「そうとも。二年ほど前に女の子の孫ができ、私が出所したあと、今年の一月に男の子の孫ができた。そっちはまだ見てないんだがね」

「いいね、いいね。カリフォルニアに住んでるのか？」私がうなずくと、「例のあんたが入れこんでる娘(訳註32)のほうか？」

「娘たちは二人とも好きだ」

チューリップはトニーに向かって砂色をしたもじゃもじゃの眉毛を両方とも吊りあげてみせ、「ときどきこの男は融通のきかないじじいになると思わないか？」と言って、私のほうに向き直った。「おれは無教養な人間だが、充分に興味深い人間だ。それなのになぜおれのことをうまく書く気になれないのか、そのわけを説明してほしい。説明してくれなくてもかまわんが、おれに理解してもらいたければ、やはり説明が必要だ」

「じゃ、こういう話にしよう」私は少年に、というか少年を通してチューリップに話しかけた。「一九二〇年には、ワシントン州タコマのはずれ、ピュアラップ・ロードにある、インディアン学校を改造した結核病院にいた。ほとんどの連中が第一次大戦の負傷兵だったが、退役軍人管理局には自分たちの病院は一つもなく（その名称で組織化されてさえいなかったのかもしれない）、国の公衆衛生局が、その専属病院で私たちの面倒をみた。私たちが収容された病院の患者の半数は肺病持ちで、残りの半数はその頃〝シェル・ショック〟(訳註33)と呼ばれていた患者だった。彼らは一般病棟からなるべく遠くに隔離され、食事にも配慮がされていた。ある種の制限がされていたのだろう――私たちから結核がうつるのではないかと危惧されていたのかもしれない。管理の甘い、暮し心地のいい病院だった。軽症のものたち、つまり肺病持ちの連中は病気など屁とも思わなかったはずだ。戦争神経症《シェル・ショック》の連中（私たちは〝グーフ〟(訳註34)と呼んでいた）がどうなったかは知らない――まともな治療を望んだ連中は、その治療のために死んでしまった。病院の責任者の少佐はのんだくれだという評判だったが、たしかな根拠があったか否かは憶えていない。憶えているのは、その男が新しく結成された在郷軍人会連盟をおそれていたので、規則を持ちだしてガミガミ言ったりすると、それを持ちだして徹底的にやっつけてやったことだ。私たちの多くは在郷軍人会ではなく、復員負傷兵会という組織に加入していたはずだったのだがね。『おれたちはもう軍隊にはいない！』というのが、私たちを規制しようとするあらゆる試みにたいする防御の言葉だった。その言葉は、それを使う者や状況によってむっつりと口の中でつぶやかれたり、強く叫ばれたりさまざまだった。私たちと同じように軍隊からまわされてきた医師や看護婦は、この言葉に飽き飽きし始めたが、こっちはいつまでも使いつづけた。政府が支払ってくれる補償金は月に六十ドルか八十ドル——正確な金額は忘れてしまった——疾病の程度によって差がついていて、温度計のことを〝補償金棒〟などと呼んだおぼえがある。煙草は充分に支給されたが、ヘヴィ・スモーカーを満足させるほどではなかった。入院代はもちろん無料で食事つき。衣服の心配もなかった。考えてみれば、けっこうな暮しだった。ときたま看護婦や医者をだまして手に入れることもあったが、酒はほとんど〝密輸〟だった——ひどい酒で、強いことだけがとりえだったが。消灯時間はたぶん十時だったと思う。だが、スノホミッシュ出の若者と一緒だった私たちの部屋は、昔のインディアン学校時代の寮母の部屋で、配線がトイレと同じだったから明りがついたままだった。窓に毛布をかけ、好きなだけポーカーをやって遊んだ。シアトルなどで外泊する場合には外出許可証が必要だったし、必ず顔を出さねばならない行事もあったが、病院からの出入りは自由だったと記憶している。外であくせく働くよりずっとましな暮しだった。一文無しのこともよくあった。ありとあらゆる病気を背負いこんだ、力持ちの、ずんぐりしたブロンドのアラスカ人、ホワイティ・カイザーという男のことをよく憶えている。杭打ちのようにものを打つことができたが、そんなことをして手の骨をソーダ・クラッカーのように砕いてしまう。やつは、私たちからブラックジャックを借り——この病院に来るまで、私はスポケーンの探偵社（訳註35）で働いていた。若い頃は、そんな道具をいつも手にするものなのさ——翌日の午後、十ドルの礼金と一緒に返してくれた。タコマからシアトルに通じるピュアラップ・ロードで昨夜、男が殴られ、百八十ドル強奪されたという記事を見かけたのでホワイティに見せてやると、強盗にあった人間はいつも被害額を大げさに言うものだ、とやつは言った。ときたま私たちも気前よくなることがあった。痩せて、斧のように尖った顔をした、肌の黒いグラッドストーンという男がいたが、そいつは軍隊からかなりの額のカネをせしめ――額は憶えていないが、かなりのものだった――そのカネをつぎこんで中古車を二台買いこみ、残りをジェイムズ・ギボンズ・ハニカー（訳註36）の全集本にそっくりはたいちまった。教養を身につけたいというから、それならハニカーがいいと教えてやったのだ。だが病院では退屈な時間が大半だった。なにをやってもすぐ退屈するんじゃないかと思ったもんさ。死ぬほど退屈してたわけじゃないが――確かにそんなときもあった――とにかく退屈だった。知ってのとおり、あのあたりの気候はとてもいい。九月から五月までは、一日のうち一回は雨が降るが、強い雨のことはめったになく、ひどく寒くなることもなかったので、オーバーコートは必要なく、外出時はただひょいとレインコートを持ってゆくという具合で……」

三匹の犬がそれぞれ別の場所で吠え始め、私たちが歩いて来た小道ぞいに駆けだして、騒がしく曲り角に消えた。

「お客さんだ」と私が言うと同時にトニーが「ドウとローラだよ、きっと」と言い、チューリップが池に投げた喫いさしの煙草の火が小さな悲鳴とともに消えた。

ほどなく三匹のプードルが、アイアンゲイト家の二人の娘の先に立って小道の曲り角に走り戻って来た。ドウはブロンドっぽい髪をしたほっそりとした十六歳、ローラは黒い目、黒い髪、ピンク色の頬をしたぽっちゃりととても可愛い十二歳。彼女は父親とトニーに似ているが、ドウは私が知っている家族の誰とも似ていない。が、聞いた話では――誰でも家族の一員の誰かに似ていなければならないという決まりがあるらしく――叔母の一人によく似ているそうだ。「ハーイ」と二人の娘とトニーはあいさつを交わし、娘たちは私にキスをし、チューリップと握手をした。

ローラが言った。「この人たちも、今夜、一緒なのね」とても興奮している。ドウが言った。「あの人たちは、夕食に間に合うのか、到着がそのあとになるのか、どうしてわたしたちに言わなかったのかしらね」とても興奮している。

トニーが言った。「ぼくたちが心配しなきゃならないのは夕食のことだ」とても興奮している。私は、楽しみだな、と言った。というのは、出所後私は一度もアイアンゲイト夫妻と会っていなかったからだ。二人は、家と必要なカネは自由に使ってくれ、ガスがフロリダでの絵を描く仕事を終えしだい急いで戻ってくるという伝言を私にくれただけだった。

チューリップは、私を見やり、自分がいると邪魔になるだろうかと、無言で問いかけてきた。そんなことはない、と首を横に振りかけたが、考え直し――というか、意思表示の方法を変えた。私が一緒にいて欲しがっているなどと思わせる必要がどこにある――肩をすくめてみせた。

ローラは桟橋の上で私のそばに坐りこみ、いい返事をあてにする口ぶりでたずねた。「わたしたち、邪魔なのかしら?」彼女は濃紺のスキー用パンツと深紅色のハーフコートを着ていた。

私はこたえた。「いや」

チューリップがまた坐りこんで、言った。「パップがこれまでの人生の話をしかけてたところだったと思う、確かじゃないが」

ドウが、「パップって?」とたずね、私のほうを見て、「あっ、あなたのことね」と言うと声をあげて笑った。

「気に入ったわ」彼女はチューリップに告げた。

ローラは私によりかかって、言った。「わたしも、あなたの人生の話を聞きたいわ、パップ」

「私の口からは聞けないだろうね、ハニー」

「誰にでもハニーって言うんでしょ」

「昔はダーリンだった」私はこたえた。「最近はハニーのほうがしゃれていると思ってる」

ドウが言った。「わたしたち、お邪魔だったようね」彼女はまだ立ったままだ。サイズが二まわりほど大きな茶色の丈の長いポロ・コートを着ていた頃より背がのび、ほっそりしたように見える。「そうなんでしょ、トニー?」

ちらっと私に目を向けてから、トニーはこたえた。「ま、そういうこと」

「邪魔なんかしてないさ」チューリップが口をはさんだ。

「パップは、言いたいことがあって先をつづけたいと思えば、そうする。その気がなければ、きみたちに邪魔されたふりをする。そこに坐って、彼の出方を待つんだね」

ドウは桟橋に坐った。

トニーが言った。「退屈していて、雨が降っていたところまでだったね」

「ま、雨のほうはどうということもなかった」私は言った。「それほどの雨じゃない。退屈さのほうもたいした話だったとは思わない。みんな除隊になったばかりの連中だったので、馴れなければならなかった。これは」ローラとドウのために私は補足した。「第一次大戦直後、タコマにあった結核病院でのことだ。私がパーヴロヴァ(訳註37)のバレエを最後に見たのは、ちょうどその頃、タコマでのことだが、その件は私の話とはなんのかかわりもないんだがね。退屈さについて言えば、記憶はすでにあいまいになっている。たぶん退屈だったといった調子だ。タコマの市民たちは私たちのことをなおざりにしていると誰かが連中に告げ、二度か三度、日曜日に連中が訪問に来てくれたことがあった。当時は残虐な物語が人気を集めていた——兵士の舌が切断されるなどという話がことさら好まれた——私たちは病院の看護兵たちを説得して車椅子に坐ってもらい、だまされやすい訪問客の面前に押して行って、思いつくかぎりの奇想天外な話を聞かせ、訪問客たちの血を凍らせてやった——大いに楽しませてやったと言いかえてもいい。どっちもたいていは同じことだからな。

　私はビッツァーリという元海兵隊員と仲がよかった。何十年か何百年か何世紀か、いつからかは神のみぞ知るだが、製材所や建設現場で——男たちが働きながら起居をともにし、そんな生活に飽きがき始める場所ならどこでもいいんだが——そういうところで広く知れ渡っているいたずらの中に、二人の男がしめし合わせてついに拳固の殴り合い――その場所に応じて、撃ち合いであろうとナイフでの対決だろうとかまわない――にまでいたる憎悪劇を演出したあげく、決闘を始めるかわりに群れ集った見物人を笑いとばし、腕を組んで立ち去る、というのがある。で、このビッツァーリという男と私もしめし合わせて同じような芝居をやってみようと考え、病院全体が関心を持つようになるまでじっくりと計画を進め、二人の親友同士にこんなことが起きると、必ずこうなるという筋書きどおり、一方がこう出ると他方があ出るという具合に振るまった。そしてついに最後の荒っぽい対決の場に赴き、芝居か本物かの境界線ぎりぎりのところでたがいに数発ずつ殴り合ったが、懸命にやろうと頭で考えすぎて笑う機会を逸してしまい、芝居を中止してしまった。だがその一件のあと、私たちは前と同じ親友同士には戻れなかった。

名前は憶えていないが、いかさま賭博師になりたがっていたあるフィリピン人がいて――民間人の頃、中国人が経営する賭場で毎土曜日、給料を持っていかれていたらしい――ときたま私たちのポーカーの席で使わせてやった目印つきのいかさまカードをひとそろい持っていた。その目印のことは、彼より私たちのほうが心得ていたので使わせてやったのだが、あるとき彼はケンカに巻きこまれた――いかさま賭博師は面子《メンツ》にかかわることではとても傷つきやすいものだ――彼のケンカの相手は、皮膚を守る子山羊の手袋をとりに部屋に戻ったフィリピン人が戻って来るのを待たねばならなかった。私が思うに、子山羊の手袋は重さの負担もないし、何かの妨げになる縫い目もなく、難点と言えば効き目のある拳を握る際に少しばかりきつすぎることだった。こういった些細なことが気に入っていたくらいだから、私たちは退屈してたんだろうな」

　この話で私は少しばかりへまをしていた。トニーを通して相手に話をするほうが、チューリップ自身も気づいていたと思うが、私にとってはやりやすかった。娘二人が加わった新たな状況に即した話し方の鍵はまだ見つかっていなかった。ドウとローラが理解の足りない観客だというのではない。そんな相手ではなかった。二人とも私を好いているし、刑務所暮しが私に〝箔〟をつけているようだ。だが私の話の中身は——話そうとしていたことは——服役のこととは無関係だった。うまい話し手なら、二人の娘を無視して、前と同じように話しつづけるだろうが、私は二人を輪の中に加える方法を見つけねばならなかった——見つけそこなったのかもしれないが。もちろん、トニーとチューリップの二人だけと一緒になれるときに先をつづけることにして、話を中断することもできた。だが、きっとしゃべりつづけたかったのだろう。二人の娘もいずれ話に引きこめるように最善をつくしながら、私は話を進めた。

「やがて政府はサンディエゴの近くに病院を開いた——再開院だったのかもしれない。元カーニイ基地内の古い陸軍病院だった——十四人の患者がそこに移されたが、ほとんどが手に負えないあばれものだったと思う。私たちは専用寝台車でそこに向かい、途中ポートランドでも仲間が数人乗りこんできた。麻薬で頭がイカれていると思いこんでいる二人組、オーステンという片足の男（結核菌で骨をやられ、脚を削りつづけていると、みんなに思われていた）、結核菌で腸をやられた、クエードという醜い赤毛の男などと一緒だった。ホワイティと私は一文無しだった。ホワイティは腎臓の具合も悪く、タコマの医者から、白い粉薬をもらっていた。その薬が麻薬をくるんだように見えたので、旅のあいだ私たちは、オーステンとクエードにそれをもっともらしく売りつけてやった。二人は粉薬を鼻で嗅ぎ、サンディエゴまでずっといい気分になっていた――勝手にそう思いこんだのだろう。カーニイ基地内の病院で、私たちは敵に遭遇した。厳しい規則というやつだ。到着したのは夜遅かったのに、翌朝は夜勤の看護兵に朝早くたたき起こされた。勤務交代の時間前に尿検査をすると言いだしたのだ。それくらいの注文をあしらうのは簡単だった。どこに行けば検査用の小便が手に入るか教えてやって、私たちはまた眠りこんでしまった。その男は、結局尿検査用のサンプルなしで勤務交代をするハメになった。やがて私たちは、病院を出るのにも外出許可証が必要だということを教えられた。この病院に喜んでやってきた最大の理由が、国境の南でやりたい放題のことができるティワーナの町だったというのにだ。その頃、アグア・カリエンテの町はまだひらけていなかったが、外出許可証はケチケチしてなかなか出してもらえなかった。それどころか、新入りの私たちは二週間施設内で過ごさねばならなかった。いわば禁足令のようなもので、病院のまわりを散歩することも禁じられた。そこで陽気な反乱を起こし、病院を出てサンディエゴに行くと宣告した。責任者たちは私たちと会議を開き、禁足令を十日間に短縮するという提案をしたが、それ以外の規則については譲らなかった。私たちは自分たちだけで話し合うために外に出て、その頃にはすっかり浮かれて、サンディエゴとティワーナのことばかり考えていた。文無しになったら、地元の赤十字をあてにすればいい。ちょうどそのとき、病院で働いている民間の従業員が通りかかった。可愛い女の子だった。ストライプのブラウス、黒っぽいスカート、片方の後ろ側に伝線《ラン》が走っているシルクのストッキングにくるまれたすてきな脚。この女の子をひとめ見て、私たちの反乱は水の泡になってしまった。十日間の病院暮しもわるくはないだろう、その気になればいつでも出られるんだ。そこでスポークスマン役のホワイティを使者に立て、病院にとどまることを責任者に通告した。(例の可愛い女の子に近づけたものはひとりもいなかった。本気で近づこうとしたものもいなかったのではないかと思う) 名前は忘れたが、私たちの反乱に深刻な意義を認めた男が、ひとりだけぬけだして、サンディエゴに消えてしまった。たいていの連中は、新しい病院のきまりに慣れていった。だがホワイティだけは例外だった。数週間後のある夜、ホワイティと連れの男がたっぷりきこしめして町から帰還し、ある医者をたたきのめして病院から放りだされた。その医者が、ホワイティの相棒に、酒乱の治療としてモルヒネかなにかを注射したからだったと思う。一緒に病院を出ようという話もあったが、結局お流れになり、彼は彼の道を歩むことになった。

病院は砂漠の端にあったからペットがわりにするツノトカゲがいたし、ガラガラヘビとヒーラ・モンスター(訳註38)を、近くの鉄道の廃線に残された空っぽの有蓋貨車の中で戦わせたりした——

勝つのはきまってヒーラ・モンスターだったが、かものカネははじめほとんどガラガラヘビに賭けられる。ガラガラヘビに賭ける連中がいなくなると賭けはお開きになった――二週間おきにティワーナに繰りだす資金稼ぎだった。サンディエゴの街について憶えていることと言えば、車で坂を下って行くときの素晴しい眺めだけだ。ピンクや淡いブルーの化粧しっくい塗りの家並みやU・S・グラント・ホテル、酒屋の軒並みなどを縫って街に向かって行くんだ。あの禁酒法時代に、あのあたりの酒屋ではアルコール含有率の高い各種の薬用飲料が大っぴらに売られていた。病院ではたくさん本を読んだはずだが、読んだものはなにひとつ憶えていない。カーニイ基地での暮しは楽しかったが、ティワーナの競馬場が休みになると（五月だったと思う）、私は退院願いを提出し、許可された。拘束が必要な患者とは言いきれなかったので――それから五、六年たって、やっと私は結核を打ち負かした――病院は『可能なかぎりの回復をみた』と判を押し、私を病院から放免してくれた」

　私が話し終えて煙草に火をつけると、ローラがたずねた。「そこからどこへ行ったの？」

　トニーが「シーッ」と妹を制した。

「スポケーンへ戻った。汽車の切符をもらえたし、会いたい人たちもいたからだ。そのあと一週間か二週間、シアトルで過ごした――騒がしい街だったが、その頃は気に入っていた――それから、故郷のボルティモアに帰る前に長くても二カ月だけ滞在するつもりでサンフランシスコへ向かった。ところがサンフランシスコで七年か八年暮すことになり、何度かごく短期間訪問はしたがボルティモアに戻ることはなかった。いずれにしろいまの話の要点は」私はまたトニーとチューリップの二人に向かって話していた。「いろいろあった病院暮しの経験から私が生みだしたのが、外出許可をとったある静かな日にティワーナへ向かった物静かな結核患者について書いた、まったく焦点の定まらない短い(訳註39)小説一篇だったということだ。おまけにそれは、従軍体験や服役生活から得たどんなものより題材としては向いていた。おまえさんが」私はチューリップに言った。「持ってくるのはそんなネタばかりだ。おまえさんのろくでもない人生は、どっちに転んでもそんな具合だったのだろう。それはそれでけっこうだし、イカしてもいるんだろうが、私に向いた話ではない。そんなものをどう扱ったらいいのかもわからない」

「じつのところ」チューリップが言った。「おれは結核になったこともないし、ホワイティと呼ばれていたおれが知っている男たちはあんたの話に出てくる男とはちがう。だが、ある夏、おれがサードを守っていたセミプロの野球チームの監督をやっていたホワイティというやつは、おれたちの取り分をかすめとりやがった。あんたの身に起こったことがなに一つ役に立たなかったわけは、おれにはわかる。相手が悪かったってことだ。あんたはあらゆることが心を通してやってくると考えないとおさまらない。びっくりするような出来事をそんな具合に理屈っぽく扱えば、たいていのことが退屈なものになっちまうのは当り前だ」彼はトニーを見て、言った。「そうだろう、坊や？」

トニーはチューリップと私に目をやり、なにも言わなかった。

「おまえさんとおまえさんの未成熟な感情は理性の重みに耐えられないのさ」彼の非難にくたびれて、私はいくぶん教えを垂れるような口ぶりで告げた。「理性からさえぎられているかぎり、どんな感情も強靭にはなれない。傷ついた小鳥を見て泣くくせに、いつも女房を殴ってる酔いどれだ」

ローラがたずねた。「野球チームの監督をしていたホワイティの話はどうなったの?」

トニーがまた「シーッ」と黙らせた。

チューリップが言った。「あんたの言ってることがわからないときがあるんだ、パップ。出来事をありのままに書き、そこからなにを得るかは読者にまかせておけないのか?」

「そう、それも物を書く一つの方法だ。自分があまり深くかかわらないように気をつければ、いろいろな読者に、自分が書いた物のさまざまな意味合いを見つけさせることができる。なぜなら、結果的には、ほとんどすべての物がなにかほかの物の象徴になり得るからだ。その手の物はたくさん読んできたし、気に入ってもいるが、私の流儀とはちがうし、そのふりをしても何の役にも立ちはしない」

「あんたは核心の部分をあまりにも際立たせようとしてなにもかも削りとってしまう」チューリップが言った。「読者を抑えがきかなくなるほど興奮させるような書き方をすべきだと言ったんじゃない。だが、読者がもし望むなら、あんたのために彼らに仕事をさせてやることに異を唱える理由はないと思う。とは言っても……」

「それでなにか得をしようとやってみる気にまではなれないね」私はこたえた。「好意的な書評ぐらいは得られるだろうが」

「カネ、カネか」チューリップが言った。彼の口から出たセリフとしてはおもしろいと言ってもよかったのだが、私たちは議論をたたかわせている最中であり、議論中は自分の側が勝つのに役立つようなことをとかく口にしがちなものだ。

「そう、カネだ」私は言った。「物を書くとき人は、名声、富、自己満足が得られることを望む。自分が書きたいことを書きたいと望み、いい結果が得られ、何百万部も売れることを願い、自分が評価できる意見を持つすべての人が良い作品だと言ってくれ、そんなことが何百年もつづけばいいと思う。こんなことがすべて得られるなどということはありっこないことだ。しかし得られないからといって書くのをあきらめたり、自殺したりはしないだろう。とはいえ、めざすゴールはそれだ――それであるべきだ。それに達しないかぎり、ただ安閑と時を過ごすのと大差はない」

女としての成熟に近づく準備を真剣にやり、女性は男たちが争わないようにつとめるべきだと考えているドウが口をはさんだ。「昼食は早めにしてって、ドナルドに頼んだの。いいでしょ?」

トニーは嫌な顔をして姉を見つめていた。

「けっこうだよ、私は」とこたえ、時計に目をやった。十一時五十四分。「家に戻る時間かな?」みんなが立ちあがったとき、チューリップが言った。

「パップ、あんたと意見が完全に一致するとは思えない点がいくつもあると言ったはずだな？」

犬どもは池の先の森の中に姿を消していた。チューリップとドウが先頭に立ち、ローラとトニーは私と並んで、小道を逆戻りした。石造りの古いポンプ小屋――いまは燻製小屋になっている――のそばを通り過ぎ、家の方向に向かって裏手の芝生を横切っていたとき、トニーが言った。「話しかけてたことを最後まで言わなかったでしょ？」

「そのとおり。だいたい、なんの話だったかもわからなくなっている。わき道にそれてしまったんだろう。大ざっぱに言うと、世の中には二種の思考法がある。一つは、話の核心に到達し、議論に勝つためのもの、もう一つはなにかを見いだすためのものだ。この話はまたいつかしよう」

ローラがたずねた。「わたしも聞いてもいい？」

私が「いいとも」とこたえると、私が本気でこたえたのではないと思ったトニーが、私に素早い笑みをよこした。

一九三〇年、（訳註40）メアリー・モーホーターのボルティモアの家で初めてチューリップに会ったときのことを思い返さずにいられなかった。ニューヨークから（訳註41）初仕事のためにハリウッドへ向かう途中、私は一週間だけボルティモアに滞在し――父はまだ健在で、姉もやはりボルティモアに住んでいた――小児科医になっていたメアリーの家も当然訪ねることになり、私がそこに行った晩、その家にいた客の一人がチューリップだったのだ。彼はペンシルヴェニア鉄道のスパロウズ・ポイント桟橋で黒人沖仲仕の一群を仕切っていたのだと思う。私が憶えているかぎりでは、彼はニューヨーク・ヤンキースのファームでサードを守っていたことがあるが、(訳註42)レッド・ロルフが頑張っているあいだは芽が出そうにないとふんぎりをつけてやめてしまったのだと言っていた。ところがレッド・ロルフがヤンキースで活躍したのはもっと後のことで、私がチューリップと初めて会った頃はまだダートマス大学チームのショートストップとしてプレイをしていたはずだ。ということは、一九四二年に(訳註43)シー・ガートのライフル射撃場で知り合った陸軍の軍曹とチューリップを私が混同しているということだろう。あの頃は大酒をくらっていたので、人々の感情や言動が本人とうまく一致しないのもその理由の一部だが、私の記憶そのものもあらかた霞につつまれている。だが、日付上はずさざるを得ないとはいえ、レッド・ロルフ云々はいかにもチューリップにお似合いの話だ。

　彼はメアリーが気に入っていた――肌の白い長身のブルネットで、とても魅力のあるすてきな女性だった――だが、男性特有のうぬぼれか彼流のユーモアのため彼女に接近するのに難しい方法を用い、その当時はたいして進展していなかった。人柄はよかったが、彼女は自分が選んだ職業に真剣に向き合っていた。彼はそうではなかった。健康診断をしてほしいので患者として訪ねたいと言いだし、成人は対象外だと断わられてしまった。どっちみち彼のほうは、彼女と〝お医者さんごっこ〟をやりたかっただけで、ガキのやる遊びだった。その頃そんなやりとりがあり、二人が相手をからかう議論の中心はいつもその話だった。客がみんな帰ったあと、私が彼女の家を再訪したとき、彼女はチューリップのことをいろいろしゃべった。おしゃべり好きで、かわりに四音節の単語が見つかれば三音節の単語はけっして使わなかった――自分たちの職業はどこか難解なものだと考えている連中や医者たちの口から出てくるあの専門用語である――それでも彼女はすてきだったし、相手がただそこに横になって煙草を喫いながら、ときどき「なるほど」と相槌を打っていつまでも彼女ひとりにしゃべらせておいてもいっこうに気にしなかった。すてきな女だった。チューリップを好いているようだった。

当時彼は二十代の後半で――メアリーよりほんの二歳年上――自分の人生はこれまでずっと魅力的で、誰かがそれについて書くべきだという考えにとりつかれていた。物を書き始めて八年たっていたので、彼のそんな態度もそれほど気にならなかったし、人が私に物語や筋書きなどを話してくれることにも馴れていた。そういうときはほかのことを考えながら、丁重に耳を傾けることにしていたが、作家というものは机仕事に精を出す青白い顔をした帳簿係のような人種にちがいないという通念に対してはまだいくぶん気にさわることがあったのだと思う。とりわけこのかすれ声の青年がその考えにどっぷり浸ってしつこく繰り返すように思えたので、私たちの関係はあまりいい感じにならなかった。酔うと喧嘩腰になるというほどではなかったが、そうでなかったかどうかは忘れてしまった。彼が酔っていたかどうかも憶えていない。酔っているかどうかは、相手がかなり酩酊していないと私は気づかない。酒をやめたいまもそれは変わらない。

これから話すのは、あの晩の出来事や会話の中で私が憶えている重要な部分だが、大昔の話だし、自分をよく見せたり、自分が正しいことを証明するためにどれほど話を作り変えることになるかは自分でもよくわからない。とにかく、そこにはおそらく一ダースほどの客がいて、自己紹介の会釈や握手やあいさつをひととおりすませたあと、メアリーが飲物をとってくると言ってその場を離れ、部屋の隅でチューリップと二人っきりになったとき、彼がこう言ったのだ。「なるほど、ここがあんたの故郷か?」

「そうだ。フィラデルフィアで少しだけ過ごしたことがあるが、ほとんどはここで育った。生まれたのは州のずっと南に下った場所だったがね」

「長いこと留守にしていた?」

「十年か十一年になると思う」

「かなり退屈な街になったようだな」

「昔もそうだった」

「いまはもっと薄汚くなっている」そう彼が言ったので、私が「どの街も同じだろう?」と訊くと、「話したかったのはそんなことじゃない」とこたえたので、私になにか話したいのだとわかった。

そのときメアリーが私たちの飲物を持って戻り、パサディナにいる友人に会いに行って欲しいというケイトンズヴィルの茶色い目をした娘を紹介してくれたが、その子はチューリップが関心を持つような話ばかり私にしつづけた。彼女がやっといなくなると、彼は言った。「なあ、あんたは物を書いてる。おれは書かないけど、あんたはおれ好みの物書きにかなり近いし、おれはあんたと話をしたいんだ」

それはそれでかまわなかった。チューリップが好きだったし、いまも好きだから。だが、彼が思いこんでるほどではない。

「おれはあんたよりずっと多くいろんなところを見ている」彼は言った。「いろんな物も見ている」

もはや、かまわないとは言っていられなかった。そもそも彼のほうが私より多くいろいろな場所を見てきたとは思わなかったし、たとえそうであっても実際の経験をもとに列車の時刻表を書くのでもないかぎり、多くの場所を見たか否かが肝腎な話だとは考えなかったからだ。人はみな一日に二十四時間しかない。それ以上ということはないし、それ以下のこともめったにない。時間を費やす方法は人さまざま、私にとってはあれもこれもひまつぶしのようなものに思える。そこで私は、「それで?」と言い、部屋の中を見回しはじめた。「いいか」彼は言いつのった。「おれは、あんたが図書館や大学なんてところしか知らないとは言ってない。そんなタイプの物書きだったらあんたを選びはしなかった。だが、ここにはいっぱい物が詰まってるんだ」そう言って彼は自分の胸をトンとたたいた。

私は自分の頭をトンとたたいた。「じゃ、ここにいっぱい詰まってる物書きを見つけることだな」そう忠告した。「お似合いの相手だ」

彼は「ああっ、なんてこった」と吐きすてるように言い、私たちがあまりうまくいっていないのに気づいたメアリーが、様子を見に近づいて来た。「あなたのお友だちは少しばかりピリピリ《タッチー》している」チューリップは彼女に告げた。

「あなたのお友だちは少しばかり気にさわる《タッチング》」私は彼女に告げた。

メアリーは笑い声をあげ、白い長い腕でかわりばんこに私たちの体を抱きかかえた。「わたしに話したいの？」

私は「ノー」とこたえ、チューリップも「ノー」とこたえ、私に向かって、「例を一つ挙げさせてくれないか。一つでも話させてくれれば、おれが言ってる意味がわかると思う」と言った。

「それほどぞっとするような話じゃなければ、話させてあげたらどう？」メアリーが言った。二音節を超える単語は一つも使わず、ほとんどが一音節ばかり、いつもの話し方とはちがっていたので、なにかのことで大まじめになっているのがわかった。「さ、飲物をとってきてあげる」と言い、彼女は私たちのグラスを手に去って行った。

私が「ま、いいだろう」と告げると、彼はこれまでに話してくれた、あるいはそれ以降ずっと話そうとしかけた数多い話の一番手を語ってくれた。

その話は(訳註44)プロヴィデンスに住むある貧しい人たちにまつわるものだったが、彼ら自身かその周辺で起きる出来事すべてにみんなが当然いだくべき感情を示すように見え、いろいろなことが起きても、いつもそれにふさわしい反応をしつづけるので、私にはたいした話に思えなかった。私たちの飲物を持ってメアリーが戻り、立ったままで話の後半三分の二に耳を傾けた。話が終わったとき、チューリップはなにも言わず、彼女も無言だった。

「いい話だ」私は言った。「少し文学的なようだがね」

波止場で働いてきたので色濃く日焼けしているチューリップの顔がほんの少し赤くなったような気がした。彼は、「ちょっとばかり化粧を施したんだが、やりすぎだったかもしれない」とこたえ、私が黙っていると、「だが実際にあったことなんだ、わかるだろう」とつけたし、それでも私がなにも言わないので、「どれくらい話に化粧をすべきかなんてことが、どうしておれにわかる？」と言った。

メアリーが私に言った。「そんなに嫌がる必要はないでしょ」普段の話し方に近いことが音節の数からわかり、私がチューリップの話に耳を傾けるように願っていたこともはっきりしたが、私が彼をどう思ったかはたいして気にしていないようだった。

「なにをお望みなのかな？」私は二人に訊いた。

メアリーは笑い声をあげて言った。「わたしがなにを望んでるかは知ってるでしょう。休戦にしたらどう」チューリップは私を不快げににらみながら、大きな太い指で髪をうしろに梳《す》いていた。「街にいつまで？」彼はたずねた。

「あと三、四日のつもりだ。一日か二日のびるかもしれない。子供たちに会いに早くサンタモニカへ行きたくてね」

「何人いる？」彼は訊いた。

「二人。（訳註45）八つになる男の子と女の子のほうは四つになるのかな。一人ずつ生まれるとたいていは打ちどめにするものだろう」

ケイトンズヴィルの娘が近寄ってきて、言った。「どちらも素敵な殿方なのに、ひと晩じゅうこの隅っこに隠れて二人っきりでお話をなさってるおつもり？」言葉は私に向かって発せられたが、話しかけているおめあてはチューリップだったので、しばらくして彼女のお相手は彼にまかせ、メアリーと一緒にその場を離れた。

チューリップがうしろから私たちに声をかけてきた。「ドクターを通して連絡できるよね？」

メアリーと私はうなずき、私は彼女にたずねた。「あの男はなにを考えてる？」

彼女は首を横に振った。「彼がなにを考えてるのか察知するのは難しいわ。さっきあそこで夢中になってたのは適合性についての彼自身の固定観念だったんじゃないかしら。なにかしら連続性のある――時間の経過どおりである必要はないんだけど――出来事のつながりが――たとえ一見無関係に見えても――人の人生に――たぶん一番重要な彼自身の人生もふくめて、あらゆる人の人生に――一つの――あるいは特定の――形を与えるといったさまざまな理論に没頭しているのよ」

「なるほど」私はこたえた。「それで、ビーズ玉と紐の区別を私にさせたかったのか？」

「あなたでなければ誰かに」

「彼は、人が自分たちの人生をどうしようとしていると思ってるのだろう？」

「他人の心の悩みを人が少しでも理解するとか、他の人もなにか心に葛藤を秘めていることを気づき得るなんて思うほどあなたは初心《うぶ》な人じゃないわね」彼女は言った。彼女は充分に可愛らしく、彼女が言ったことが的を射ていると思えるほどたっぷりと飲んでもいたので、私は話題を変え、自分たちのことを話し始め、いい感じになり、ほかの人たちも話に加わり、こっちから加わったのかもしれなかったが、その雰囲気も同じようにいい感じだった。そのときはなにもかもがいい感じだった。

しばらくたってチューリップが二階の奥の小さな居間のような部屋にいた私を見つけ――メアリーはカシードラル通りからほんの少し離れたところに古い三階建ての家を持っていた――一緒にいたミセス・ハッチャーとかそんな名前の小柄なセミ・ブロンドの女がいなくなってから、私に言った。「あんたと話したかったんだ。なにかをぶちこわす気はまったくなかった」

「正直言って、おまえさんがなにかをぶちこわしたかぶちこわさなかったか、私にはわかりもしない」

「そう、それならいいんだが」そう言って彼は腰をおろし、私に煙草をすすめかけ、私が喫っていることに気づき、私はセミ・ブロンドのグラスに酒を注いで彼に渡した。言うまでもなく禁酒法の時代だったが、ボルティモアでは私が憶えているかぎり、前よりスコッチが多く飲まれ、ライの量は減っていた。「おれたち、うまが合わないらしいな?」飲物を飲んだあと、彼は言った。「残念だよ、もっとうまく付き合えそうに思えたんでね」

そのときさっと私は肩をすくめたと思う——肩をすくめるのが好きなのだ——そして、人間のいいところの一つは、人はどんなことにでも耐えて生きていけるといったようなことを告げた。

「そう、そう」彼は言った。「一大事だと言ったんじゃない。ただ残念だと言っただけだ。それでも気になるんなら言うが、非常に残念だってほどのことじゃない。青いパンツに茶色の靴をはいてしまった程度の些細なことだ」

私は彼の言葉を信じなかった——というか、いまは信じないということなのか、そしてあのとき起こったことを思い返そうとしているのはいま現在なのである——それで息をしたり煙草を喫う音以外は沈黙を守った。彼が言ったことを信じなかったというのではなく、彼がそれを感じていたことを信じられなかったのだ。初めて彼と会ったそのときすでに、しかもかなりのアルコール漬けになっていたにもかかわらず、いずれ彼が私の分身《サイド》になるような懸念をおぼえた。彼が私のある側面と同じだということはもちろんかまいはしない。誰もがある程度までは他の誰かの映し鏡のようなものだし、もしそうでなければ、いったい人はどうすれば他人について何かを理解することを望めるのだろうか。分身とは、私にとって——少なくともいま現在は、そしてあのときは同じような概念の影、もしくは古めかしく疲弊した、あるいはさらに古めかしく疲弊しきった理論的な道具のようなものを身につけていた――苦痛を取り去ってくれる象徴主義のようなものか、偶像に似たものだと思う。疲れたら休むことだ、それがいい。そして自分自身やあなたの読者を、色つきのシャボン玉でだまそうなんてしないことだ。

（訳註46）二カ月か三カ月後、私はチューリップがミネアポリスの病院にいるというしらせをうけた。その病院で片方の脚を切断する手術をうけたのだという。私は見舞いに行き、ここまで書いた原稿を見せた。

「いいと思うよ」読み終えると、彼は言った。「だが肝腎な点がぬけてるようだな」

たいていの人がそんなふうに考えるものだ。

「もしお望みなら、もう一度読み直そう」彼はつけたした。「最初は走り読みをしてしまったが、もしお望みならこんどはもう少しじっくりと読み直してみるよ」

訳註

1　ダシール・ハメット自身は〝赤狩り〟の渦中、非米活動調査委員会の公聴会に召喚され、証言拒否による法廷侮辱罪で六カ月の服役を宣告され、一九五一年七月十日からニューヨーク市ウェスト・ストリートの連邦拘置所に収容された。九月末にケンタッキー州アッシュランドにある連邦拘置所に移送され、刑期を一カ月短縮されたあと同年十二月九日に釈放された。

2　Gokeyという地名は見あたらない。古い有名な靴メーカーにこの名称があるが、その店の商品か否かは不明。

3　冒頭部分の背景となっているのは、ハメット出所後の一九五二年。一八八四年生まれのハメットが満五十八歳になるのはその年の誕生日（五月二十七日）だから、時期的にはそれ以前（初春という表現が後半にある）。当時彼は税金の滞納を理由に印税をすべて差し押さえられ無一文状態で、友人であるサミュエル・ローゼン医師の好意に甘えてニューヨーク州カトーナ（マンハッタンの北二十マイル）の別荘のゲスト用コテッジで生活していた。その四部屋あるコテッジと、リリアン・ヘルマンが五二年五月に手放した近くのプレズントヴィルにあるハードスクラッブル農園が本篇の舞台のモデルとなっている。

4　締め金つきの蓋がついたガラス瓶。

5　ジャン・エドゥアール・ヴュイヤール（一八六八〜一九四〇年）、フランスの画家。

6 《EQMM》は一九四一年秋季創刊号以来、ハメットの生前に三十四篇の短篇小説を発掘、再録した。
7 娘に手を出した男の背中に散弾銃をつきつけ強制的に挙げさせる結婚式。
8 一九四二年九月、ハメットは四十七歳で陸軍に志願入隊し、第十四通信中隊の伍長として四三年七月末にアリューシャン列島の極北の基地（ウムナック島、キスカ島、アダック島）に配属され、九三年の軍隊生活のあと、終戦直後の四五年九月に除隊になった。
9 FBIが入隊直後からハメットに目をつけ、文書で追いつづけていたことが『ダシール・ハメットの生涯』の第十四章から第二十一章にかけて記載されている。
10 ニューヨーク州ロチェスターにあるエヴェレスト大学を指すのかと思ったが、前置詞が〈in〉なので地名かもしれない。
11 ここから原文で四ページ、チューリップが女友達にあてた手紙の書きだしまで、彼のつくり話めいた逸話が挿入されている。
12 スウェーデン人の愛称。
13 アメリカオシ（ドリ）。
14 〈the Chain〉がアリューシャン列島の別称なのか川の名前なのか、確証が得られず判然としない。
15 リンデン、ヒロハハコヤナギなどの白色の木のこと。
16 オカルト研究者アーサー・エドワード・ウエイト（一八五七〜一九四二年）の著作『薔薇十字友愛団』の書評（鈴木豊雄訳）はおそらくハメット自身が《サタデイ・リヴュー・オヴ・リタラチャー》に寄稿したものの全文と推定される。ウエイトの名前は『デイン家の呪い』にも出てくるが（第四章）、書簡集には次女ジョーに同書を読むようにすすめる手紙がある。

17　種村季弘訳、紀伊國屋書店、一九九三年刊。

18　一九一六年にサンフランシスコで設立されたアマチュア無線クラブがあるが、ハメットとのかかわりは明らかにできなかった。

19　フィラデルフィアのこと。

20　クイーン・メリー号は一九三四年に進水、六七年に引退し、その後はカリフォルニア州ロング・ビーチ港に係留されている。ハメットの母、アニー・ハメットは一九二二年八月に亡くなったが、お気に入りの長男（ハメット）に熱心に読書をすすめた。

21　〈poontang〉。性俗語で性交のこと。

22　〈Two-State Ether〉となっている。

23　原題 Essay in Physics（一九五一年刊）。タイトルに「付・アインシュタインからの手紙」という付言がついている。著者のハーバート・ルイス・サミュエル卿（一八七〇～一九六三年）はイギリスのユダヤ系外交官（パレスチナ在任期間がある）、思想家。同書は、『ハメット書簡集』の巻末に付された〈ハメット読書リスト〉から洩れている。

24　鳥の名前はいずれも総称でこまかな種別までは特定していない。

25　イタリアのカトリック聖人、一一八一（一一八二）～一二二六年。アッシジの聖フランシスと呼ばれ、イエスの教えを実践し、清貧の生活に徹した。聖フランシスコ会の始祖。

26　Coeur d'Alenes と表記されているが、現行の地図では末尾の s は省かれている。ワシントン州スポケーンのすぐ東側、アイダホ州のパンハンドル地帯（ひしゃくの柄）にあり、現在は美しい湖を中心にしたリゾート地。「白人交易商の心臓は錐の先のように小さい」というネイティヴ・アメリカンの言葉に由来した地名。
27　鳥類保護地区。マッコネル（McConnell）がどこを指すのかは特定できなかった。
28　スズキ科の扁平な淡水魚。海ならマンボウ。
29　トポロジー（topology）。ハメットは数学にも関心があり、かなりの知識を持っていたようだが、ここからの少年とのやりとりは数学や幾何学についての理解が充分でないとわかりにくい。私（訳者）は「位相」「位相数学」を広辞苑であたってみたが、よく理解できなかった。
30　ドイツの数学者、アウグスト・フェルディナント・メビウス（一七九〇～一八六八年）が発見した奇妙な曲面図形（帯状の長方形の端を百八十度ひねって貼り合わせる）。この図形に基づく難解な理論はさておき、平面の連続からウラとオモテが消滅するこの奇妙な〝立体図形〟を私は中学生の頃作成して首をひねった思い出がある。ハメットがメビウスの帯からヒントを得て書いたのはおそらくパラグラフごとにカードになっていて、順序は定まっているがどこから読み始めても一つの話になる仕掛けの話だったのだろう。同じ趣向の箱入りカード本を見かけたことがある。
31　ハメットは後出のワシントン州にある結核病院で一九二一年に出会った看護婦、ジョゼフィン・ドーラン（愛称ジョウス）と親しい関係になり、同年七月にサンフランシスコで結婚式を挙げた。同年十月、長女、メアリー・ジェーン誕生。「チューリップ」では〈have been married as often as I chose〉と表現されているが、訳文ではこの部分を「（結婚生活を）自分が決めた期間だけつづけた」と解釈した。実際には結核が悪化し、三年後には別居、妻子は故郷のモンタナへ移り、二五年から二六年にかけてふたたび一緒に暮したが、次女、ジョゼフィン・レベッカ（ジョー）誕生後、再度別居。正式に離婚したのは、リリアン・ヘルマンとの親しい関係が始まって六年後の三七年だった。

32 ここに出てくる二人の孫は長女メアリーが生んだアンとエヴァンを指していると思われる。ハメットが長女より次女ジョーにより心を傾けていたことは『ハメット書簡集』などからうかがい知れる。それに対する弁明が次に出てくる「二人とも好きだ」なのだろう。

33 身近で起こった銃撃や弾丸の衝撃で記憶を失ったり、精神に障害をもたらす戦争神経症。現在はＰＴＳＤ（Post Traumatic Stress Disorder）と呼ばれている。

34 〈goofs〉頭のおかしな連中の意。

35 ピンカートン探偵社の支部を指す。ハメットは、二十歳の頃（一九一五年）、週給二十一ドルでボルティモア支社のオプとして働き始め、やがて西部に派遣され、モンタナ州ビュートの鉱山ストライキでは会社側のスト破りの要員として狩りだされたりした（一九一七年）。兵役（第一次大戦）後、一九二〇年にはまたピンカートン社に復帰し、最初に着任したのがスポケーン支社だった。

36 James Gibbons Huneker（一八五七～一九二一年）。作家、音楽評論家。

37 Anna Pavlova（一八八五～一九三一年）。ロシアのバレリーナ。

38 Gila monster（アメリカドクトカゲ）。アメリカ南西部からメキシコにかけて棲息する醜悪な面がまえの巨大トカゲ。アリゾナ州を流れるヒーラ川にちなんだ命名。

39 この作品は「休日」（本書収録）を指している。

40 チューリップの友人としてドクター・モーホーターという人物の名前が出てくる。メアリーはその人物の娘で、ハメットとも親交があったのだろうが、くわしい間柄は不詳。
41　三〇年の夏の終わり、パラマウント社のデヴィッド・O・セルズニックに招かれてハリウッド入り。初仕事はゲイリー・クーパー主演の「市街」（三一年公開）の原案づくりだった。ハリウッドにおけるハメットの暮しぶりは『ダシール・ハメットの生涯』の第八章にくわしい。
42　本名、ロバート・ロルフ（一九〇八〜一九六九年）。三〇年代後半のニューヨーク・ヤンキースでサードを守った右投げ、左打ちの強打者。のちにデトロイト・タイガースの監督をつとめた。
43　Sea Girt はニュージャージー州モンマス郡の海辺地域。
44　ロード・アイランド州の州都、港町。
45　この記述はハメットの実生活とは一致しない。この場面は彼がチューリップと初めて出会った一九三〇年頃のことだが（彼自身はまだ三十代後半）、実際には長女は九歳、次女は四歳ぐらいの年まわりなのだ。いずれにしろ男と女の子供が一人ずついるというのはおかしい。なお、のちにレイマンと共同で『書簡集』を編んだ次女ジョーの娘ジュリーと長女メアリーの二人の子供たち（つまり三人の孫）にヘルマンをまじえた、マーサズ・ヴィニャード島の別荘で撮られたハメット最晩年（六〇年春）の〝老残〟写真が『書簡集』におさめられている。
46　本篇初公開時、このあとにつづく訳文十行の結文の前にある一行あきの箇所にリリアン・ヘルマンは、まるでエラリイ・クイーンの「読者への挑戦状」さながらに次の一文を挿入している。

――「チューリップ」は未完のままここで終っています。しかし実際にはハメットは本の結末を書き終えていました。それが以下の結文です。Ｌ・Ｈ――

「実際に書き終えていた」という言葉の実相はいまとなっては確かめようもないことである。この部分がなくても「チューリップ」は小説として完結していると読むことはできるし、この〝結文〟をふくめて「チューリップ」全体が二人の合作であるとうけとめることも可能だ。それはそれとして、訳者の私的感慨を最後に述べれば、「作家ハメットのハードなコアを堪能した」のひとことに尽きる。

解説

赤狩りの渦中、法廷侮辱罪（証言拒否）で連邦拘置所に五カ月間服役したダシール・ハメットが、釈放後一九五二年秋から「ゆっくりと原稿を書き進め」（ウィリアム・F・ノーラン『ダシール・ハメット伝』）、死の直前まで書きつづけようと努めていた、一万七千語の未完の小説「チューリップ」は、ハメットの没後五年を経た一九六六年に後半生の伴侶であった劇作家、リリアン・ヘルマンが編纂し、序文を付した短篇集 The Big Knockover に収められた。

〝おやじさん《パップ》〟と呼ばれる語り手はほぼハメットと等身大の人物だが、彼自身がこの小説を〝自伝的小説〟として完成させようとしていたとは断じ難い。どこまで書きのばすつもりだったのかもわからないが、リリアン・ヘルマンはまだ姿さえ現わしていない。パップと昔話に興ずる「チューリップ」という人物は、ノーランによればアリューシャンのキスカで知り合った昔馴染みの陸軍中佐がモデルだという。ただしそれもどの程度等身大に描かれているのかは明らかではない。ハメットが、自分自身を語るための〝第二の自我〟としてこの人物を作法上非常にうまく操っているのが読みとれるからだ。

ノーラン自身は『ダシール・ハメット伝』の第二十三章で本篇にかなりくわしく言及し、「みごとな筆致」「豊かな知識と正確な描写」などとしつつも、「最終的評価としては、この作品はひとりの小説家の叫びでしかない。書けない！　どうしてなんだ！」と結んでいる。

Ⅱ

理髪店の主人とその妻 *The Barber and His Wife*

毎朝七時半に、ステムラー夫妻のベッドわきのテーブルに載った目覚し時計が二人を起こし、日課の喜劇を演じさせる——毎週ほとんど変わることのない決まりきった喜劇を。

ルイス・ステムラーは、鳴りつづける時計を見向きもせずにベッドから跳ね起き、開きっ放しの窓に近づいて胸を突き出し、両腕をたくましく伸ばしながら、いかにも楽しげに深呼吸をつづけた。冬はとりわけ楽しげだ。パジャマの下で体が氷のように冷えるまで、開いた窓辺から離れようとしない。夫妻が住む海に面した街では、季節を問わずに朝の風は冷えきっていて、粗野ぶりをひけらかす夫の仕草はいつも妻のパールの苛立ちの種だった。

一方、パールは目覚し時計のベルをとめ、また目をつむって眠っているふりをしていた。ルイスは、妻が眠っていないと見ぬいてはいたが、確信はなかった。そこで、浴室に入ると、わざと音高く浴槽に水を注ぎだした。

それからまた寝室へ戻り、複雑で入念な体操をひとしきりすませてから浴室へ赴き、浴槽に飛びこんで楽しげに水音を立てた——冷水浴が彼にとってどれほど快適なものか、聴き耳を立てているものが充分納得できるだけの時間をかけて。目の粗いタオルで体をごしごしやりながら、彼は口笛を吹きはじめた。いつもきまって第一次世界大戦中の懐かしの曲だった。その朝彼が選んだのは「炉の火を燃しつづけてくれ」だった。「また逢う日まで」と肩を並べる大のお気に入りである。だがときおり彼は「兵士たちになにをしてくれるんだ、ケイティ？」や「彼らをどうやって農場に縛りつけておくんだ？」を口ずさむこともある。体をこするタオルのきびきびした動きに合わせて、彼は低く、平板な調子で口笛を吹きつづけた。この段階にさしかかると、パールの苛立ちはピークに達し、ベッドで寝返りを打つ。寝室から夫の耳に洩れ伝わってくるシーツのこすれる音がなんとも心地よかった。けさは、寝返りだけでなく、かすかなため息さえ伝わってきた。じっと耳を澄ましてその音を聴きとったルイスは満ちたりた気分に浸った。

乾いた血色のいい裸身のままルイスは寝室へ戻り、服を着はじめた。口笛の音をおさえ、妻のパールにはできるだけ目を向けないようにつとめた。これは彼女のほうも同じだったが、目は向けなくても、相手を苛立たせるなんらかの行為の口火を切るチャンスをおたがいに油断なく待ち構えていた。とはいっても、この種の戦いに関してはどちらも年季を積んでいたので、あからさまに口火が切られることはめったになかった。パールにとって朝のこの一戦はつねに決定的に不利な立場にあり、どうしても守勢にまわらねばならず、夫のパフォーマンスの前で狸寝入りをするぐらいしか武器はなかった。妻の苛立ちだけでなく、ルイスは無言の口論における彼の役柄のすべてを楽しんだ。その楽しみに唯一水をさすのは、妻がほんとうに眠っているかもしれない可能性があり、彼の男らしさを誇示する仕草を見損なったかもしれないことだった。

ルイスがズボンに片方の足を通したとたん、パールはベッドからぬけだし、キモノをまとい上靴をつっかけて、あたたかい湯で顔をちょこっと湿らせ、台所へ入って朝食の準備にとりかかった。この一連の動作のあいだに、彼女は軽い頭痛をすっかり忘れてしまった。夫がズボンを手にするまでは絶対にベッドから起きないこと、そして身づくろいが完了するより早く、夫妻が朝食をとる台所のテーブルの上に彼の食事を並べること――これを彼女は誇りにしていた。夫がネクタイを結ぶのに念入りに時間をかけてくれるおかげで、彼女の試みはたいていはうまくいった。もちろんルイスのもくろみは、食事の準備が整う前に、完璧に身づくろいをすませ、朝刊を手にして台所のテーブルに着くことだ。そして当然のことながら、食事の準備が遅れたことを寛大に許してみせる。けさは、新しいシャツ――淡紅色の太い縞が入った白い絹製――に少しばかり手こずって、上着とヴェストを身につけずに朝食の席に着き、早くもコーヒーを注ぎはじめたパールにびっくりしたような視線を投げかけた。

「もう準備ができてたのかい、ダーリン《ペット》?」彼は言った。

「あなたの支度がすんだときにはいつだって用意できているでしょう」当然のきまりごとについ言及してしまった夫の過ちを気づかせるように妻は指摘した。

これで、けさの一戦は引き分け……。

ルイスは淡紅色の縞柄の袖にときおり目をやり、食事をとりながらスポーツ欄を読んだ。淡紅色の縞と袖口の深紅色のゴムバンドの不調和に気持ちをくすぐられる。彼は赤が大のお気に入りだったが、さすがに赤いネクタイはつけないという、強いタブーの証明だった。

「けさの具合はどうだい、ペット?」チャンピオンの次の試合についての記者の見解を読み終え、前日の野球の結果に移る前に、彼は妻にたずねた。

「快適よ」

頭痛のことを口にすれば、同情を装った優越感を見せつけられかねないことをパールは知っていた。おまけに、もっと肉を食べろとか、もっと運動をしろと言われるだろう。肉体に影響が及ぶような病を一度も経験したことのないルイスは、身体の不都合を訴える病人が示す苦痛がたとえ事実だとしても、適正な治療によって苦痛は避けられるという考えの持ち主だった。

朝食をすませると、ルイスは葉巻に火をつけ、コーヒーのおかわりに口をつけた。夫が葉巻に火をつけたとたん、パールの気分はほんの少しよくなった。肺のことを考慮して、ルイスは煙を吸いこまずに葉巻を喫うことにしている。パールにとって、煙を口中にとどめて外に吐くという動作は愚かな児戯のように思えた。そのことを彼女はあえて口に出さずに夫にわからせてきた。夫が家で葉巻を喫うたびに、彼女はあらゆる工夫を凝らして興味深げに夫を見つめる。それがなによりも彼を嫌がらせた。だが、明白な敗北宣言になるのをおそれて、彼は家での喫煙をやめようとしなかった。

スポーツ記事を読み終えると——ゴルフとテニスに関するコラムは除く——ルイスはテーブルを立ち、ヴェスト、上着、帽子を身に着け、妻にキスをし、わざとらしい軽快な足どりで自分の店へ向かった。彼はいつも朝のダウンタウンの二十ブロックを二十分で歩く——機会さえあればいつでもそれとなくほのめかすことにしている早足の芸当だった……。

ルイスはこの六年間馴れっこになっている、けっして弱まることのない誇りをいだいて自分の店に足を踏み入れた。この店は開店時と同じように美しく、素晴らしい。緑と白の二色の自動椅子の列。どの椅子にも、白衣を着けた客にかしずく白い上っ張りの理髪師がついている。カーテンで仕切られた奥の小部屋には、当直の白衣のマニキュア師たちがひかえている。雑誌と新聞が並べられたテーブル。コート掛け。朝のこの時間にはまだ待っている客のいない白いエナメル塗りの椅子の列。白い上着をまとった二人の黒人の靴磨き。色のついた瓶の列。トニック、石けん、蒸気の匂い。そして、しみ一つない磨きあげられたぐるりのタイルと磁器、ペンキの光沢、ピカピカの鏡。ルイスは店内に一歩踏み入れて足をとめ、従業員たちのあいさつにこたえながら、店内のすべてを一身にうけとめた。従業員たちは全員がここで働きはじめて一年以上たち、彼のことを、尊敬の念をこめた親しげな正しい口調で〝ルー〟と呼んだ――この店での彼の地位と温情に対する讃辞でもあった。

ルイスは理髪師たちと冗談口をたたきながら、店の奥まで歩いた。途中でちょっとだけ足をとめ、週二回のマッサージのためにピンク色の顔に蒸しタオルをあてた不動産屋のジョージ・フィールディングと言葉を交わしてから、靴磨きの一人であるパーシイに上着と帽子を渡し、ひげを剃らせるためにフレッドの椅子に坐った。ローションの香りと理髪用の道具が立てる滑らかで小さなうなりがあたりに漂っている。健康だとかなんだとか……悲観主義者たちはいったいどこで繰り言の種を仕入れてくるのだろう？

店の入口近くの電話が鳴り、理髪師のチーフをつとめるイーミルが声を張りあげた。

「兄さんが話したがってますよ、ルー」

「ひげを剃ってるところだと言ってくれ。なんの用なんだ？」

イーミルは受話器に話しかけてから、「午前中に、彼のオフィスへ来られるか、知りたがっています」

「〝わかった〟と言ってやれ」

「また大きな話でもあるのかね？」フィールディングがたずねた。

「きっとびっくりするような話だ」理髪師特有の気のきいたしゃべり方でルイスはこたえた。

フレッドはタルカム・パウダーをしみこませた蒸しタオルでルイスの顔を最後に軽くはたき、

パーシイはルイスのピカピカの靴を仕上げにポンとたたいた。店主は椅子からおり、淡いピンク色のシャツをまた上着でくるみこんだ。

「ベンに会ってくる」彼はイーミルに告げた。「一時間かそこらで帰ってこられるだろう」

四人兄弟の長兄、ベン・ステムラーは――ルイスは三人目の弟――青白い丸顔をして、高い階段を昇ったあとのように、いつも息を切らせていた。ニューヨークのある製造会社の支店長におさまり、長年の苦労と、敗北を拒絶する頑固さのおかげでかなりの成功をおさめた。この数年、慢性腎炎に苦しめられているが、その原因は実を言えば懐があたたかくなったためである。魚そっくりに飛びだしていた目のまわりの皮膚が、病気のためにむくんで目立たなくなり、都合のいいことにいかがわしい目つきまでいくぶん影を薄め、以前より信頼がおける顔立ちになっていた。

ルイスがオフィスへ入ったとき、ベンは息を切らせながら、速記者に口述筆記をさせていた。「貴殿のご厚情は……の他はありません……遺憾ながらご希望にそえず……ご都合のよろしい折に」彼は弟にうなずき、あえぎながら先をつづけた。「シュナイダーへの手紙は……なんとも理解しがたく……当方のローズは……」

ぜいぜいいう音とともに口述は終わり、彼は速記者をさがらせてルイスのほうを向いた。

「調子はどうだ?」ルイスがたずねた。

「なんとかやってるさ、ルー。だが、体の具合はあまりよくない」

「運動を充分にやってないからだ。外へ出て歩けよ。ジムへ連れて行ってやろうか。冷水浴もいいぞ」

「わかった、わかった」ベンはうんざりした口ぶりでこたえた。「お前の言うとおりなんだろう。だが、おれにもひとつ言ってやることがある……聞き流せない大事な話だ……どう切りだしていいのかわからないんだが、おれは……つまり……」

「さっさと言っちまえよ」ルイスは笑みを見せながら言った。兄貴は何か面倒事をかかえちまったらしい。

「パールのことだ！」ベンはあえぎ声で言った。異様に傾斜のきつい階段を昇ってきたあとのような声だった。

「パールがどうした？」ルイスは椅子の中で体をこわばらせたが、顔にはまだ笑みが残っていた。彼は最初の一撃でぐらつく男ではない。パールが浮気をしているなどと考えたことはこれまで一度もなかったが、ベンが彼女の名前を出したとたんにピンときたのはそのことだった。それ以上ベンからなにも聞く必要さえなかった。なぜ一度も疑わなかったのかが不思議に思えるほど、当然の成り行きに思えた。

「それで？」彼はもう一度たずねた。

このしらせをもっと遠まわしに告げることができなかったからには、話をさっさとすませてしまおう。ベンはあえぎ声で一気にまくしたてた。「おとといの夜、彼女を見かけた。映画館でだ。男が一緒だった。ノーマン・ベッカーだ！　リッツ&オーリッツの店でセールスの仕事をやっている。二人は一緒に劇場《こや》を出て行った――やつの車でだ。バーサも俺と一緒だった――彼女も二人の姿を見ちまった！」

あえぎながらひと息ついて話をしめくくり、ベンはまたぜいぜいしはじめた。

「おとといの夜か」ルイスは考えこんだ。「おれはボクシングを観に行ってた――キッド・ブリーンが第二ラウンドでオトゥールをノックアウトして……家に帰ったのは午前一時すぎだった」

ベンのオフィスからルイスの家までは二十四ブロックある。機械的に計測して――ほとんどが昇り坂だった――徒歩三十一分ということはわかっていた。悪くはない所要時間だ。今日も歩いて行こうと彼は決めた。時間はたっぷりとある。この状況にどう対処するかを考える時間が必要だとか、そういう意味ではない。考えるべきことなどなにもなかった。水晶球のように澄んで、手にとるように明らかな事態にすぎない。彼には女房がいる。よその男が彼の持物に手を出した。あるいはまだゴールには達していないかもしれないが、ルイスのように勇猛な男らしい男にとっては、結論は明白だった。こんな状況に対処すべく、男には拳固と筋肉と勇気が備わっているのだ。この非常事態に備えて、男は肉を食い、開いた窓に向かって深呼吸をし、アスレティック・クラブの会員でありつづけ、煙草の煙を肺に入れないように注意するのだ。私有地への侵略の程度を見きわめたあと、やるべきことは単純だった。

なにかシルクのものを洗濯中だったパールは驚いて顔をあげた。

「おとといの晩、どこへ行っていた?」ルイスの声は冷静で落ち着いていた。

「映画館よ」パールの声はあまりにもさりげなかった。彼女はこの場面でさりげなさを選ぶべきではなかったのだが、いずれにせよ、先になにが待っているかはわかっていた。

「誰とだ?」

どんなに言いつくろってもだまし通すことはできないと知って、パールは結果はかまわずに洗いざらいぶちまけてしまう決心をした――知りあった頃の魅惑的な関係が色褪せたあと、二人のあいだにずっとわだかまっていたことだった。

「男の人とよ! その人に会うために映画館へ行ったの。それ以前にもいろんなところで彼と会ったわ。一緒に逃げようと言われてる。彼は、スポーツ以外の記事も読む人よ。ボクシングの試合を観に行ったりはしない。映画は好きだけど、バーレスク・ショウは大嫌い。煙草の煙はしっかりと吸いこむわ。男性に必要なのは筋肉だけだなんて考えていない人よ」彼女の声はどこまでも甲高くなっていった。

ルイスは妻の長広舌に一つの質問で割って入った。いきなりまくし立てられたことに驚いていたが、妻の勢いに過度に煽り立てられる男ではなかった。

「いいえ、まだよ。でも、その気になったらそうするつもり」夫の質問に対して、パールは少しも変わらぬ甲高いさえずり声でこたえた。「その気になったら、彼と駆け落ちをするかもよ。あの人は、食事のたびにビーフを望んだりしない。冷水浴もしない。野蛮ではないこともちゃんと認められる。自分の肉体を崇拝したりはしない。彼は……」

背後でドアを閉めたときもまだ、彼の妻が甲高い声で唱えつづける求愛者の資質の数々がルイスの耳に響いていた。

「ミスター・ベッカーは？」ルイスは、リッツ&オーリッツ社の販売部の仕切りのうしろにいた小柄な青年にたずねた。

「奥の隅のデスクです」

ルイスはとびらを開き、二列のデスクが機械的に並べられた長い通路のあいだを奥へ向かって歩いた——平たいデスクが二つ、タイピストが一人、平たいデスクが二つ、タイピストが一人。タイプライターの音、紙のこすれる音、口述をつづけるもののうげな声。

「貴殿のご厚情により……当社のハシスは……喜んでご連絡を……」計算ずくの軽快な足どりで歩を進めながら、ルイスは奥の隅にあるデスクの前に坐っている男を観察した。見かけはいい体格をしているが、たぶん肉はたるんでいて、ボディ・ブロウには耐えられないだろう。

彼がベッカーのデスクの前に立つと、彼よりも若い男は、とまどったような薄い色をした目でルイスを見あげた。

「ミスター・ベッカーかね？」

「はい。お坐りになりませんか？」

「いや、けっこうだ」ルイスはそっけなくこたえた。「これから言うことは、立ったまましゃべるべき事柄だ」セールスマンの目に当惑の色が浮かぶのが見てとれた。

「おれは、ルイス・ステムラーだ！」

「あっ、そうですか」ベッカーは言った。それ以外に言うべき言葉が思いつかなかった。注文書に手を伸ばし、手中におさめたが、依然として途方に暮れていた。

「ひとつ教えてやろう」ルイスが言った。「他人の女房と浮かれ遊ぶとどうなるかを」

ベッカーの、くせになっている困惑の色がいっそう深まった。とてつもなく愚かしいことが起ころうとしている。どうやらとんでもない物笑いの種にされそうな気配だ。

「立ってくれるかな？」上着のボタンをはずしながら、ルイスが言った。

坐りつづける理由を思いつくことができずに、ベッカーはふらふらと立ちあがった。ルイスはデスクの角を回りこみ、セールスマンの正面に立った。

「正々堂々とやろう。不意討ちはくわせない」ルイスは両肩をこわばらせ、左足を前方に進め、彼の正面にある困惑した二つの目をじっと見つめた。

ベッカーは礼儀正しくうなずいた。

理髪店の主人は、重心を右足から左足へ移し、若い男の口元を一撃した。その勢いで相手は壁際まで吹っ飛んだ。ベッカーの顔に浮かんでいた困惑の色が怒りに変わった。こういうことだったのか！　彼はルイスに突進し、体がぐらつくような数発をくらって後ずさり、へたりこんだ。無我夢中で相手の両腕をおさえつけようと試みたが、相手の腕は苦もなく逃れ、顔面と体を拳の連打に見舞われた。ベッカーは二十ブロックを二十分で歩いたことはなく、開いた窓に向かって深呼吸をしたこともなかった。毎朝欠かさずに、体をねじったり、起こしたり、かがんだりもしてこなかったし、筋肉を増強するためにジム通いをしたこともなかった。このような緊急事態に直面したことはいまだかつてなかったのである。

争いのまわりに群がった人々が、二人を引き離し、おさえつけ、へたりこみそうになっているベッカーの体を支えた。

ルイスは静かに呼吸していた。セールスマンの血まみれの顔を落ち着いた目で見つめながら、言った。「これで、もうおれの女房に二度と手は出さんだろうな。〝やあ〟と声をかけるだけでも、ここへ戻って来て、かたをつけてやる。わかったか？」

ベッカーは無言でうなずいた。

ルイスはネクタイを直し、オフィスを出た。めんどうな事態は、きれいさっぱりかたづいた。妻を失うことにもならなかったし、裁判所で離婚訴訟を始める必要もない。発砲騒ぎのような安っぽいメロドラマのシーンもなかった。もっと大事なのは裏切られた亭主の役で新聞種にならなかったことだ——良識ある、男らしいやり方で決着をつけただけのことである。

今夜はダウンタウンで食事をしたあとバーレスク・ショウを観に行こう。夜遅くに帰宅する頃にはパールの神経戦の矛先も鈍っているはずだ。きょうのことを彼女にほのめかすつもりは毛頭なかった。なにかとんでもないことが起きて、話す必要が生じないかぎり黙っていよう。だが彼女は、いつも彼が胸の中でこういうときはこうしようと考えていることを見抜いている。自分の所有物を守る能力を必ず見せつけてきたことも彼女はわかっていた。

ルイスはパールに電話をかけた。静かな声がつたわってきた。どうやらヒステリーの嵐は去ったらしい。夕食の時間もダウンタウンにいるつもりだと聞かされても、質問もしなかったし、口もはさまなかった。


彼が帰宅したのは夜中の十二時をかなりまわってからだった。ショウのあと彼は、〝ヤング・テリー・サリヴァンの時代以来最も嘱望されているライト級ボクサー、オークランド・キッド・マッコイ〟のマネージャーをやっている〝ダッチ〟・スプリールと会い、前の試合でキッドから勝利の権利を奪った相手方の策略をスプリールが非難しつづけるのに耳を傾けた——公正な世の中であれば、文句なしにキッドが勝っていた試合だというのだ。

ルイスはひっそりと家に入り、入口の小部屋の明りをつけた。開いた寝室のドアの向こうに、シーツもしわになっていない、主のいないベッドが見えた。じゃ、パールはどこだ？　暗い部屋の中で坐って待っているはずがない。明りをつけながら、あちこちの部屋を探してみた。ダイニング・ルームのテーブルに一枚のメモが載っていた。

このけだもの、あなたとは二度と会う気はないわ。まったくあなたらしいわ――ノーマンをぶちのめせばかたがつくと思うなんて。わたしは彼と遠くへ行きます。

ルイスはテーブルに体を支えた。冷静に確信していたことが薄れてゆくような気がした。これが世の常だというのか！　ベッカーにはちゃんと闘うチャンスを与えてやった。不意討ちをくわしてもよかったのに、堂々と闘ってやった。そしてこっぴどく痛めつけてやったのだ――そのあげくがこのざまだ。この世の中、腰抜けのほうが得をするってのか！

解説

〝ハードボイルド探偵小説の始祖〟という名誉ある呼称もあるが、〝プロの探偵あがりの探偵小説家〟という呼び名が最も似つかわしいアメリカの作家、ダシール・ハメット（一八九四～一九六一年）の物書きとしてのデビューは、文芸誌〈スマート・セット〉の一九二二年十月号に掲載された「最後の一矢」というわずか百二十語の小話《こばなし》だった。だが、その前にハメットは、売れない短篇小説や無署名で掲載された小品などを何本も書き上げていた。

健康状態の悪化のため、一九一五年以来断続的に勤務していたピンカートン探偵社を辞め（一九二二年二月）、妻子を養うために彼が短篇小説を書き始めたのは、まもなく二十八歳の誕生日を迎える一九二二年の春のことだった。そして、初めてのタイプライターで初めて書き上げたのが、本篇「理髪店の主人とその妻」だったのである。だが売れ口はなかなか決まらなかった。やっと拾ってくれたのが、通俗読物小説専門の〈ブリーフ・ストーリーズ〉というパルプ・マガジンで、掲載号は一九二二年十二月号、筆者名はピーター・コリンスンだった。

本篇以外にハメットは、同じくコリンスン名義で「犯罪の価」、ハメット名義で「軽はずみ」「紳士強盗イッチイ」など合わせて四篇の短篇小説をこの雑誌に寄稿している。犯罪がらみの内容のものもあるが、軽妙な都会小説仕立ての作品をめざしていたのだろう。

帰 路　*The Road Home*

「こんな機会を見逃すなんて、おまえさんも愚かな男だ。おれが死んだという証拠を国に持ち帰れば、おれを連れ戻すのと同じ手柄と報酬が得られるはずだ。雲南〔中国南西部〕の国境の近くに、報告する話の裏づけになる書類を埋めてある。わざわざ姿を現わして、おまえさんのお芝居を台無しにしたりはしないから、心配することはない」

褪せたカーキ色のシャツを着た痩せた男は、辛抱づよく苛立ちを抑えて顔をしかめ、目の前でしゃべっている男の血走った茶色の目から視線をそらし、帆船のチーク材の舷側越しに、アジアワニが皺のよった鼻面を突きだしている河面に目をやった。その小さなワニがもう一度水面に浮かんだとき、ヘイジドーンの灰色の目は、彼の前で訴えかけている相手の目に戻った。同じことを何度もくりかえしてこたえてきたためか、くたびれきった口ぶりだった。

「そんなことはできない、バーンズ。おまえを捕えるために、ニューヨークを出たのが二年前だ。この二年間というもの、おまえを追いながら、このいまいましい国――ここと雲南で過ごしてきた。おまえを見つけるまでここにいると言って出てきた。だから、おれはその約束を守りつづけた。それが、どうだ！」腹立たしげに、彼は言いたした。「やっと約束を果したいまになって、この二年間を棒に振れというのか！　こっちの身にもなってみろ」

　現地人の服を着た浅黒い男は、人当たりのいい愛想笑いを浮かべ、追跡者の言葉を軽く片手を振って、はらいのけるようにした。

「二、三千ドルの端た金の話をしてるんじゃない。アジアの最も豊富な宝石の鉱山から、好きなだけおまえさんに提供しようと言ってるんだ。この鉱脈は、イギリスが侵略してきたときにムランマ人〔ミャンマー人〕が隠したものだ。おれといっしょに来てくれたら、目の玉が飛びでるほどのルビーやサファイアやトパーズの山を見せてやる。おれがいま頼んでることは、いっしょにそこに行って宝石を見てくれということだけだ。気に入らなければ、それからおれをニューヨークに連れ帰ってもいいだろう」

　ヘイジドーンは、ゆっくりと首を横に振った。

「おまえは、おれといっしょにいますぐニューヨークに向かう。人狩り稼業は、とびきりきれいな商売とはいえないが、おれにできるのはそれだけだ。おまけに、この宝石の話はどうもキナ臭く思える。帰りたくないのはよくわかる。だが、おまえを連れ戻さなきゃならないってこともわかってもらいたい」

バーンズは、不快げに探偵の顔をにらみつけた。

「融通のきかない男だな！　おたがいに何千ドルも損をするんだぞ！　クソッ！」

彼は現地人がやるように侮蔑的に唾を吐き、竹を編んだマットの端に坐りなおした。

ヘイジドーンは、大きな三角帆越しに河面に目をやった。この河は、遠くニューヨークに通じている。沼沢地の毒気を帯びた風が、全長十五メートルほどの帆船にびっくりするようなスピードを与えていた。このまま行けばあと数日で、ラングーンに向かう蒸気船に乗船できる。それから、カルカッタに向かうもっと大きな蒸気船に乗り移る。そして、長い船路の果てに、ニューヨークにたどりつく。二年ぶりに帰る故郷だ！

ついに相手を追いつめたこの日まで、正体のわからぬ影にすぎなかったものを追って、未知の国で過ごした二年間。雲南とビルマ〔ミャンマー〕の荒野を、一本一本草の根をかきわけるようにして相手を追いつづけ、河や丘やジャングルの隠れんぼに、一年近くを費やしたり、二カ月かけたりしながら、ついに獲物を追いつめることに成功したのだ。みごとに任務を果たして、故郷に錦を飾ろう。娘のベティは十五歳になったはずだ。きっと小さなレディに成長しているだろう。

バーンズはにじり寄って、泣き声まじりの訴えを再開した。

「なあ、ヘイジドーン。後生だからききわけてくれ。二年前の出来事のために、おれたちがあの莫大な金をふいにすることはないだろう。とにかくおれは、あのとき、あの男を殺す気はなかった。どんな具合だったたか、おまえさんも知ってのとおりだ。おれは手に負えない、間抜けなガキだった。だが汚いことはやらなかったぜ。たちの悪い仲間と組んじまったんだ。あの仕事《ホールドアップ》を計画したときは、ヒヨッコをひねるよりやさしい仕事だと思った！　ところが、あのメッセンジャー・ボーイがわめきだしやがったんで、たぶんおれはカッとしたんだろう。気がついたときには、おれの銃が火を噴いてたってわけだ。殺す気じゃなかった。おれを連れ戻して、首を吊るしたところで、やつが生きかえるわけでもない。輸送会社も、金を奪《と》られたわけじゃない。なのに、なぜおれをいつまでも追いまわすんだ。おれのほうじゃ、いいかげんに忘れようとしてるっていうのに」

痩せた探偵は、穏和な口調でこたえたが、その乾いた声に先ほどまでこめられていた思いやりの色は消えていた。

「もうけっこう。よくある話だ！　おまえが同棲していたビルマ〔ミャンマー〕の女の傷跡は、たしかにおまえが汚い男じゃないってことを証明してくれるだろうとも。たわごとはよせ、バーンズ。腹をくくって、現実を直視するんだ。おまえとおれは、ニューヨークに帰る」

「帰るもんか！」

バーンズはゆっくり立ちあがり、一歩後退した。

「帰るくらいなら……」

ヘイジドーンのオートマティックは、ほんの一瞬出遅れ、男は舷側から身をおどらせ、河岸に向かって泳ぎはじめていた。探偵はうしろの棚からライフルをとり、手すりに駆け寄った。バーンズの頭が一瞬水面に浮かび、また水中に潜り、次に現われたときは、六十メートルほど岸に近づいていた。船上の探偵の目に、逃亡者の退路を断つようにまっすぐ岸に向かう三匹のワニの、皺のよった鈍重な鼻面が映った。彼はチークの手すりにもたれかかり、結論をくだすようにつぶやいた。

「どうやら、やつを生きて連れ帰ることはできなくなったが、これでおれの仕事は終わった。もう一度頭を出したら、撃ってやる。放っておいても、どうせワニが片づけてくれそうだ」

だが次の瞬間、探偵は、別種の動物に襲われかけている同じ人間を救うという当然の本能に駆りたてられ、すべてを忘れてライフルを肩にあてがい、ワニの群れめがけて弾をあびせかけていた。

バーンズは堤をよじのぼり、うしろを振りかえらずに片手を振って、ジャングルの中に飛びこんでいった。

ヘイジドーンは、すぐわきにやってきた、ひげを生やした船長を振り向き、片言まじりのビルマ語で話しかけた。

「おれを、岸まで、運んで、待て……やつを連れ戻すまで、待て」

船長は黒いひげを、抗議するように振った。

「とんでもない！　ここのジャングルでは、人間は一枚の木の葉と同じです。二十人で捜しても一週間かかるかもしれない。一カ月かかるかも、五年かかるかもしれない。そんなに長くは待てません」

痩せた白人は下唇を嚙みしめ、河面に目を落とした。この河は、遠く故郷に通じている。

「二年だ」彼は大声でひとりごとを言った。「追われていることを知らなかった相手を追いつめるのに、二年かかった。それが、いまは！　五年はかかるだろう。あの宝石の話だって、眉唾ものだ」

彼は船長のほうを振り向いた。

「やつの後を追う。三時間、待ってくれ」空を指さしながら、彼はつけくわえた。「正午までだ……そのときになっても戻ってこなかったら、待たなくていい。わかったか？」

船長はうなずいた。

「オッケー」

船長は、五時間錨をおろして待ち、西岸の木立の影が河面にさしかかると、大きな三角帆を張らせた。チーク材の帆船は、やがて流れにそってまわりこみ、見えなくなった。

解説

本篇「帰路」は、やがてダシール・ハメットにとって最も重要な作品発表の舞台となるパルプ・マガジン〈ブラック・マスク〉の一九二二年十二月号に掲載された記念すべき同誌デビュー作である。それ以来約八年間に、ハメットは三十四篇の中短篇を同誌に寄稿し、生涯を通じて五作のみの長篇小説のうち四作を連載形式で分載した。二〇年代にハメットを生みだし、三〇年代にレイモンド・チャンドラーが誕生した〈ブラック・マスク〉はハードボイルド探偵小説のいわば梁山泊ともいうべき雑誌だった（一九五一年終刊）。

だが「帰路」の舞台はアメリカの暗黒街ではなく、ビルマ（現ミャンマー）のジャングル地帯に置かれている。当時の〈ブラック・マスク〉では冒険ロマンス、ホラー、怪奇小説などが主流を占め、探偵小説はまだ誌面のすみに押しやられていた。本篇の主人公である中年の探偵（妻と十五歳の娘が故郷のアメリカで待っている）には、ヒーローの華やかさはかけらもない。「人狩り稼業は、とびきりきれいな商売とはいえないが、おれにできるのはそれだけだ」と腹をくくっているプロの探偵にすぎない。

ピンカートン探偵社勤務中に国外に派遣された経験のある先輩や同僚のオプたちから、遠い国での苦労話や自慢話、ホラ話を聞かされたハメットは、寸劇のような こんな掌篇を手早くまとめ上げてみせたのである。

休日　*Holiday*

ポールは、受け取り人死亡時に郵便局長がとるべき事項が小馬鹿にしたような太い活字で記されている、見まちがいようもない細長いマニラ紙の封筒に入った月々の補償手当小切手を持って郵便局を出、勤務明けの当直医師が帰ってしまう前に会おうと、病棟に通じる木道づたいに足どりを速めた。軍服を着て、品よく太ったその軍医はちょうど執務室から退出するところだった。ひんぱんにあるのだが、その場にふさわしい言葉を見つけられないときに必ずおもむろに「おー」と長くのばすくせがそのまま永久に固まってしまったようなすぼめた形の口元をしている。

「本日午後、私は町へ出かけたいのですが」とポールは告げた。

医者は自分の机に戻り、外出許可証の用紙の綴りに手をのばした。お定りの手順なので、その場にふさわしい言葉がすらすらと発せられた。「今週、すでに外出したかね？」

「していません、軍医殿」

医者のペンが用紙の上をさらさらと走り、それを受け取ったポールは部屋を出ながら、吸い取り紙が例によって見当らないので、インクを乾かすために用紙をひらひらと振った。それには、ポール・ヘザーウィックが、午前十一時より午後十一時まで、サンディエゴに行くために、合衆国第六十四公衆衛生病院を不在にすることを許可する、とあった。

町に着くと彼はまっ先に銀行に赴き、小切手を八枚の十ドル札に替えてもらった。そのあと彼は、煙草と葉巻でポケットをふくらませ、競馬のレース表を買い、軽食堂で昼食をとりながら、予想表をためつすがめつした。

ティワーナまで彼は乗合バスの後部席に坐り、休みなくガムを嚙みつづける、痩せて尖った顔をした競馬の予想屋と、つば広のぐんにゃりとした帽子をかぶり、けばけばしいピンク色と黄色で顔を塗りたくった汗っかきの大女とのあいだにはさまれつづけた。ナショナル・シティを過ぎたあたりでほんのつかの間、柑橘類の香わしい匂いが車内に流れこんだが、彼の鼻腔は残りの道中ずっと、スペアミントの香り、隣の女の甘ったるいイチゴのような香水、オイルが燃える臭気を嗅ぎ分け、のどと肺を焼き焦がし、絶えず咳を催させる熱い砂埃に悩まされた。

彼は競馬場のゲートを足早に通り抜け、第一レースの発券締切り寸前に売り場に駆けつけ、〈一度に一歩〉の一着に五ドル、三着以内の入賞に五ドル賭けた。彼はパドック前の柵のところに立ち、近眼なのでまじまじと馬を見ながら観戦した。〈一度に一歩〉は楽勝し、ポールは払い戻し窓口で、色つきの二枚の馬券を三十六ドルと数個の銀貨に替えた。

正面スタンドのバーでウィスキーを一杯やり、メモを書きこんだレース表を眺めてひと思索後、彼は第二レースで〈ボーヴィス〉の一着に十ドル賭けた。〈ボーヴィス〉は二着だった。ポールは気落ちしなかった。僅差だったのだ。第三レースで買った馬はどん尻に近かった。第四レースでは二十数ドルの儲け、第五レースでもまた勝ち、第六レースで少しばかり大きく張りこんだ。負けてしまった。レースの合い間に彼は正面スタンドのバーでウィスキーを飲んだ。

競馬場を去るとき、彼のポケットの中身は十四ドルだった。カジノは閉まっていたので、埃っぽい小型乗合バスに乗りこみ、オールド・タウンに向かった。

薄汚れた通り――いかなる美辞麗句をもってしても飾り立てようのない通りをずっと歩きつづけ、端っこの左手にある、これまで入ったことのない一軒の酒場に入った。筋肉がたっぷりついた大女が――乗合バスで隣り合わせた女の親類と言ってもおかしくないな、と彼は思った――ほとんど客のいない店でがなり立てていた歌をぷつりと切りあげ、たくましい腕を彼の腕にからませて話しかけてきた。「こっちへ来て、一緒に坐って、ハニー」

大女の飛びきり野卑な仕草にゆがんだ愉悦をおぼえつつ、誘われるままにブースに向かうと、坐りこんだ女は片手を彼の膝にのせ、どっぷり寄りかかってきた。こんなバケモノに抱かれて寝たらどんな気分だろう。年増、牡牛みたいに太いのど首、醜悪な厚化粧、色気はひとかけらもない。

「あたしにくっついてれば、ディア」と女は言った。流暢な言葉がいともすらすらと出てくる。しじゅう使っている決まり文句だからだ。「大事にしてあげるわよ。通りで拾うあばずれ女といちゃつくより、ずっと楽しい目にあえるわ」

彼は笑みを見せ、上品にうなずいた。売春婦もどきってところだ。稼ぎの種にしている酒の流れをよくしようと、醜い肉体を餌にしてやる気もないセックスをほのめかしている。ふつうの女っぽさを戯画化した道化芝居と言ってもいい。体におさめた酒は彼を気分よく酔わせ、いつもはっきりしない視力をいっそう曇らせ——いつになく目は輝いていたが——しゃべり方をやわらかくしていた。彼はさらに杯を重ねた。一杯ごとに、自分の取り分の目安になる金属の札《ふだ》をウェイターがきちんとくれているかを見守る彼女の鋭い目つきと、ウェイターがテーブルに置く釣銭を一枚残らずかっさらうむきだしの貪欲さを、彼は楽しげに見物した。

しばらくして彼は、懐中にどれだけカネが残っているか考えてみた。たいした額ではないはずだ。この店でぼられるのは打ち止めにして、〈ザ・パレス〉のみごとな赤毛をした娘っこに一、二杯おごってやれる分ぐらいは残しておこう。彼は手を振って、ウェイターをさがらせた。

「今日はカネがあまりないんだ」彼は女に告げた。「レースでおけらにされてね」

「お気の毒さま」女はもぞもぞし始めた。

「行ってくれ、こいつを飲んじまうから」彼は言った。女は内緒話をするようにこたえた。「そうしたいんだけど、客と飲み始めたら、客が帰るまでくっついてろと言われてるの」

彼は楽しげにくすくす笑い、そいつは気のきいたルールだなと言って、いくぶん危なっかしげに立ちあがった。女は戸口までついてきた。「いいわね、この次もきっと来て」その言葉に彼はまたくすくす笑い、ついで妙に恥ずかしくなった。なけなしのカネをこんな女相手に散財したことにではなく、やすやすとカモにできる男だと思わせてしまったことが悔まれた。「かんちがいしてるようだな」彼は大まじめに言ってきかせた。「十ドルしか持っていないのに、それをそっくりあんたに稼がせてやるのはかまわない、どっちみち端た金だ。だが、おれが大金を持っていて、あんたのいい稼ぎになるなんてことは思うな」きゅうに彼は、戸口に立ちはだかって、バケモノ女相手に自分を正当化しようとしている己れの姿に気づいた。彼は笑い声をあげて話を中断し、歩きだした。

〈ザ・パレス〉に入ったとき、赤毛娘は三人組のバンドのやたらとやかましい演奏に合わせて、ツイードの服を着た太った若者と踊っていた。待つあいだポールは、そばにやってきた薄汚い茶色いシルクのドレスを着た若い女と自分のために、一杯ずつ飲物を注文した。「うそみたい！ここに一週間いるけど、まだ信じられないわ！　これ全部なんて！」そのセリフを繰り返しながら、彼女は片腕を伸ばし、壁一面を覆ったボトルの山を手ぶりで示した。

ツイードの服を着た太った若者はほどなく姿を消し、ポールと目が合った赤毛娘が、彼の合図を受けてそばにやってきた。

「ヘロー」

「ヘロー」

二人は杯を交わし、ポールはバーテンダーが彼の前に置いた釣銭を身振りで示した。赤毛娘は礼の言葉をそっけなく口にして、釣銭を手にとった。

「景気はどうだい？」彼はたずねた。

「しけっぱなしよ！　あんたは？」

「いいとは言えないね」彼は陽気に泣きを入れた。「午後持っていた有金を、競馬場であらかた持っていかれちまった」

彼女は同情するような笑みを見せ、二人は立ったまま、ときどきおたがいの顔をかけ値なしの悦びの目で見つめ合っては笑みを交わし、ゆっくり飲みつづけた。店内の喧騒やけばけばしさは薄れていた。彼が、それを透かして眺めているアルコールのピンクがかった霞のために、見えも聞こえもしなくなっていたのだ。が、赤毛娘の顔、髪の毛、体つきは申しぶんなくくっきりと見えた。

彼女に対する奇妙な好意で彼の胸はいっぱいになった。個人的な好意なのはたしかだったが、欲望はまったくこもっていなかった。まちがいなく酔いどれてはいるが、彼女を肉体的に欲してはいなかった。たとえ美しさと彼の心を囚《とりこ》にする魅力はあっても、彼女は国境の町で男に媚びて酒を売る女にすぎない。あるいはまだ生娘なのかもしれない。ありそうもない仮説だが、まったくあり得なくもなかった。生娘はこの仕事に就けないと決まっているわけではないし、仕事中は禁欲を強いられてさえいるのだ。ただそういう生業《なりわい》だというだけのことで、生娘であろうとなかろうと違いはない。見も知らぬ男たちに触れられて汚れているという理由でもない――そんなことにも耐えて、まだ初々しさを保っている――それより、あまりに多くの男たちに求められてきたために、なんというか彼女は、もう望ましい女ではなくなってしまったのだ。もし彼が、このとりわけ薄汚れた場所に属する女を求めることがあるとしたら、その相手は通りの先で出会ったあのバケモノ女ということになるだろう。もし彼女にある種の望ましい情緒でもあれば、野蛮で残忍な悦楽が待っているかもしれない。

彼はまたバーテンダーに合図を送った。二人ともグラスを空け、彼は女に告げた。「さて、御輿《みこし》をあげるか。飯代ぐらいは残ってるんでね」

「帰る前に一曲だけ踊らない？」

「いや」身を慎んだというふわっとした心地よさにひたりつつ、彼はこたえた。「さっさと立って、いいカモをつかまえろよ」

「あんたがおカネを持っていようといまいと、あたしはかまわないの」真剣な口調だった。そして、ふと思いついたようにつけたした。「よかったら、あたしが貸して……」

彼は首を振りながら身を引いた。「それじゃあね！」

カウンターの端を通り過ぎたとき、その近くで二人の男と飲んでいた、薄汚い茶色のシルクのドレスを着た若い女が、彼に向かって言った。「こんなことがほんとにあるのね！」彼はおだやかな同意の笑みを浮かべ、通りに足を踏みだした。

戸口のドアのかたわらで一瞬立ち止まり、壁にもたれかかって、彼は目に映る薄ぼんやりとしたかたちに目をやった――縁石際に屯《たむろ》している三つの部署の制服を着たサンディエゴの兵隊たち、旅行者、盗っ人、正体不明の人々、メキシコ人（全員が特殊なおまわりだという噂がある）、そして犬ども――楽しい遊び場となり得そうなこの場所の安っぽいけばけばしさに、物悲しい嫌悪感をおぼえながら。

いま出てきたばかりの酒場の戸口から、青白い顔をした娘っこが投げやりな口調で声をかけてきた。「さあ、中で楽しんで」

彼は疑わしげに片腕をあげた。「連中を見てみろ」悲しそうな口ぶりで彼は命じた。「まるでひと群れの……」彼はズボンのポケットに両手をつっこみ、にやにや笑いながら通りを歩きだした。バカな真似ならまだやれるぞ！

珍品屋のショー・ウインドウに飾られた絵葉書の棚が目にとまった。彼は店に入り、六枚買い求めた。そのうちの五枚を、彼はフィラデルフィアとニューヨークの友人たちに送ることにした。六枚目にはしばらく迷った。送るべき相手はいくらでも思いついたが、アドレスをおぼえていなかった。やっと彼は、ある知り合いに送ることを決めた。その人には戦争前からずっと会っていなかったが、アドレスが四番街四四四番地だったので、思いだすことができたのだ。

六枚の絵葉書に彼は鉛筆で同じ文面を記した。「アメリカには禁酒法《ドライ》が敷かれたそうだね」

ふたたび通りに出ると、彼はポケットをさぐり、有金をかぞえた。銀貨で八十五セントと帰路の二枚の切符。一枚はティワーナからサンディエゴまで、もう一枚はそこから病院まで。

肘元で哀れっぽいかすれ声がした。「な、あんた。コーヒー代をめぐんでくれないか?」

ポールは笑い声をあげた。「山分けとするか」彼は声を張りあげた。「八十五セント持っている。そっちに四十渡そう。残りの五セント《ニッケル》は勝負だ」彼はコインを宙に跳ねあげ、自分が勝ったのを知って大喜びした。通りの向こう側の路地の入り口で、サンディエゴ行きの乗合バスが客を乗せ始めていた。彼はバスまで行って、運転手の隣りの席に坐った。座席に深く沈みこみ、町までの道中のほとんどをまどろみながら過ごした。後方の席では、まだ体は未成熟だが、顔はよすぎるほどきれいな娘が、悲しげなかぼそい声で流行歌《はやりうた》を口ずさんでいた。

終点で乗合バスを降りると、ポールはプラザのわきを通ってブロードウェイに向かい、四十五セントで飯らしきものにありつけそうな軽食堂の方角に向かって角を曲った。グラント・ホテルの正面にさしかかったとき、人ごみのまん中で、これまでに見たこともない美しい顔を見つめている自分に気がついた。その顔の持ち主の連れである下士官の制服を着た男が、妙なおどすような口調で、「彼女の顔が気に入ったのか?」と囁きかけてくるまで、彼はその女性を凝視していたことに気づかなかった。

ポールはゆっくりとした歩調で通りの先に向かいながら、いまの詮議立ての質問を胸の中で反芻した。どういう精神的過程を経ると、あの状況で、あの質問を、あの口調で投げかけることになるのか、振り返ってもう一度彼女をじっと見つめ、あの海軍士官がなんと言うか試してみようかと思った。だが振り返っても二人の姿は見つからなかったので、彼は軽食堂に足を向けた。

食事のあと、彼はポケットに残っていた最後の葉巻を見つけ、病院へ戻る車中で喫った。霧まじりの空気が車内に吹きこみ、体が冷えて、彼はひっきりなしに咳をしつづけた。オーバーコートを持ってきていたらよかったのだが。

解説

本書の巻頭に掲げたダシール・ハメットの遺作「チューリップ」の後段で、ハメットの分身である主人公（パップ）が「物静かな結核患者について書いた、まったく焦点の定まらない短い小説」と言及しているのが、唯一の〝自伝風短篇小説〟として知られる本篇「休日」である。初出は由緒ある文芸誌〈ザ・ニュー・ピアスンズ〉の一九二三年七月号。日本では同題で〈マンハント〉一九六二年九月号に訳載され、のちに創元推理文庫「ハメット傑作集2」に収録された。

評伝や書誌についで、ハメットの次女ジョーとその娘ジュリーの協力の下に厖大な書簡集（二〇〇一年刊）も編集したハメット研究の第一人者、リチャード・レイマン評（繊細だが感傷的ではない初期の佳作）もその一例だが、ハメット自身の感想とはうらはらに本篇を高く評価する人たちも少なくない。ハメットは短篇をこれひとつ、しかも翻訳でしか読んでいないと言い切った作家、片岡義男のエッセイ（〈HMM〉一九九七年七月号）も印象的だった。

蛇足だが、五十数年前に一度だけ訳されていた本篇を今回新たに訳してみて、旧訳の結文に、中身にかかわりのある不運なポカミスがあることに気がついた。訳者は〈brought〉をうっかり〈bought〉と読みちがえてしまったのだ（……こんなことなら外套の一枚も買っていればよかったと思った）。よくあるこんな単純なミスを文庫収録時に正せなかったのは編集部の重大なミスでもある、と苦言を呈したい。

暗闇の黒帽子
The Black Hat That Wasn't There

「いいですか、ミスター・ザムワルト、隠しておられることがあるでしょう。それでは困ります！　この件の調査をお引き受けするとなれば、洗いざらいお聞かせいただかねばなりません」

相手は青い目を細くし、しばらく考えるように私を見た。それから立ち上がり、外側のオフィスに通じるドアまで行って開けた。彼の体ごしに、それぞれのデスクに坐っている簿記係と速記係の姿が見えた。ザムワルトはドアを閉めてデスクに戻ると、こちらに身を乗り出し、かすれた小声で話しだした。

「おっしゃるとおりでしょうな。ただし、これからお教えすることは絶対内密に願いますよ」

私はうなずき、彼はつづけた。

「二カ月ほど前、うちの顧客であるスタンリー・ゴーラムから十万ドル相当の債券の管理を任されました。仕事で東洋へ行かねばならず、留守中に額面より値が上がるかもしれないので、そうなったら売ってほしいということでした。ところが昨日、債券をしまってある貸金庫に行ったところ――ゴールデン・ゲート信託銀行の金庫室ですが――失くなっていたんです！」

「あなたと共同経営者のほかに、貸金庫を開けられる人は？」

「おりません」

「前に債券を見たのはいつでしたか？」

「ダンが出かける前の土曜日には、貸金庫に入っていました。そのあとの月曜日にダンが来た、と金庫室の当直警備員に言われました」

「なるほど！　では、誤解がないよう確かめましょう。おたくの共同経営者ダニエル・ラスボーンは、先月二十七日の月曜日、R・W・ディピュイなる人物と会うため、ニューヨークへ発つことになっていた。ところがその日、ラスボーンは旅行荷物を持ってオフィスに現われると、大事な私用のため出発を延期しなければならない、翌日午前中はどうしてもサンフランシスコにいる必要があるのだと言った。だが、その私用がなんであるかはあなたに教えなかった。

あなたはニューヨークでの面会の約束を守ることが重要だと考え、言い合いになった。その二日ばかり前にも、ラスボーンがやってのけたうさんくさい取引について言い争いがあり、二人のあいだはぎくしゃくしていた。そこであなたは……」

「誤解なさらないでください」ザムワルトが口をはさんだ。「ダンはなにも不正なことはしていません。たんにいくつかの取引を巧妙に処理したというだけで——まあ、私には倫理をないがしろにして利益を優先したように思えましたがね」

「ほう。ともかく、その日彼がニューヨークへ発たないということから口論が始まり、そのうちおたがいにほかにもあれこれ意見の相違を持ちだして、ついには、できるだけ早急に会社を解散して別れようというあたりまで決めてしまった。言い争いが結論に達したのは、郊外の十四番街にあるあなたの自宅でだった。その頃には時間も遅くなり、ラスボーンはニューヨーク行きの予定を変更する前にホテルを引き払ってしまっていたので、その晩はおたくに泊まった」

「そうです」ザムワルトは説明した。「家内が家を出ているので、いま私はホテル住まいをしていますが、ひとに聞かれずに話ができるからと、ダンと一緒にうちに行ったんです。話がすんだのはとても遅く、そのまま泊まりました」

「で、翌朝、あなたとラスボーンは会社に来て……」

「いいえ」誤解を解くように言った。「というか、二人そろって出勤したんじゃありません。私はここに来て、ダンのほうは、なんだか知りませんがサンフランシスコにいないといけないと言っていた、その用事を片づけに行きました。彼は正午少し過ぎにオフィスに来て、その晩の汽車で東部へ行くと言い、簿記係のクインビーに、駅へ行って予約を入れ、荷物を託送にするよう命じた。荷物は前の晩からここに置いてあったんです。それから、ダンは私と一緒に昼食に出かけ、署名すべき手紙が何通かあったのでいったんオフィスに戻り、数分で出ていきました」

「なるほど。その後、彼から連絡はなく、十日ほどたってディピュイ氏から、ラスボーンはなぜ会いに来なかったのかと問い合わせの電報がきて、初めて消息不明と知れたわけですね？」

「そうです。ディピュイから電報を受けとるとすぐ、私はシカゴにいるダンの弟に電報を打った。弟のところに立ち寄ったのではないかと思いましてね。しかし、トムからは兄に会っていないという返電が来ました。そのあとディピュイからさらに二本電報を受けとった。ディピュイをこんなに待たせるとは困ったやつだと腹が立ちましたが、それでもそう心配はしなかった。

ダンはあまり信頼のおける人物ではありませんでね、ここニューヨークのあいだのどこかで数日過ごそうとふいに思い立ったら、実行するような男です。しかし昨日、貸金庫から債券が失くなっていて、ダンが出発の前日に貸金庫に行ったとわかったので、なにか手を打たなければと心を決めました。しかし、避けられるものなら警察の介入は避けたいのです。

ダンを探し出して話をすれば、なんとか醜聞にせずにこのごたごたを解決できると思っています。あれこれ意見の相違はありましたが、友だちですからね。たまにまずいことをやってしまうやつとはいえ、刑務所に入ってもらいたくはない。ですから、できるだけ早く、できるだけ噂にならない形で見つけだしたいんです」

「彼は車を持っていますか？」

「いまは持っていません。以前持っていたのを、五カ月か六カ月前に売ってしまった」

「銀行はどこです？　個人口座ということですが？」

「ゴールデン・ゲート信託銀行です」

「写真はありますか？」

「はい」

デスクの引出しから二枚取りだした――一枚は正面から、もう一枚は斜め横から撮った顔写真だ。人生半ばにさしかかった男だった。目と目のあいだが狭い、抜け目のない眼差し。鼻の高い、痩せて尖った顔。薄い黒っぽい髪。ずるそうでいて、なかなか感じのよい顔だった。

「親類、友人などはどうでしょう――ことに女性の友人は？」

「親類はシカゴの弟だけです。友人といえば、まあサンフランシスコの男なら誰でもこの程度というくらいの人数はいるでしょう。

最近ではミセス・アーンショーという女性ととても仲良くしていました。不動産業者の奥さんで、家はパシフィック・ストリートだと思います。どこまで親しかったかは知りませんが、よく電話をかけていたし、彼女は毎日のようにここに電話してきましたよ。あと、イーヴァ・ドゥーシーという名前の女の子がいますね。キャバレーで働いていて、ブッシュ・ストリートの一一〇〇番台に住んでいます」

「ここにある彼の持ち物は調べましたか？」

「ええ。でも、ご自分で見てみたければ、どうぞ」

導かれてラスボーンの個室に入った。狭苦しい箱のような部屋で、デスク、ファイル・キャビネット一台に椅子二脚が詰め込まれている。廊下、外側のオフィス、それにザムワルトの個室にとつづくドアがあった。

「しばらく調べてみますから、そのあいだに、失くなった債券の通し番号を書き出していただけませんか」私は言った。「すぐには役に立たないでしょうが、財務省に連絡しておけば、利札が入って来しだい、いつどこから来たのか知らせてもらえます」

ラスボーンの部屋にはなにも期待していなかったし、実際、なにも見つからなかった。最後に、速記係と簿記係の話を聞いた。ラスボーンが行方不明であることは二人とも知っていたが、債券も失くなっていることは知らなかった。

速記係の女――名前はミルドレッド・ナーベット――の話では、ラスボーンは二十八日――ニューヨークに発った日――に手紙を二通口述し、それはどちらもこの会社の商売にかかわるものだった。それから、クインビーを駅に行かせて荷物を託送にし、汽車の予約をするように頼んでくれと言った。彼女は昼食から戻ると、手紙二通をタイプし、署名してもらおうと持っていった。ラスボーンがオフィスを出ようとする直前だった。

簿記係のジョン・クインビーは託送にした荷物について、豚革製の大きな鞄二個とコードバン製小型旅行鞄一個だったと言った。簿記係ならではの頭で、彼はラスボーンのために確保したその晩の夜行の寝台番号を記憶していた――八号車、四番の下段だ。託送荷物の合札と汽車の切符を持って帰ってくると、共同経営者二人は昼食に出ていたので、クインビーはラスボーンのデスクに切符類を置いた。

ラスボーンが使っていたホテルで聞き込みをしたところ、彼は二十七日朝に去り、部屋を明け渡したものの、三、四週間のうちにニューヨークから戻ったら、またこのホテルで暮すつもりだったので、トランク二個を置いていった。ホテルの人たちからは、たいした情報は出てこなかったが、ラスボーンはタクシーで出ていったと言われた。

外のタクシー乗り場で、ラスボーンを乗せた運転手が見つかった。

「ラスボーン？　ああ、知ってるよ！」運転手はしおれた煙草をくわえた口で言った。「うん、その日あたりだったろうな、ゴールデン・ゲート信託銀行まで乗せていった。でかい黄色い鞄二個に小さい茶色のを一個持ってた。その小さいやつを手にして銀行に駆けこんだと思ったら、すぐさま出てきた。まるで痛いところを蹴られたみたいな顔してさ。それからフェルプス・ビルディングへやってくれと言った」――ラスボーン＆ザムワルト社はそのビルにある――「それで、チップはぜんぜんくれなかったんだぜ！」

ゴールデン・ゲート信託銀行では、ずいぶんしゃべって頼みこまなければならなかったが、最終的には知りたかったことを教えてもらった――ラスボーンは自分の口座から金をすっかり引き出していた。額は五千ドル足らず。先月二十五日、彼がサンフランシスコを発つ前の土曜日のことだ。

銀行の次はフェリー・ビルディングの荷物取扱所に行き、係員を葉巻で抱きこんで、二十八日の記録を見せてもらった。その日、ニューヨークまで託送にされた荷物は、一人が預けた三個の鞄だけだった。

受取番号とラスボーンの人相風体を電報で探偵社のニューヨーク支社に知らせ、送られた鞄を探し出し、それを手がかりにラスボーンを見つけるように指示した。

プルマン鉄道会社では、八号車なら直行だ、ラスボーンが終点ニューヨークまでずっと寝台を使っていたかどうかは二時間ほどで調べがつく、と言われた。

ブッシュ・ストリートの一一〇〇番台へ向かう途中で、ラスボーンの写真を一枚、写真屋に渡し、至急コピーを十二枚作ってくれと注文した。

イーヴァ・ドゥーシーの部屋は、付近のアパート入居者名簿を五分ほど調べるとわかり、訪ねていくと、まだ寝ていた。小柄な金髪で、年の頃は十九歳から二十九歳のあいだ、目元か顔全体か、どちらで判断するかによってちがってくる。

「ミスター・ラスボーンにはここひと月近く会ってないし、連絡ももらってないわ」彼女は言った。「こないだの晩、連れていきたいパーティがあったんでホテルに電話したんだけど、あの人、サンフランシスコにいないって言われたわ」

それから、別の質問にこたえて、

「うん、かなりいい友達だったけど、ことさら親密ってわけじゃない。わかるでしょ。楽しむときは一緒にたっぷり楽しんで、でもそれ以外では、おたがいぜんぜんかかわりなしってこと」

ミセス・アーンショーはこれほど率直ではなかった。彼女には夫がいるのだから、事情がちがう。背の高い、ほっそりした女性で、ジプシーのような黒髪、神経質に下唇を嚙む癖があった。

家具がぎっしり詰まった部屋に坐り、十五分ほどなんだかんだと言い逃れをつづけたが、とうとう私はきっぱりした態度に出た。

「こういうことです、ミセス・アーンショー」私は言った。「ミスター・ラスボーンは行方不明になり、われわれは探し出そうとしている。あなたは助けになってくださらず、それではご自分のためにもならない。彼についてご存じのことを教えていただくために、私はここまで来たんです。

お友だちのあいだをあれこれ聞きまわることもできました。もし私の知りたいことを直接教えてくださらないのなら、お友だちに聞くしかなくなる。できるだけ気をつけますが、それでも人の好奇心がかきたてられ、あることないこと推測され、噂になるのは必定だ。そういう事態を避ける機会をいま差し上げているんです。どうするかはあなたしだいだ」

「わたくしが隠し事をしていると、決めていらっしゃいますね」彼女は冷ややかに言った。

「なにも決めてかかってはいない。ダニエル・ラスボーンに関する情報を探しているだけです」

そう言われて、彼女はひとしきり下唇を嚙んでいたが、それからぽつぽつ話が出てきた。必ずしも真実ではなさそうなところも多いが、全体としてはまずまず信頼できる。穴だらけの部分を取り除くと、こんな話だった。

彼女とラスボーンは駆け落ちを計画していた。彼女は二十六日にサンフランシスコを発ち、まっすぐニューオーリンズへ向かった。彼は翌日出発し、ニューヨークへ行くと見せかけて、中西部のどこかで汽車を乗り換え、ニューオーリンズで彼女と合流する手はずになっていた。そこから、二人は船で中央アメリカへ行くつもりだった。

彼が債券の着服をたくらんでいたことは、ミセス・アーンショーは知らないふりをした。あるいは実際に知らなかったのかもしれない。ともかく、彼女は約束どおりやるべきことはやったのだが、ラスボーンはニューオーリンズに現われなかった。自分の行き先を隠す努力はろくにしなかったので、夫に雇われた私立探偵がすぐに彼女を探し当てた。夫はニューオーリンズまで来て、家に戻るよう妻を説得した。

こんなふうに棄てられたのをすんなり受け容れられる女ではなかったから、彼女はラスボーンに連絡しようとはしなかった。

話はじゅうぶんほんとうらしく聞こえたが、念のため、近所を少し聞きまわり、裏づけをとった。はなはだしく見当違いの推測をしている人はほとんどいないようだった。

プルマン鉄道会社に連絡を入れ、二十八日ニューヨーク行き列車の八号車四番下段はまったく使われていなかった、と教えられた。

ザムワルトを滞在中のホテルの部屋に訪ねると、夕食のために着替えをしているところだった。

その日調べてわかったことと、私の考えを伝えた。

「二十七日にラスボーンがゴールデン・ゲート信託銀行を出たところまでは、すべて筋が通るんですが、そのあとはまったく通らない！　彼は債券を奪ってミセス・アーンショーと駆け落ちするつもりで、すでに自分の金を銀行からすっかり引き出してあった。そこまでは筋道が立っている。しかし、なぜわざわざオフィスに戻ったのか？　なぜその晩サンフランシスコで過ごしたのか？　出発を延期するほど大事な用件とはなんだったのか？　なぜミセス・アーンショーを袖にしたのか？　なぜ予約を使って計画どおり、少なくとも途中まで汽車に乗っていかなかったのか？　追っ手をまくためかもしれないが、おかしな行動だ！　こうなったら、警察とマスコミに報《し》らせるしかありませんね、ミスター・ザムワルト。ニュースにもなり、全国規模の捜索をすれば、結果が出るでしょう」

「しかし、それではダンが刑務所送りにされる！」彼は逆らった。

「それはそうだが、しかたありません。それに、ご自分を守る必要があることもお忘れなく。あなたは共同経営者ですから、刑事責任はともかく、彼の行動に関して金銭上の責任はあります。罪を問われないようにしておかなければならない」

彼はしぶしぶ同意してうなずき、私は電話機をつかんだ。

それからの二時間はあわただしく過ぎ、私は手にある情報をすべて警察に渡し、公表することを決めて新聞社に教えた。

探偵社の支社へ電報を三本打った。一本はニューヨークへ。必要な許可が下りしだい、ラスボーンの荷物を開いてほしい（彼がニューヨークへ行っていないとすれば、荷物は駅に置いてあるはずだ）。一本はシカゴへ。ラスボーンの弟に話を聞き、その後数日尾行してほしい。もう一本はニューオーリンズへ。彼を見つけるために市内を捜索してほしい。そこまですると、私は家に帰って寝た。

ニュースの乏しい時期で、翌日はどの新聞にもラスボーンの事件が一面にべったり報道されていた。写真数枚に容貌の描写がつき、突飛な推測や、もっと突飛な手がかりとやらは、各社が事件を耳に入れてから記事が印刷にまわるまでの短時間にでっち上げたものだった。

午前中は各地の支社に伝達する文書を準備し、全国くまなく捜索する計画、蒸気船の記録を調べる計画をまとめるのに費やした。

正午少し前にニューヨークから電報が来て、ラスボーンの荷物から見つかった品々がリストになっていた。大型鞄二個の中身にこれという意味はなかった。使うものを詰めたとも、追っ手を騙すために詰めたとも考えられる。だが、小型鞄のほうは見つかったとき鍵はかけられておらず、その中身は妙なものだった。

リストは以下のとおり。

シルク・パジャマ二着、シルク・シャツ四枚、リネン・カラー八枚、下着四組、ネクタイ六本、ソックス六足、ハンカチ十八枚、軍用ヘアブラシ一対、櫛一本、安全かみそり一本、シェーヴィング・クリームのチューブ一本、ひげそり用ブラシ一本、歯ブラシ一本、歯磨きチューブ一本、タルカム・パウダー一缶、ヘア・トニック一瓶、十二本入り葉巻ケース、三二口径コルト・リヴォルヴァー一挺、ホンジュラスの地図一枚、スペイン語／英語辞典一冊、郵便切手二綴り、スコッチ・ウィスキー一パイント、爪の手入れ用具一セット。

私が会社に着いたとき、本署から来た二人の刑事がラスボーンのオフィスを調べるのをザムワルト、簿記係、速記係が見守っていた。私はみんなに先刻の電報を見せ、その後刑事たちはまた調べに戻った。

「そのリストにはどういう重要性があるんです?」ザムワルトが訊いた。

「現状では事件はまったく意味をなさないことがこれでわかります」私は言った。「あの小型旅行鞄は手荷物のはずだった。それを託送にしたのはまるでおかしい――鍵さえかかっていなかったんですよ。そもそも、洗面用具を詰めた旅行鞄を託送にする人などいない――とすれば、追っ手をまくのにあれを託送にするなんて、ばかげている！　まあ、あとでふと思いついてやったとも考えられます――もう必要ないとわかったので、こうして捨ててしまおうと思った。

しかし、必要がなくなったのはどうしてでしょう？　これは彼が債券を持ち逃げしようとゴールデン・ゲート信託銀行の金庫室に入ったとき携えていたのと同じ鞄らしい、という点をお忘れなく。やれやれ、解けない謎だ！」
「ほら、解くべき謎がもう一つ」市警の刑事の一人が言った。デスクを調べていたのだが、立ち上がると、紙を一枚差し出した。「引出しの後ろから見つかった。滑り落ちていたんだな」
手紙だった。厚手の白い便箋に青インクで書かれ、しっかりした斜体文字は紛れもなく女性の筆跡だった。

親愛なるダニーボーイ、
まだ間に合うかしら、わたし、気が変わりました。もう一日、火曜日まで待ってくださるなら、行きます。この手紙を受けとったらすぐ、お電話ください。これでもまだわたしをお求めなら、火曜日午後、シャタック・アヴェニュー駅前にロードスターで迎えに行きます。
変わらぬ愛をこめて、
〝ブーツ〟

日付は二十六日――ラスボーンが姿を消す前の日曜日だ。

「こいつのせいで、一日延ばして予定を変更することになったんだな」刑事の一人が言った。「バークレーに行って、シャタック・アヴェニュー駅を調べてみたほうがよさそうだ」

「ミスター・ザムワルト」彼のオフィスで二人きりになると、私は言った。「おたくの速記係はどうなんです？」

彼は椅子から跳ねるように立ち上がり、顔を赤くした。

「ミス・ナーベットがなんだというんです？」

「その――ラスボーンとはどの程度親しかったんでしょう？」

「彼女は」私が一言半句聞き漏らさないように気をつけているかのような、重々しく慎重な話し方だった。「私と結婚することになっています、家内との離婚が成立したらすぐにね。だから家を売るつもりだったのをやめたんです。さて、どうしてそんなことをお聞きになるのか、教えていただけますかな？」

「当てずっぽうですよ！」相手をなだめようと、嘘をついた。「どんな思いつきも見過ごしたくないものでね。で、この件はこれで片づきました」

「そのとおりだ」噛んで含めるような口調がつづいた。「あなたの推測は、ほとんどが当てずっぽうだったようですな。今日までの仕事料の請求書を御社から送ってください。お手伝い願うのはこれきりにしたい」

「お望みどおりにいたしましょう。ですが、今日丸一日ぶんはどうせお支払いいただきますから、よろしければ、今夜まで働かせてもらいます」

「いいだろう！　だが、私は忙しい。結果を報告に来るには及ばない」

「わかりました」私はこたえ、会釈してオフィスを出た。

〝ブーツ〟からのあの手紙は、私がデスクを調べたときにはなかった。引出しは一つ残らず引き抜き、デスクを傾けて下まで見たのだ。手紙は何者かがあとでわざと入れたものだ！

　仮定として（と、私はマーケット・ストリートを歩き、人の肩にぶつかったり、人の足を踏んだりしながら考えた）、共同経営者二人がそろって一枚噛んでいるとしたらどうか。一人はおとりにならなければならない。その役はラスボーンに振られた。彼が失踪してからのザムワルトの態度や行動は、この仮定に当てはまる。

　警察を呼ぶ前に探偵社の調査員を雇うというのは、うまいやり口だ。まず、そうすれば彼には罪がないように見える。次に、調査員は自分が知ったこと、とった手段をすべて教えてくれるから、ザムワルトとしては二人のたくらみに誤りや見過ごしがあれば、警察が介入する前に修正する機会がある。そして、もし調査員があぶないところまで近づいてきたら、契約を打ち切ればいい。

　もしラスボーンが彼を知る人のいないどこかの町で見つかったらどうするか——彼が行くのは必ずそういう町だ。ザムワルトは人物を確かめるべくすすんで出ていき、その男を一目見て、「いや、彼ではない」と言えば、ラスボーンは解放され、その線は行き止まりとなる。

この仮定だと、ラスボーンがふいに計画を変更したことの説明がつかないが、二十七日午後にオフィスに戻ったことは、より納得がいく。計画変更が必要になった理由は不明だが、彼はその件をザムワルトと話し合うためにオフィスに戻ったのだ。二人はミセス・アーンショーを引き入れないことに決めた。それからそろってザムワルトの自宅へ行った。なんのために？　それに、なぜザムワルトは家を売らないことにしたのか？　なぜわざわざ私にその点を説明したのか？　二人があの家に債券を隠した可能性はあるか？

家を見てみるのは悪くないだろう。

オークランド警察のベネットに電話した。

「頼みがあるんだ、フランク。ザムワルトに電話してくれ。ラスボーンの人相書きにぴったり当てはまる男を見つけて拘留している、こっちまで来て見てもらえないか、と頼むんだ。やって来たら、できるだけ長いあいだ騙して引きとめておく――男は指紋採取や身体測定をされているところだ、とかなんとか、まあ適当なことを並べてね――そのあとで、男はラスボーンではないとわかった、足を運んでもらって悪かった、うんぬんと謝る。せいぜい三十分か四十五分引きとめておいてくれればいいんだ――オークランドまで行くのに片道三十分以上はかかるからな――恩に着るよ！」

探偵社に寄り、ポケットに懐中電灯を突っこむと、十四番街へ向かった。

ザムワルトの自宅は二階建ての二戸連続住宅の一軒で、玄関の鍵をこじあけるのに四分ばかりかかった。押しこみ強盗なら、立ち止まりもせずにすいすい入っていたろう。こんな家宅侵入は規則のうちとはいえないが、考えようによっては、今夜仕事を終えるまで、私は法的な契約にのっとったザムワルトの代理人なのだ――それなら、この押しこみも違法とは見なされない。

まず上階から始め、下へ向かった。たんす、化粧台、テーブル、デスク、椅子、壁、木造部分、絵画、絨毯、配管――紙類を隠せる程度の厚みがあるものはすべて確かめた。物をばらばらにしてまで調べることはしなかったが、訓練を積んでいれば、驚くほどすばやく家宅捜索ができるものだ。

家の中にはなにも見つからなかったので、地下室に降りた。

広い地下室で、二つに分かれていた。手前側はセメント敷きで、中身のたっぷり入った石炭箱があり、家具がいくらか、缶詰、そのほかあれこれの家庭用品がたくさん置いてあった。台所から降りてくる階段の脇が漆喰の仕切り壁になっていて、その奥の部分は窓がなく、明りは天井からぶら下がった裸電球一個だけだった。それをつけた。

空間の半分は材木の山で占められていた。反対側には樽や箱が天井まで積み重なり、その横にセメントが二袋、別の隅には壊れた家具がごたごたとまとめてある。床は固めた土だった。

まず材木の山に向かった。愉快な仕事ではない――山を崩し、また積み上げるのだ。だが、心配することはなかった。

背後で板がかたかたと鳴り、くるりと振り向くと、ザムワルトが樽の後ろから立ち上がるのが見えた。黒いオートマティックの向こうから私をにらみつけている。

「手を上げろ」彼は言った。

私は両手を上げた。ピストルは持っていなかった。必要になりそうだと思えるとき以外、銃を携行する習慣はなかった。だが、たとえポケットいっぱい持っていたとしても同じことだったろう。運を信じて一か八かの行動をとるのはかまわないが、男が決然としてこちらに銃を向け、その銃口を真正面に見据えているとき、運などありはしない。

だから、私は両手を上げた。すると片手がぶら下がった電球に触れた。拳を握って電球を叩き壊した。地下室が真暗闇になった瞬間、私は斜め後ろへ身を投げた。ザムワルトの銃が稲妻のように光った。

しばらくはなにも起きなかった。私は階段と手前側の部屋へ続く戸口をまたいで倒れたのだと気がついた。音を立てずに動くのは無理だ。音がすれば居場所が知れてしまう。私は身じろぎもしなかった。

待機戦が始まった。動きはないが、そのぶん、緊迫感に満ちていた。

われわれのいる部屋は二十フィート四方ほどで、新品の靴より真っ黒だった。ドアは二つある。一つは私とは反対側で、裏庭へ向かって開くが、いまは鍵がかかっているだろう。私はこちら側のドアの敷居をまたいであおむけに横たわり、脚が近づいてきたらつかんでやろうと待ち構えた。弾丸がまだ一発しか発射されていない銃を手に、ザムワルトは黒い闇のどこかにいる。この沈黙は、私がまだ生きていると気づいている証拠だ。

こっちが優位だと思った。唯一使える出口に近い。私が武器を持っていないことを彼は知らない。援軍が控えているかいないかも知らない。彼にとって時間は貴重だが、私にとっては必ずしもそうではない。だから待った。

時間が過ぎていった。長さはわからない。三十分くらいだろうか。

床は湿って硬く、寝心地は最低だった。電球を壊したとき、頭に当たって傷になったが、どの程度出血しているか判断できなかった。タッドの漫画「真っ暗な部屋で、そこにない黒い帽子を探しまわっている盲目の男」〔解説参照〕を思い出し、その男の気持ちがわかる気がした。

箱だか樽だかが、がしゃんと音を立てて落ちた——隠れ場所から出てきたザムワルトがぶつかって倒したに違いない。

しばらくしんとしていた。それから、彼が慎重に横へ動く音がした。

なんの前触れもなく、ピストルが二度閃光を放ち、弾丸が私の足のすぐ上あたりの仕切り壁に当たった。

ふたたび静寂。気がつくと私はじっとりと汗まみれだった。相手の息づかいが聞こえるが、そばに近づいてきたからなのか、さっきより呼吸が荒くなっているのかわからなかった。

そして、土の床の上を滑るような、引きずるような、かすかな音……彼が両膝と片手をつき、ぶざまに這っている姿が目に浮かんだ。残る手はピストルを握って前に突き出している――銃口が柔らかいものに触れたら、即座にピストルは火を噴く。私は自分の大きな体を意識していやな気持ちになった。胴回りが太い。闇の中にいると、突き出た腹が天井に届きそうな気がした――どんな弾丸でも外れるはずのない的だ。

彼のほうへ両手を伸ばし、そのままにした。この手が先に彼に触れたら、チャンスはある。ザムワルトはぜいぜいと喘《あえ》いでいた。私は口で呼吸し、口をできるだけ横に広げて、大量の空気を吸ったり吐いたりしても、がらがらした音が出ないようにした。

いきなり彼はやって来た。

髪の毛が私の左手の指に触れた。すぐさま髪をつかみ、見えない頭を荒っぽく手前に引っ張ると同時に、下から右の拳を送り込んだ。全力をこめたパンチだった。

彼は身をよじり、私はまた殴った。

それから馬乗りになり、懐中電灯の光でピストルを探した。見つけると、彼をぐいと引っ立てた。

彼の意識がはっきりするとすぐ、手前側の部屋に連れていき、さっき叩き壊した電球の替えを見つけた。

「さあ、そいつを掘り出せ」私は命じた。

無難な言い方だった。自分がなにを求めているのか、それがどこにあるのか、確信はなかった。ただ、ザムワルトは地下室のこの部分を選んで私を待ち受けていたのだから、どうやらここが正しい場所のようだった。

「自分で掘りゃいいだろ！」彼は唸るように言った。

「まあな」私は言った。「いますぐやるつもりだが、あんたを縛ってる暇はないから、私が掘るとすれば、まずあんたの頭を一発殴って、仕事がすむまで静かに眠っていてもらうことになる」

血と土と汗にまみれた私は、なんでもやってのけそうに見えたに違いない。一歩彼に近づいて拳を握りしめると、言うなりになった。

積んだ材木の奥からシャベルをとり出し、樽をいくつか脇へのけると、彼は土を掘り返し始めた。

片手――男の手――湿った土がくっついていない部分は死人の黄色――が目に入ると、私はやめろと言った。

〝そいつ〟を見つけたのだ。じめついた地中に三週間横たわっていた〝そいつ〟をまともに見たいとは思わなかった……

裁判でレスター・ザムワルトは共同経営者を殺したのは正当防衛だったと申し立てた。ザムワルトの証言によれば、ゴーラムの債券を着服して、株で出した損失を埋めようとしたのだが、徒労に終わった。一方、その債券を盗んでミセス・アーンショーと中央アメリカへ行くつもりだったラスボーンは、貸金庫を開け、債券が失くなっているのに気がつくと、オフィスに戻り、おまえが盗んだとザムワルトを糾弾した。

その時点では、ラスボーン自身の不正なたくらみに気づいていなかったから、ザムワルトは債券を返還すると約束した。二人はその件を話し合うため、ザムワルトの自宅へ行った。ラスボーンはザムワルトの賠償計画に満足せず、くってかかった。つづく取っ組み合いのあいだに彼は死んだ。

その後、ザムワルトは速記係のミルドレッド・ナーベットにすっかり打ち明け、協力するよう説得した。二人は口裏を合わせ、事件の翌日――二十八日――にラスボーンが一時出勤し、それからニューヨークへ発ったように見せかけた。

しかし、陪審はザムワルトが共同経営者を殺す目的で十四番街の家に誘いこんだと考えたようだ。ザムワルトは第一級謀殺で有罪になった。

ミルドレッド・ナーベットが裁判にかけられると、最初の陪審は意見が一致しなかった。第二の陪審は彼女を無罪にした。債券窃盗にも殺人にも、彼女がかかわったことを示す証拠はなく、どちらの犯罪も彼女はあとになるまで知らなかった、また犯行後の共謀については、彼女のザムワルトに対する愛情を考慮すれば、あながち責められるべきものとはいえない、という理由だった。

解説

ダシール・ハメットが〈ブラック・マスク〉に寄稿した長篇分載以外の中短篇のうち二十六篇はコンチネンタル探偵社に勤務する中年で小太りの、名前さえ明らかにされていないオプ（オペラティヴ＝探偵の略）を主人公にした物語である。コンチネンタル探偵社は、ハメット自身が勤務していた全国展開の大規模なピンカートン探偵社を模したものである。同社を興したアラン・ピンカートンの大仕事のひとつがリンカーン大統領の護衛であったという事実からもわかるように、長期にわたってこの私設探偵社は半官半民の組織でありつづけた。

「放火罪および……」「つるつるの指」「身代金」につぐシリーズ第四作にあたる本篇（初出時の題名は*It*だった）は〈ブラック・マスク〉一九二三年十一月一日号（当時は月二回刊）に掲載されたものだが、初期の書誌ではコンチネンタル・オプ物語とは認知されていなかった。社名もサンフランシスコ支社長であるおやじ《オールドマン》さんらの名前も記されていないことなどがその理由だったのだろう。だが主人公のオプの役どころと、〝胴回りが太い〟という身体的特徴に変わりはない。

本篇の大詰めの立ち回りに出てくる「タッドの漫画」については、同じネタが再利用されている長篇『デイン家の呪い』の第九章と同書の「訳者あとがき」を参照のこと。T・A・タッド（一八七七～一九二九年）はサンフランシスコの人気漫画家。私の推測ではこの「漫画」は黒ベタのひとコマだったのではないだろうか。

拳銃が怖い　*Afraid of a Gun*

小屋のドアが開いて、〝悪《わる》のリップ〟・ユーストが現われると、オーウェン・サックはストーヴから離れ、コーヒーポットを持っていないほうの手で、温かい食べ物を置いたテーブルの前の椅子を親切そうに相手に示した。

「やあ、リップ！　坐って、あったかいうちに食べてくれ。おれの分はすぐに用意できる」

いつものオーウェン・サックだ。筋張《すじば》って背が低く、くすんだ青色の丸い目、赤らんだふっくらした頬、淡い黄色の髪の毛だけが五十過ぎに相応しく薄くなりかけている。小心さゆえにか行きすぎた親切ぶりを示すおとなしい小男だ。

リップ・ユーストはテーブルに近づいたがすすめられた食べ物には目もくれなかった。かわりに大きな両の拳をテーブルに置き、それに体重をかけてオーウェンをにらんだ。リップはでかい男だった。ビヤ樽腹、盛りあがる肩、太い手足、いつもは冷酷でむっつりしている。それがいまはいかつい顔を険悪に歪めていた。

「やつらがけさ〝ラッキー〟を挙げやがった」ひと呼吸のあと口から洩れたのは、たんに情報を告げにきた口ぶりではない。非難する声音だった。

「誰が挙げたって?」

そう訊きはしたがオーウェンは相手から目をそらし、不安げに唇を湿らせた。リップの弟を挙げたのが誰か、彼にはわかっていた。

「誰だと思う?」くぐもった嘲けりの口調だ。「禁酒法のお役人様さ! おまえも知ってるだろう!」

小男は顔をしかめた。

「ああ、リップ! どうしておれにそんなことがわかるんだい。丸一週間町へは行ってないし、ここまでやってくる連中はいなくなってしまったんだ」

「なるほどな。どうしてわかったのか、考えていたんだ、おれも」

リップはテーブルをまわりこみ、丸顔に汗のしずくを光らせているオーウェンに近づいて足をとめ、青いシャツの胸のたるみに手をかけると、軽々と体を床から持ちあげた。彼は小男の体を二度揺すり、どんな暴力よりも相手を脅やかす力を秘めたやんわりとしたやり方で体を床に戻した。

「おまえは、おれたち兄弟の隠れ家を知ってたな」とがめる口ぶりだった。筋肉が盛りあがる一方の腕は相手のシャツの胸のたるみにかかったままだ。「おれたちの仲間以外であそこを知ってたものはほかにいない。役人どもはけさやってきて、ラッキーをパクっていった。ほかに誰がヤサを教えたっていうんだ。教えたのはおまえだ。このドブネズミ野郎！」

「おれじゃない、リップ！　教えたりはしなかった！　誓って……」

リップは相手の口を大きな掌でおおって小男の泣き声にふたをした。

「そうだったかもしれんな。じつを言うと、おまえがしゃべったという確証はないんだ――さもなきゃ、こんなふうに言ったりはしねえ」彼はコートをわきに広げ、ショルダー・ホルスターから顔をのぞかせているリヴォルヴァーの茶色い握りを思わせぶりにのぞかせた。「だがどうみても、ほかにしゃべったやつは見あたらない。とはいえ、おれに実害のない人間を痛めつける気はない。だから、しばらくのあいだ様子を見ることにする――しゃべったのがまちがいなくおまえだと確信したときは……」

リップは大きな口をピシッと閉じた。右手はいまにもコートの左腋にすべりこもうとしている。彼は重々しくゆっくりとうなずき、小屋から出て行った。

オーウェン・サックはしばらくの間身じろぎもしなかった。身をこわばらせて立ちすくみ、力のない青い目で、来訪者が現われて姿を消したドアを見つめていた。きゅうに年老いたようにみえる。しわも幾筋か増えたようだ。こわばっていながら、体はついいましがたよりずっと萎えてみえた。

やがて両肩を勢いよく揺すり、いまの出来事を心から閉め出すような仕草でストーヴのそばに戻った。しかしそれもつかの間、体は力なくぐんにゃりとなってしまった。床を横切り、椅子に近づいてぐったりと尻を乗せると、冷めた食べ物を押しやり、両方の腕に頭を横たえた。

身ぶるいし、両膝もふるえていた。カードウェルの遺体を家まで運ぶ手伝いをしたときとそっくりだった。町の噂ではカードウェルは、クートネイ川を往来するある品物についておしゃべりが過ぎてしまったらしい。ある朝彼はダイムの先の茂みで発見された。首のうしろには弾が入ったときの穴があり、前にはそれが出て行ったときのもっと大きな穴が開いていた。誰が撃ったのかは誰も口にできなかったが、ダイムの町の噂は喧《かまびす》しく、ユースト兄弟の耳に入らないようにするのは無理な話だった。

カードウェルのことがなかったら、オーウェンは身の潔白をリップ・ユーストに信じこませることもできたろう。だがユースト一家のものを目にするたびに死んだ男のことが甦った。そしてきょうの午後、リップが小屋に姿を現わし、「やつらがけさラッキーを挙げやがった」とテーブル越しにきびしい言葉を投げつけてきたとき、カードウェルのことがオーウェンの胸をいっぱいにし、ほかのことはなにもかも忘れさせてしまった。禁酒法取締局の役人たちをユースト一家の隠れ家に案内したのがほんとうに自分だったかのようにしゃべったり、反応したりしてしまったのは恐怖のためだ。そしてリップは自分の疑惑が正しかったと半ば納得顔で帰って行った。

リップ・ユーストが彼なりの基準で公正な男だということは、オーウェン・サックも知っている。目をつけた相手がクロだと確信が持てるまで手を出しはしない。が、そうと確信すれば、警告も慈悲もなく襲いかかってくる。

この世はすべて目には目を、というのがリップの掟であり、ためらいもなく排除すべきものが敵なのだ。しかし、敵であることに確信を持てないかぎり襲いはしない。それだけがオーウェンにとってわずかな救いだった。

リップは頭脳明晰な男とはいえない。辛抱強く、思慮もあるが、真実と誤りを的確に選別できる男ではない。実際にはなんの意味もないさまざまなことが、彼にとっては、密告したのが疑う余地もなくオーウェンだったことを指す証拠となりかねなかった。きょうのことで言えば、恐怖にかられてとってしまった言動が有罪判決の証拠になってしまったのだ。

オーウェン・サックの死体は、カードウェルのときと同じように、ある朝発見されることになるだろう。カードウェルも、オーウェンと同様、濡れ衣を着せられただけだったのかもしれないのだが。

オーウェンは背筋をのばし、無意識のうちに気を引き締めようと、両肩をいからせ、唇をきつく結んだ。両方の拳でこめかみをグリグリやり、採るべき道を精密に計算しようと努め、しばしのあいだ決断を下そうとしているふりをした。だが心の中では、いつものように自分を偽っているのに気づいていた。どうせまた逃げだすことになるのだ。いつもそうだった。男らしく立ち向かったのは大昔のことだ。

三十年前なら、そうしたかもしれなかった。

あのときボルティモアのマーシュ・マーケット・スペイスの安酒場で、イカサマのサイコロをめぐる口論の末、オーウェン・サックはロンドンっ子《コックニー》の水夫が握るずんぐりした拳銃と向き合うはめになった。水夫の手はふるえていた。二人は顔をつき合わせる距離に立っていた。オーウェンと同様に水夫もおびえていた。拳銃をひったくり、ガツンとやるのもたやすかったろう。しかし一瞬のためらいのあと、オーウェンは引きさがった。そしてむざむざと水夫に賭場からつまみだされただけでなく、町からも追いだされてしまった。

銃弾への恐怖心があまりにも大きすぎたのだ。(その頃は)臆病者ではなかった。たいていの人間が怖れる刃物などにはとりたてて恐怖心はおぼえなかった。刃物は計算もできるし、識別できる速度で移動する。接近してくるのを確かめられる。速度もわかる。うけ流したり、身をかわすこともできる。体をひねれば、浅い傷ですませられる。もろにくらって深くまで刺されても、鋭い切先はさっと肉を切り裂き、すっぱりと切断されるだけですんでしまう。

ところが金属の球体である弾丸は、それを射出する爆発性ガスによって灼熱化し、目に見えぬ速度で接近し——どれほど速いのかは誰も視認できない——鋭い切先ではなく、いかなる障害物をも貫通する鈍くずんぐりした鼻面をつきだして行く手を粉砕しつつ突進してくる。灼熱の鉛のかたまりは、肉と筋肉の無抵抗のトンネルをたたきつぶし、骨を打ち砕く！　オーウェン・サックがどうしても立ち向かえないのはそれだった。

別口のロンドンっ子とずんぐりした拳銃との対面の可能性を回避するために、彼はメリーランドから逃げだした。

それが始まりだった。

どこへ逃げても、遅かれ早かれ、恐しい拳銃の銃口と向き合うハメになった。拳銃への恐怖心のために逆に拳銃に引き寄せられてしまうのかもしれない。子供の頃教えられたように、相手が怖がっていると知ると犬は嚙みつくものなのだ。拳銃も同じことだ。

拳銃との恐しい遭遇はそのたびに悪化していった。いまでは恐しい銃器をひと目見るだけで全身が麻痺してしまう。拳銃のことがちらっと脳裡をよぎると恐怖で気が動転し、頭がかすんでくる。

それでも昔は、拳銃さえからんでこなければ臆病者ではなかった。しかし逃げだす回数があまりに重なりすぎてしまった。しだいに増大する拳銃への恐怖心は癌細胞が増殖するように全身にしみ渡り、少しずつ彼は、死への恐怖をのぞけばきわめて健全な勇気を持つ人間から、ほとんどあらゆる種類に及ぶ肉体的暴力に対する恐怖心を持った勇気のない人間に変わっていった。

初めのうちは、彼の恐怖心もおとなしくさせておけないほど手ごわいものではなかった。ボルティモアでの一件のときもなんとか打ち勝つことができた。かなりの努力が伴ったが、乗り越えることはできた。その次のニュー・サウス・ウエールズ〔オーストラリア〕でのときは、喧嘩っ早い牧場の監視係の両手に握られた拳銃から逃れようと、狂ったように放牧地を百マイルも車で横断してバーク〔ニュー・サウス・ウエールズの首都〕に向かうことでやりすごした。まるで線路のように、わだちの跡が異様に突きでた道路を必死に走りつづける逃走の旅だった。ときたま現われる槍のように長い葉をつけたセリの茂みからおびえた野ウサギやヤブワラビーがきゅうに飛びだしてきたりもした。

その三カ月後のクイーンズランド北部でのときもまだ手遅れではなかった。が、やはり逃げだした。そのときは、マルディヴァ銀山の近くを流れる白く濁った川に腰まで浸って働きつづけていて、かたわらに立つ黒人の大きな黒い手に握られた錆びたリヴォルヴァーの脅威から逃れ、ケアンズとクックタウンの船着場に急行したのだ。

しかしそれ以降は、どうあがいても逃れられなくなった。どれほど努めても恐怖心に打ち勝てなくなってしまったのだ。打ちのめされ、自分でもそれを認めていた。それ以後彼は、己れの臆病さを恥じることさえせずに逃げつづけ、拳銃以外のものからも逃走するようになった。嫉妬深い混血の砂金掘り《ガリンペイロ》にモロベルホ〔ブラジルの金鉱〕から追放されたときもそうだった。その男は、英国経営のサンホァン・デル・レイ鉱山での職場とティータから彼を追い払った。ティータの赤い口元は誘惑の笑みから嘲けりに変わったが、そのどちらも、相手の男が持つナイフのひらめきに抗うほどの力は与えてくれなかった。ナイフを持っていようといまいと、昔ならひと泡吹かせてやれそうな相手だったのだが。ベイカースフィールド〔カリフォルニア州〕の油田では、小男のクレーン係の握り拳を前にして逃げだすハメになった。そして、いままたこの地で……

いまと比べれば、これまでの出来事はまだましだった。齢《とし》も若かったし、魅力的な土地はどこにでもあった。どの町にもそれなりの良さはあった。だが、今度だけはちがう。

彼はもう若くはなかった。そして、この地、キャビネット山脈の麓で根をおろしたいと願っていた。いま住んでいる小屋が終《つい》の住処《すみか》に思える。いまの望みは二つ、生計の道と静かな暮しだが、これまでのところ、二つともこの地で見つかった。一九二三年のクートネイ川沿いでは、過去を洗い流して生計を立てるのが充分に可能だった。悪くない稼ぎをあてにできた。富というほどのものではないが、裕福さなど望んではいない。必要なのは静かな家だけだ。この六カ月間、オーウェン・サックはそれをここで維持してきた。

そんなときにたまたまユースト兄弟の隠れ家に行きあたってしまったのだ。ダイムのものがみんな知っているように、ブリティッシュ・コロンビアに源を発し、全長四百マイルの多くを曲りくねってモンタナとアイダホで費やしたあと水源の近くにふたたび戻り、やがて大いなるコロンビア川に注ぐクートネイ川が、至近のスポケーン〔ワシントン州〕への陸路に通じる密造酒運搬用の流れる道であることは彼も気づいていた。誰もが知っていることであっても、とりわけオーウェン・サックはその道で運ばれているものについてそれ以上くわしいことはなにも知りたくなかった。

陸路での運搬の準備が整うまで密造酒を隠しておく隠れ家にオーウェンが運悪く行き当ってしまったのはなぜだったのか。しかもユースト兄弟がたまたま現場に居合わせたときに、相手に目撃されるという不運まで重なってしまったのだ。さらに追い討ちをかけるように、一週間も経たぬある日、禁酒法取締官の一隊が隠れ家を急襲した。

ユースト兄弟はオーウェンが密告したものと疑っている。まぬけな連中の脳がそれを事実とみなすのは時間の問題だ。そうすればすぐにでも襲ってくる——拳銃を持って。金属の豆粒が、カードウェルを切り裂いたと同じようにオーウェンの体細胞を貫通し……

彼は椅子から立ちあがり、持って行く所持品の荷造りを始めた——行き先は？　どこでもいい。どこへ行っても同じことだ——つかの間の平和と安らぎのあと、必ず拳銃の脅威に見舞われ、また別の土地へ追い立てられる。ボルティモア、ニュー・サウス・ウエールズ、クイーンズランド北部、ブラジル、カリフォルニア——三十年間逃げつづけて、いまここにいる。齢をとり、逃走する脚もこわばってきた。だが、逃げることが彼の人生だった。

少しの息もつかずに荷造りをつづけた。あわてているので、指が思うように動かなかった。

オーウェン・サックが毛布にくるんだ荷物を両肩にかけ、うつ向き加減にてくてくとダイムの町に通じる橋を渡る頃には、クートネイの谷はとっぷりと暮れかけていた。彼はぎりぎりまで待って小屋を出た。別れの言葉を交わしたり、気まずい出会いを避けるため、列車の発車直前に到着する駅馬車に乗るつもりだった。足を速めた。

だがこのときもまた、運は彼に味方しなかった。

駅馬車の終着駅に向かってニュー・ダイム・ホテル――ヘンリー・アップショーの玉突き台のあるソフト・ドリンク・パーラーの二軒先――の角を曲ったとき、こっちに向かって大通りを下ってくるリップ・ユーストの姿がちらっと目に映った。顔が赤くはち切れそうになっているのがここからでもわかる。そして、あの威張りくさった歩き方。酔いどれているのだ。

軒下の歩道の中ほどでオーウェン・サックは足をとめ、とたんにそうすべきではなかったことに気づいた。安全な身の処し方などというものがもしあるとすれば、普段とちがうことはなにも起きていないふりをするのが一番だ。

向こう側の歩道に向かって大通りを横切りながら、衝突を避けようとこそこそしている姿をさらしつづけている自分に悪態をついた。砂埃りの立つ車道を横切る足どりがおさえようもなく速まる。リップ・ユーストのウィスキーで濁った目は、荷物を背負って駅馬車の駅に向かって急ぐ彼の姿を見落すかもしれない。そんな希望が高まりつつもオーウェンはわかっていた。それが子供じみた、叶わぬ願い事にすぎないことを。

リップ・ユーストはしっかりとオーウェンの姿を認め、大通りの自分の側の路肩に近づいて声を張りあげた。

「おい、おまえ！　どこへ行くんだ？」

オーウェン・サックは身動きもせず、怯える彫像と化した。恐怖が彼の心を凍てつかせた──恐怖とカードウェルの身に起こったことが。

リップは車道越しにまぬけな笑みを投げかけ、繰り返した。

「どこへ行くんだ？」

オーウェンはこたえようとした。なにか言おうとした──その言葉に身の安全がかかっているはずだ──なんとか音を発したが言葉にはならず、小男ののどから十フィート先まで届いたとしても、意味は通じなかったろう。

リップは大笑いした。見るからに上機嫌のようだ。

「いいか、きょうの午後おれが言ったことを忘れるなよ」太い人さし指をオーウェンに向けて振り立てながら、リップは声を張りあげた。「まちがいなくおまえだと確信したときは……」

太い指がさっと移動して、上衣の左胸のあたりをポンとたたいた。

相手の不意の動きにオーウェンは悲鳴を発した──途切れそうな甲高い恐怖の悲鳴は、大男の酔いどれ気分を楽しく煽り立てた。

大男ののどの奥からまた笑い声が勢いよく飛びだし、手には拳銃が握られていた。弟が逮捕されたことやオーウェン・サックがその件に関与している可能性などは当面どうでもよかった。小男が示すバカげた恐怖心を見物する楽しみが先に立った。

拳銃を目にしたとたん、オーウェンの正気をつなぐ最後の糸が切れた。戦慄が瞬時に全身を走った。慈悲を乞おうとしたが、口は言葉を形づくれなかった。服従を示す万国共通の姿勢をとろうと両手を高く挙げようとした。これまでも何度も命拾いをしてきた姿勢だ。ところが荷物を吊っている紐が指に引っかかってしまった。紐をゆるめ、振りほどこうとした。

車道の向こう側に立つ男のアルコールで濁った目と頭には、オーウェン・サックの右手が上衣の左側にすべりこもうとしているように映った。リップ・ユーストは相手の動きからただ一つの意味しか読みとらなかった——あの小男は拳銃に手をかけようとしているのだ。

リップの手に握られた武器が火を吐いた！

オーウェン・サックはすすり泣いた。体の片側を何かが強く打った。彼は倒れ、歩道に坐りこんだ。両目は問いかけるように見開かれ、通りの向こう側で硝煙をたなびかせる拳銃をひたと見つめていた。

気がつくと、誰かが体の上にかがみこんでいた。この通りのまん前にある店の主人、ヘンリー・アップショーだった。オーウェンは通りの反対側の歩道の縁に立つ男にまた目をやった。相手はすっかり酔いが醒めたらしく、こわばった顔をして様子をうかがっている。拳銃は握ったままだ。

オーウェン・サックは立ちあがるべきか、このままでいるか、横たわってしまうか、どうしたらいいのかわからなかった。一発めの銃弾をもろにくらわないように彼の体をわきに強く押したのはアップショーだった。だが二発めがもし飛んできたら？

「どこを撃たれた？」アップショーが訊いた。

「えっ、なんだって？」

「いいか、あわてるんじゃない」アップショーが忠告した。「心配ない。すぐ助けを呼んでやる」

オーウェンの指がアップショーの片方の袖にからみついた。

「なにが、なにが起きたんだ？」彼は訊いた。

「リップがおまえを撃った。だけど大丈夫だろう。じっとしていれば……」

オーウェンはアップショーの袖から指をはなし、確かめるように両手で自分の体を触れまわった。右側を探っていた手はべっとりと赤く染まっていた——彼を打ち倒した強打を感じた側は熱を帯び、感覚が麻痺している。

「やつはおれを撃ったのか？」興奮した金切り声で彼は訊いた。

「そのとおり。だが大丈夫だ」アップショーはやさしく声をかけ、好奇心に駆られておずおずと車道を近づいてくる人たちに合図を送った。拳銃を握り、次になにが起こるのか様子を見ながら立っているリップの姿を目にした男たちはしりごみした。

「なんてことだ！」心底驚いたように、オーウェン・サックはあえぎ声をもらした。「だがこんなことは屁でもないさ！」

彼はピョンと飛びあがった——荷物がすべり落ちる。彼は自分の体をつかんでいた手からのがれ、アップショーの店の戸口めがけて駆けた。金銭登録器の下の棚で見つけた黒いオートマティックをしっかりと握り、握った腕をまっすぐ前方に突きだしたまま、彼は車道に戻った。灰青色の目を驚いたように見開き、薄い笑みをたたえた口からは詠唱に似た音がこぼれた。

長いあいだおれは逃げつづけた
それに比べりゃ屁でもない
長いあいだおれは逃げつづけた
それに比べりゃ屁でもない

オーウェン・サックがアップショーの店から飛びだしてきたとき、リップ・ユーストは車道の中ほどまで進んでいた。

見物人たちは逃げ散った。リップのリヴォルヴァーが振りあげられ、轟音を発した。オーウェンの麦藁色のほつれ毛がうしろになびいた。

オーウェンはくすくす笑いながら、つづけざまに三発撃ち返した。大男には一発も当らなかった。左腕に焼けるような感じがあった。もう一発撃ったが、これもはずれた。

「もっと近づこう」彼は声に出して自分に言いきかせた。

オートマティックをしっかりと前方にかざし、歩道を横切って車道に踏みだし、光の束が襲いかかってくるリップの拳銃めがけて大股で歩きだした。

歩きながら小男はわけのわからぬ歌を口ずさみ、拳銃の引き金を引いて、引いて、引きまくった——何かが片方の肩を強く打ち、ついで火傷を感じている腕の上部も打たれたが、何に打たれたのかも考えなかった。

十フィートとはなれていない地点まで近づいたとき、リップ・ユーストはその場を去ろうとするように向きを変え、一歩踏みだし、きゅうに巨体が醜悪な弧を描いて折れまがり、車道の砂埃りの中にくずおれた。

オーウェン・サックは自分の手の中の武器が空になっているのに気づいた。かなり前から弾は失くなっていたらしい。彼はくるっと向きを変えた。アップショーの店の広いドアがぼんやりと見える。彼を引き倒そう、引き止めようと地面が足にからみついてきたが、オーウェンは戸口にたどりつき、金銭登録器に近寄って棚を見つけ、その上にオートマティックを戻した。

話しかけてくる声、体に巻きついてくる腕。彼は声を無視し、腕を振り払い、ふたたび車道に戻った。さらに多くの腕を払いのけねばならなかったが、夜気が力を与えてくれた。また別の建物の中に入った。彼はジェフ・ハムリンの店の銃砲展示台に体をあずけた。

「あんたの店にある一番大きな拳銃を二挺買いたいんだ、ジェフ。弾もたっぷり用意しといてくれ。すぐに取りに戻ってくる」

ジェフが返事をしたのはわかったが、オーウェンは自分の頭の中の騒音とジェフの言葉を区別できなかった。

車道の生温かい夜気をまた感じた。くるぶしまで埋まる砂埃りが足にからみつく。向こう側の歩道。ジョンスン先生の診療所の入口。誰かに助けられて、狭い階段を昇る。長椅子かテーブルが背中に当る。横たわっているので、まわりがよく見えるし、声もよく聞こえた。

「急いで手当てをしてくれないか、ドック！　やらなきゃならないことが山ほどあるんだ」

相手は滑らかな医者らしい口ぶりでこたえた。

「養生する以外にしばらくなにもできんだろうな」

「旅に出なきゃならないんだ、ドック！　急いでくれ！」

「大丈夫だ、サック。もう逃げる必要はない。この部屋の窓から、ユーストが先にあんたを撃ち倒すのを見た。目撃者は半ダースもいる。後始末の話になっても正当防衛はまちがいないさ！」

「その話じゃないんだ！」ドックはいい人だが、わかってないことがいっぱいある。「おれには行かなきゃならない場所が山ほどあるんだ。会わなきゃならない連中がごまんといる」

「わかった、わかった。いつでも行けばいい」

「あんたは何もわかっちゃいない、ドック！」医師はあやしてやらねばならない子供か酔いどれを相手にするようにオーウェンに話しかけてくる。「ちがうんだ、ドック！　おれはこれまで歩いて来た人生の長い道のりを逆戻りしなきゃならないんだ。もうおれも若くない。ボルティモアやオーストラリア、ブラジルやカリフォルニア、いろんなところで見つけだされなきゃならない男たちがいるんだ。見つけるのに手間どる連中もまじってるだろう。撃ち合いもいっぱいやらなきゃならない。もう若くはないんだから、おれにとっては大仕事になる。歩きつづけねばならない！　急いで手当てをしてくれ、ドック！　急いで……」

オーウェン・サックの言葉は不明瞭にくぐもり、つぶやきになり、やがて途絶えた。

解説

拳銃が怖い　*Afraid of a Gun*

初出は〈ブラック・マスク〉一九二四年三月一日号。同じ号にコンチネンタル・オプ物語「裏切りの迷路」（本書収録）も掲載されている。同号のカヴァー・ストーリーはマージョリー・S・ダグラスの冒険ロマンスと謳われた「ホワイト・ミッドナイト」の連載第一回だが、その他の収録短篇のタイトルや作家名は表紙には刷りこまれていない。

いずれにせよこの当時は、ハードボイルド風のリアルな犯罪小説や探偵小説はこの雑誌の〝看板〟ではなく、むしろ〝風変わりな〟作品としてうけとめられていた。

本篇は〝赤狩り〟の渦中に刊行されたエラリイ・クイーン編による八点目の短篇集 *Woman in the Dark*（ジョナサン・プレス五二年七月刊）に表題作その他五篇とともに収められ、一九九九年にヴィンテージ・クライム（ランダム・ハウス）から出た新しい短篇集 *Nightmare Town* に再録された。なぜこの逸品が長いあいだ未訳だったのか、〝ハメット輸入史〟の謎の一つと言えるだろう（初訳は〈ＨＭＭ〉二〇一一年八月号）。

裏切りの迷路　*Zigzags of Treachery*

1

「イーステップ医師の死については」私は言った。「新聞に出ていることしか知らない」

ヴァンス・リッチモンドのほっそりした灰色っぽい顔に不快げな色が浮かんだ。

「新聞というのはいつも不充分か不正確なものだ。私が知っている要点を教えておこう。どっちみち自分で調べまわって、じかに情報を得るつもりだろうがね」

うなずくと、弁護士は話の先をつづけた。一語ごとに、薄い唇で正確に形をつくってから声にした。

「イーステップ医師は一八九八年か九九年にサンフランシスコにやってきた——医師の資格を

とったばかりの二十五歳の青年だった。彼はこの街で開業し、知ってのとおり、かなり腕のいい外科医としてすぐに名をあげた。ここにきて二、三年後に結婚したが、子供はできなかった。彼と細君は、なみの夫婦よりはいくぶんしあわせそうに見えた。

サンフランシスコにくるまでの彼の人生については、ほとんど知られていない。ウェスト・ヴァージニア州のパーカーズバーグで生まれ育ったと、細君には手短に話したそうだが、あまりにもみじめな家庭生活だったので忘れてしまいたい、そのことについては話すどころか考えることもしたくないと言っていた。この点をおぼえていてほしい。

二週間前──今月の三日のことだが、彼のオフィスに午後、一人の女性がやってきた。彼はパイン通りにある自宅でオフィスを開いている。イーステップ医師の看護婦兼助手をつとめるルーシー・コウは、その女性を医師の部屋に案内したあと、応接室にある自分の席に戻った。

彼女は、医師がその女性に話しかけた言葉は一語も聞かなかったが、閉まったドアの向こうから、その女性の言葉はとぎれとぎれに聞こえてきた。なにごとかを訴えかける、甲高い、苦悶に満ちた声だった。大半の言葉は意味をなさなかったが、ひとつだけ筋道の通ったせりふが看護婦の耳に届いた。『お願いです！　お願い！』と、その女性は叫んだ。『見捨てないでください』その女性はイーステップ医師の部屋に十五分ほどいて、そのあと泣きながらハンカチで口を押さえて帰っていった。イーステップ医師はその訪問者について、看護婦にも妻にもなにも告げなかった。医師の妻がその出来事を知ったのは、夫が死んでからだった。

翌日の夕方近く、看護婦が帽子とコートを身に着けて帰宅の支度をしていると、イーステップ医師がオフィスから出てきた。帽子をかぶり、手に一通の手紙を持っていた。看護婦が言うには、『わたしの制服と同じほど白い』顔色をして、足がもつれるのを必死におさえようとしている足どりだったという。

具合が悪いのですか、と彼女は医師にたずねた。『いや、なんでもない！』と、彼はこたえ、『すぐに良くなる』と言って出て行った。ひと足おくれて外に出た看護婦は、医師が手に持っていた手紙を街角のポストに投函するのを目にした。そのあと医師は家に帰って行った。

その十分後――それより遅いということはない――イーステップ夫人が階下に降りてきて、一階の床に足が届いたとき、夫のオフィスから銃声のような音が聞こえた。彼女は大急ぎでオフィスに駆けこんだ。途中、誰にも会わなかった。部屋に入ると、夫は体をぐらつかせながら机のそばに立っていた。右のこめかみに穴があいていて、手には硝煙の立ちのぼる拳銃が握られていた。夫人が近づき、両腕で抱きかかえようとした瞬間、彼は机の上に倒れこんだ――そのときには息絶えていた」

「誰か――たとえば召使でもいいんだが――イーステップ夫人は銃声が聞こえるまえにはオフィスに行かなかったと証言できるものがいるのかな？」私はたずねた。

弁護士はとっさに首を左右に振った。

「誰もいないさ！　そんな具合に、当てこすりってやつがはじまるんだ！」

いまのせりふにチラッと感情がむきだしになったが、すぐに彼は平静でキビキビした口調に戻り、話の先をつづけた。

「翌日の新聞にはイーステップ医師の死にまつわる記事が満載され、昼近くになって、彼が死んだ日の前日に訪ねてきた女性がまた現われた。じつはその女性は、イーステップ医師の最初の細君だったのだ——ということは、彼女こそ法律上の妻だということだ。このことには疑いをさしはさむ余地はまったくない——こっちがどう思おうともだ。二人は一八九六年にフィラデルフィアで結婚した。彼女は結婚許可証の正式のコピーを持っていた。フィラデルフィアで調査させたが、イーステップ医師とこの女性が——結婚前の名前はエドナ・ファイフというんだが——実際に結婚していたというのはまぎれもない事実だ。

彼女が言うには、イーステップはフィラデルフィアで二年間一緒に暮らしたあと、彼女を捨てたという。ということは一八九八年、彼がサンフランシスコにやってくる直前のことになる。彼女は、自分がイーステップと結婚したエドナ・ファイフであることを証明する充分な証拠を持っている。東部で私が調査を依頼したものの調べでは、イーステップはフィラデルフィアで二年間開業していた。

だいじな話がもう一つある。

パーカーズバーグで生まれ育ったとイーステップが言っていたことはさっきも話した。そっちのほうも当らせてみたんだが、彼がその町に住んでいた形跡は見つからなかった。逆に、細君に話していた住所には住んでいたことがないという証拠が山のように出そろった。つまり、彼の不幸な生い立ちという話は、余計な質問を避けるための方便だったということが明白になったということだ」

「医師と最初の女房が離婚していたという線は追ってみたのか？」私はたずねた。

「それはいまやらせているが、離婚していたとは思えない。そんなことは、ウソをついてもすぐにわかることだ。話の先をつづけさせてくれ。――この女性――イーステップの第一の妻――の話では、夫の居所を知ったのはつい最近のことで、会いにきたのは、よりを戻せればと考えてのことだった。彼が死んだ日の午後、彼女が訪ねて行くと、彼はどう対処すべきか決めるまでしばらく猶予がほしいと言った。私の考えでは、二人が会話を交わしたあと、女のほうは、彼がかなりのカネを貯めこんでいることを知ったのではないかと思う。復縁より、むしろカネのほうに関心があったのだろう。もちろん、どっちの道もふさがれたわけだがね。

初めのうち警察は、医師の死が自殺だというごく自然な説明をうけ入れていた。ところが、最初の妻の登場で、二人めの妻は――私の依頼人のことだが――殺人容疑で逮捕されてしまった。

警察の推論はこうだ。最初の妻の来訪のあと、イーステップ医師は二人めの妻にすべてを打ち明けた。長いあいだ騙されていたこと、結局自分は彼の妻でさえないことなどをじっくりと反芻した彼女は、怒りに身をまかせ、看護婦が帰ったあとオフィスに行って、机にしまわれているのを知っていたリヴォルヴァーをとりだし、彼を撃った、という筋書きだ。

検察側がどんな証拠を握っているのか、もちろん私は知らないが、新聞に書かれている情報を総合すると、凶器のリヴォルヴァーに付着していた彼女の指紋、机の上に転がっていたインク壺、彼女のドレスについていたはねたインクのしみ、机の上の破れた新聞紙に残っていた、インクによる彼女の手の跡などが起訴の決め手になるらしい。

不運とはいえきわめて自然な反応といえるのだが、彼女が最初にとった行動のひとつは、夫の手から拳銃を奪おうとする動作だった。拳銃に指紋がついたのはそのためだ。さっきも言ったように、彼は、夫人が両腕で抱きかかえようとしたときに倒れた。そこのところの夫人の記憶は明瞭ではないのだが、おそらく彼は机の上に倒れこんだはずみで彼女の体をひきずってしまったのだろう。転がったインク壺や破けた新聞紙やはねたインクの説明はこれでつく。しかし、検察側は、いま言ったようなことがすべて、発砲前に起きたことだと陪審員を説得しようとするにちがいない――それが、二人が争った証拠だと主張するだろう」

「たいしたことはない」私は意見を言った。

「いや、見方によっては、ひどいことになる。こういう事件を弁護するには最悪の時機なんだ。この数カ月のあいだに、裏切られたり、騙されたりした女性によって男が殺され、派手な話題になった事件が五件もあった。

ところが、五人の女たちは全員無罪になってしまった。それでどうなったと思う。報道も世論も説教師までもが、厳しい法の裁きを要求してわめきたてている。新聞はこぞって、名誉棄損罪で訴えられかねないぎりぎりの論調でイーステップ夫人有罪説に傾いた記事を並べたてている。婦人クラブも彼女を有罪とみなしている。誰もかれもが、彼女を法の裁きの見本にしようと騒ぎまわっているのだ。

そこへもってきて、追い討ちをかけるように、担当検事が二つの大きな公判で黒星を喫してしまった。だから、なにがなんでも今回は勝たねばならない――選挙も遠くないことだしな」

平静さも、正確ささえも失った口調だ。かわりに頭をもたげたのは情熱あふれる雄弁だった。

「きみの考えは知らない」リッチモンドはわめいた。「きみは探偵だ。この事件もべつに目新しいものではあるまい。いずれにしてもごく冷淡に対処するのだろう。大まかにいえば、夫人の潔白にも疑問符をつけているにちがいない。だが、私にはわかっているんだ、イーステップ夫人が夫を殺してはいないということがね。彼女が私の依頼人だからそう言っているのではない。私はイーステップ医師の顧問弁護士でもあり、友人でもあった。夫人を有罪だとみなせば、有罪の判決を下させるために全力をつくすだろう。だが、私にはわかっている。彼女は夫を殺さなかった――絶対に殺せはしなかった。

彼女は潔白だ。しかし、いまの手持ちの札だけで法廷に立って弁護を始めれば、有罪の宣告をうけるだろうこともわかっている。これまで、女性の犯罪者に対しての処置は寛大すぎた、というのがもっぱらの世論だ。そろそろ振り子は反対方向に振れる頃合いだろう――もし有罪となれば、イーステップ夫人には死刑の宣告が下るにちがいない。頼みはきみだけだ！　彼女を救えるか？」

「こっちがあてにできるのは、死ぬ直前に彼が投函した手紙だ」この事件の事実関係とは無関係な彼の言葉はすべて無視して、私は言った。「人が手紙を書き、投函し、そのあと自分を撃ったということであれば、その手紙が自殺とまったくかかわりがないはずはない。最初の女房に手紙のことをたずねたか？」

「ああ、彼女は否定している。だが、そんなはずはないんだ。彼女の出現によって自殺に追いこまれたのなら、経験や常識からいってもその手紙は彼女あてのものにちがいない。二人めの細君に手紙を残すことも考えられるが、わざわざ投函するはずがない」

「最初の女房がその件でウソをつく理由は考えられるか？」

「ああ」弁護士はゆっくりとこたえた。「理由はあると思う。遺書によると、彼は全財産を二人めの細君に遺している。法律上はただ一人の正妻である最初の妻は、もちろんその遺言書をあっさりと無効にできる立場にいる。しかし、二人めの妻が最初の細君の存在をまったく知らなかったことが証明されれば――自分が正妻だと明らかに信じていたのなら――私は彼女も遺産の一部をもらえると思う。こんないきさつであれば、いかなる裁判所も、彼女からなにもかもとりあげようとはしないだろう。だが、もしイーステップ医師殺しで有罪になれば、彼女は考慮の対象からはずされ、最初の細君が一セント残らず手に入れることになる」

「たとえ二分の一でも、無実の人間を絞首台に送りかねない額を遺したのか？」

「ざっと百万ドルの半分といったところだ。その二分の一といえばかなりそそられる額といえる」

「あんたが見たところ、最初の女房にとっては、なにかをやりかねない金額だと思うか？」

「率直に言って、そう思う。かなりのことでもやりかねない女だという印象をうけた」

「どこに住んでいる？」私はきいた。

「現在はモントゴメリー・ホテルに滞在中だ。家はルイヴィルだと思う。だが、あの女と話してもなんの役にも立たんよ。彼女はソマセット＝ソマセット＝クイル法律事務所を雇った――とにかく名うての事務所だ――そこと話してくれといわれるだろうな。ところが連中はなにも話してくれない。もっとも、もし彼女がなにか不正を働いていても――たとえば、イーステップ医師からの手紙を隠しているとか――ソマセット＝ソマセット＝クイルの連中はなにも知らないと思うがね」

「二人めのイーステップ夫人と話せるか――あんたの依頼人の？」

「残念ながら、いまは難しい。一日か二日後ならなんとかなるだろう。バラバラになりそうな瀬戸際にいる。いつも神経がこまかいひとだった。夫の死がもたらしたショックのあと、自分が逮捕、拘留されるという出来事がつづいたので、耐えきれなくなってしまった。夫人はいま、保釈を認められずに、市の留置所に入れられている。私は彼女をなんとかして市立病院の囚人病棟に移そうと努力してきたが、当局は彼女の病気はたんなる仮病だとみなしているらしい。彼女が心配だ。ほんとうに危険の瀬戸際に立たされているんだ」

彼の口調がまた平静さを失いだしたので、私は帽子を手にとり、ただちに仕事を開始するとかなんとか言いおいて、外に出た。演説ってやつは大嫌いだ。相手の皮膚を突き刺すほど効果的でないときは、たいてい退屈千万なものである。効果的なときは、頭を混乱させられるだけだ。

2

それから二時間ばかり、イーステップ家の召使たちを質問攻めにしたが、たいした収穫はなかった。銃声がしたとき、その近くにいたものは一人もいなかった。夫の死の直前に夫人の姿を見かけたものもいなかった。

あっちこっち捜しまわったあげく、看護婦のルーシー・コウをヴァレホ通りのアパートメントで見つけた。三十前後の、小柄で機敏そうな、てきぱきした女性だった。彼女は、私がヴァンス・リッチモンドから聞かされた話を繰り返し、ほとんどそれになにもつけ加えなかった。

イーステップ家関連の聞き込み調査はこれでぜんぶすんだので、モントゴメリー・ホテルに足を運び、事がうまくいくただ一つの望みは――めったに起こらない奇跡というやつは当てにしないことにして――イーステップ医師が最初の女房に書き送ったにちがいない手紙を発見することだと自分に言いきかせた。

モントゴメリー・ホテルのお偉方とのコネはかなり強力だったので、法律をそれほど破らない範囲内でならほとんどなんでも自由になる。で、ホテルに着くなり、副支配人の一人であるステイシーを見つけだした。

「ここに滞在しているイーステップ夫人のことでなにを知っている?」私はたずねた。

「私はなにも知らないが、嗅ぎまわってくるからちょっと待ってくれ」

副支配人は十分ほど姿を消した。

「誰も彼女のことはほとんど知らないらしい」戻ってくると、彼は言った。「電話交換手、ボーイ、メイド、受付け、ホテルの探偵などにあたったが、みんな、たいしたことは知らないようだ。

ルイヴィルからやってきて、今月の二日に投宿した。このホテルには前に泊まったことはない。街も不案内らしく、道順をあちこちたずねている。郵便係は彼女あての手紙を扱ったおぼえはないと言っている。交換手も彼女あての電話を扱った記録は残していない。

この女は規則正しい生活を送っている――午前十時か十時ちょっとすぎに出かけていって、真夜中前に帰ってくる。訪問者も友人もいないようだ」

「彼女あての郵便に注意してくれ――もし届いたら、消印と返信用の住所に気をつけてほしい」

「いいとも」

「それから、電話交換手には、彼女の電話にしっかりと聞き耳を立てさせてくれるか？」

「わかった」

「いま、部屋にいるのか、彼女は？」

「いや、少しまえに外出した」

「よし！　上にあがって、持ち物を拝見させてもらおう」

ステイシーは鋭い目つきで私を見ると、のどに湿りをくれた。

「それは……そんなに重要なことなのか？　できることならなんでも手伝うが……」

「重要なことなんだ」私はダメを押した。「この女のことでおれがなにをつかめるかに、別のある女の命がかかっている」

「よかろう！」彼は言った。「仕事をすますまえに女が帰ってきたら、ただちに知らせるよう受付けに言っておく。よし、すぐ行こう」

女の部屋には、鍵のかかっていない二つの小さな旅行鞄とトランクが一つあった。中には重要なものはなにも入っていなかった――手紙の類もだ――なにもない。中身があまりにも少ないので、家捜しされるのを半ば予想していたのではないかと思ったほどだった。

下に降り、部屋の鍵の棚が見える位置にある坐り心地のいい椅子に体を沈め、第一のイーステップ夫人のご尊顔を拝すべく待ちうけた。

その夜は十一時十五分にご帰館あそばした。四十五か五十になる大柄な女性で、身なりもよく、自信たっぷりな身のこなしだった。口から顎の先にかけて、いくぶんきつい感じがするが、顔つきは醜いとはいえない。なかなかのやり手といった感じだ――望みのものは必ず手に入れるタイプの女である。

3

翌朝、モントゴメリー・ホテルのロビーに入ると、ちょうど時計が八時を打った。今回はエレベーターが見張れる位置にある椅子を選んだ。

十時半。イーステップ夫人は、私をお伴にして、ホテルを出た。死の直前に書かれた夫からの手紙を受けとっていないと彼女は否定しているが、どう見てもつじつまがあわない。探偵稼業の金言の一つは、「疑わしいときは――尾行せよ」である。

オファレル通りのレストランで朝食をとったあと、彼女は商店街に向かった。そして、とてつもなく長いあいだ――実際には私が感じたより短かったのだろうが――街で一番込みあうデパートの、一番ごったがえす売り場を選んで私をひきずりまわした。

彼女はなにも買わなかったが、じっくり見てまわった。うしろにうろうろとくっついた私は、女房のお伴でやってきた太った小男のように振るまった。がっしりした女にぶつかられ、やせっぽっちの女にこづかれ、ありとあらゆる種類の女が行く手に立ちはだかり、私の靴を踏みつけていった。

汗でたっぷり目方をそぎ落とされた頃、彼女はやっと商店街から離れ、ユニオン・スクウェアを横切りはじめた。のんびりした散歩のような歩き方だ。

四分の三ほど進んだところで、彼女はふいに向きを変え、すれちがう人間に鋭い視線を向けながら逆戻りしはじめた。彼女が通りすぎたとき、私はベンチに坐って、きのうの新聞の適当なページを読んでいた。彼女はポスト通りをカーニー通りまで下って行ったが、しょっちゅう立ち止まっては、店のショーウィンドウをのぞきこんだ――あるいは、のぞきこむふりをした。その間、私は彼女のわきをぶらぶら並んで歩いたり、すぐそばに立ったり、前を歩いたりした。

彼女は、自分が尾行されているのかどうか確かめようと、まわりの人間に一人残らず目を配っていた。だがこんな繁華街では、心配は無用だ。もっとひとけのない場所でなら話はちがうかもしれないが、それでも必ずしもそうともいえない。

尾行には四つの原則がある。可能なかぎり相手の後方に位置せよ。相手から隠れようとするな。なにが起ころうと自然に振るまえ。相手と目を合わすな。よほどのことがないかぎり、この四つを守ってさえいれば、尾行は探偵術の中でも最もやさしい部類に入る。

しばらくして、誰にも尾けられていないと納得したイーステップ夫人は、向きを変えてパウエル通りに向かい、セント・フランシス・ホテル前のタクシー乗り場でタクシーに乗りこんだ。私は、ユニオン・スクウェアのゲイリー通り側に並んでいるハイヤーの列から手頃なのを選び、彼女の車のあとを追わせた。

ポスト通りからラグーナ通りに向かったタクシーは、ほどなく大きくまわりこんで歩道際にとまった。女は車から降り、料金を支払い、アパートメントの踏み段をのぼっていった。私を乗せたハイヤーは、エンジンをゆるやかにかけたまま、一ブロック上手の道路の反対側の歩道際に停車していた。

角を曲ってタクシーが走り去ると、イーステップ夫人はアパートメントの玄関口から姿を現わし、歩道に戻り、ラグーナ通りを下りはじめた。

「あの女を追い越してくれ」私はハイヤーの運転手に告げ、車は女のあとを追った。

車と女が並んだとき、彼女は別の建物の正面の踏み段をのぼり、呼び鈴を鳴らした。この建物の踏み段はそれぞれ別のドアがついた四つのフラットの共用で、彼女が押した呼び鈴は二階右側のフラットに通じていた。

車のうしろの窓のカーテンに隠れて、フラットの入口に目を凝らした。運転手は次のブロックの具合のいい場所に車をとめてくれた。

午後五時三十五分まで見張りつづけていると、女が姿を現わし、サッター通りまで歩いて電車に乗り、モントゴメリー・ホテルに戻って部屋に入った。

私はおやじ《オールドマン》――コンチネンタル探偵社のサンフランシスコ支社長――に電話を入れ、ラグーナ通りのフラットの住人をくわしく調べさせるためにオプを派遣してくれと頼んだ。

その夜はイーステップ夫人はホテルで夕食をとり、そのあと芝居見物に出かけたが、尾行者の有無は気にもかけなかった。彼女は十一時少しすぎに部屋に戻った。こっちもそこでおひらきにした。

4

翌朝、女の尾行をディック・フォーリーに任せて、社に顔を出し、ラグーナ通りのフラットを調べに行かせたオプのボブ・ティールが来るのを待った。彼が姿を現わしたのは十時ちょっとすぎだった。

「ジェイコブ・レドウィッチという男があそこに住んでいる」ボブが言った。「やくざもののようだが、はっきりとは素性はつかめない。〝ウォップ〟・ヒーリーとつるんでいるところを見ると、やくざ男であることはまちがいない！　やつは昔はぺてん師だったが、いまは賭博関係の仕事をやっている、とポーキー・グラウトが教えてくれた。だがポーキーは、五ドル稼げるとわかったら、僧上様が昔は金庫破りだったと言いかねない男だ。

レドウィッチという男が出かけるのはたいてい夜で、懐はあったかそうだ。おそらくデカい商売にからんでいるんだろう。ビュイックを持っている――登録番号は六四五‐二二一――フラットの先の角を曲がったところにあるガレージに駐めているが、車はあまり使わないようだ」

「どんな男だ？」

「六フィート以上ある大男で、目方は軽く二百ポンドといったところだ。奇妙な面《つら》をしている。

横幅があって、両頬と顎にたっぷり肉がついてるんだが、よっぽどの小男のために用意されたようなちっちゃな口をしている。若くはない――いい年まわりの男だ」

「一日か二日あとをつけて、様子を見てくれないか、ボブ。近所に部屋を借りられないか当たってみてくれ――やつのフラットの入口を見張れる部屋だ」

5

レドウィッチの名前を告げたとたん、ヴァンス・リッチモンドの痩せこけた顔が明るくなった。

「そうとも！」彼は声を張りあげた。「彼はイーステップ医師の友人だった。とにかく、顔見知りの仲だということは確かだ。私も一度会ったことがある――およそ不釣り合いな小さな口をした大男だ。ある日、たまたま医師に会いにいったとき、そのレドウィッチがオフィスにいた。イーステップ医師は私たちを引きあわせた」

「彼についてなにか知っているか？」

「なにも知らない」

「医師と親しい仲だったか、ただのつき合い程度だったかもわからないか？」

「わからない。じつを言えば、友人だったかもしれないし、ただの患者だったのかもしれない。彼のことはなにも話してくれなかったし、その日の午後、私がいあわせたとき、二人はなにも言葉を交わさなかった。私は、医師に頼まれていた情報を伝えて、すぐに別れてしまった。なぜ二人の関係を知りたいのかね？」

「イーステップ医師の最初の細君のほうだが、尾行されていないことを確かめるのにえらい苦労をしたあと、きのうの午後、レドウィッチと接触した。これまでに得た情報によると、この男はなんらかの犯罪者と思われる」

「ということは？」

「どういうことかまだ確信はないが、当て推量はいろいろできる。レドウィッチは医師と彼の最初の細君の両方を知っていた。ということは、彼女が夫の居所をまえから知っていた可能性もあるということだ。もし知っていたのなら、その間ずっとカネを無心しつづけていたとも考えられる。彼の口座を調べて、使途不明のカネが出ていないか確かめられないか」

弁護士は首を横に振った。

「無理だ。記帳がずさんで、カネの出入りが正確にはつかめない。あのぶんでは所得税の申告でもかなり苦労したにちがいない」

「そうか。では、当て推量の先をつづけよう。もし彼女が、夫の居所をずっと知っていて、しかもカネをせびりつづけていたとしたら、なぜわざわざ夫に会いに行ったのか？　おそらくそれは……」

「それなら私も推量できる」リッチモンドが話をさえぎった。「木材事業への投資がうまく当って、二、三カ月前に、イーステップ医師の資産は二倍にふくれあがった」

「まさにそれだ！　彼女はそのことをレドウィッチに教えられた。そこで、レドウィッチを介してか、あるいは手紙で、かなりの分け前を要求した——許容範囲を超える大金だったので、彼は拒絶し、彼女は彼のまえに姿を現わした。芳しからぬ過去をすぐさまスッパぬくとおどして、カネを要求したんだろう。彼女が本気だということは、彼にもわかった。ところが、相手の要求する額を用立てられなかったか、あるいは二重生活を送ることに疲れ果てた。いずれにせよ、すべてを考えあわせたうえで、彼は自殺を決意した。この筋書きは当て推量にすぎないが、納得はいく」

「同感だ」弁護士は言った。「これからどうする？」

「いまも二人には尾行をつけている——まだ押さえるわけにはいかないが、ルイヴィルでの女の経歴を洗わせている。おわかりだろうが、死ぬまえにイーステップ医師が書いた手紙はどうしても見つからないかもしれない。

あの手紙を彼女が処分してしまったと考えられる理由もたくさんある——それが利口な道だろうからな。しかし、彼女に不利なネタを充分につかめば、たとえ見つからなくても彼女あての手紙があったことはしぼりあげて白状させられる。もしほんとうに書かれていたのなら、自殺をほのめかす文面だったこともしゃべらせられると思う。そうなれば、あんたの依頼人を釈放するのも難しくないだろう。きょうの彼女の具合は？　いくぶんよくなったのかな？」

レドウィッチのことを話しているあいだ浮かんでいた生気が、彼の細い顔から失せ、沈んだ表情になった。

「昨晩、精神状態が最悪になって、病院に移された。そもそも初めから病院に入れるべきだったのだ。ありのままを言おう。すぐにでも釈放されなければ、われわれの努力も無駄になってしまうだろう。ありとあらゆるコネを使って、彼女を保釈にしようと懸命にやってきたのだが、そっちの方面には明るい兆しは皆無だ。

自分が、夫殺しの容疑をかけられた囚人であると自覚することで、彼女の神経は苛《さいな》まれている。それほど若くはないし、ずっと精神障害で苦しんできた女性だ。夫の死という事実だけでもかなりの痛手なのに、いまや彼女は――なんとしてでも救いだしてやらねば――いますぐにだ」

彼は感情のほとばしりにまかせて声をふるわせ、オフィスの床を大股で行ったり来たりしはじめた。私は早々に退散した。

6

弁護士のオフィスから社に戻ると、ラグーナ通りに借りた家具つきの部屋から、ボブ・ティールが電話をかけてきたと教えられた。電車に飛び乗り、様子を見に出かけた。だが、目的地までは行きつけなかった。

電車を降りてラグーナ通りを下って行くと、こっちに向かって歩いてくるボブ・ティールの姿が目にとまった。ボブと私の中間を、もう一人歩いてくる大男がいた。ジェイコブ・レドウィッチだ。小さな口をした赤い大きな顔の大男である。

レドウィッチ、ボブと順にすれちがいながら通りを下りつづけ、どちらにもチラとも目をくれなかった。次の角で足を止め、煙草を巻きながら、二人の様子をうかがった。

とたんに、ハッとした。

レドウィッチは、通りの上手にある小さな煙草屋で葉巻を買おうと足を止めていた。尾行にかけては心得のあるボブ・ティールは、そのままレドウィッチを追い抜き、歩調を変えずに歩きつづけていた。

ボブは、レドウィッチが葉巻か煙草を買いに外出し、買ったあとまたフラットに戻るか、あるいは電車が走っている通りに向かうかのいずれかだと見当をつけたのにちがいない。そのどちらにでも対処できるようボブは待機していた。

ところが、レドウィッチが煙草屋のまえで立ち止ったとき、通りの反対側にいた一人の男がある建物の玄関口にふいに足を踏み入れ、隠れるようにして立った。いま思いだしたが、その男はボブとレドウィッチが歩いていた通りの反対側を同じ方角に向けて歩いていた男だった。

そいつもやっぱりレドウィッチを尾けているのだ。

レドウィッチが煙草屋で買物をすませたとき、ボブは一番近い電車通りであるサッター通りに近づきかけていた。レドウィッチもその方角に歩きだした。玄関口に身をひそめていた男も歩道に出て、あとを追いはじめた。私はその男のあとを追った。

角まで行ったとき、フェリー乗り場行きの電車がサッター通りを下ってきた。レドウィッチと私は一緒に乗りこんだ。謎の男は、電車が動きだすまで、交差点のちょっと先でかがみこみ、靴の紐をいじくっていたが、動きだすと同時に大急ぎで飛び乗った。

男は、作業衣を着た大柄な客のうしろに隠れ、後部デッキの私のわきに立ち、ときどきレドウィッチのほうをのぞきこんでいた。一足先を行っていたボブは、レドウィッチとこの素人探偵——素人さんであることはまちがいなかった——と私が電車に乗るまえにもう席に坐っていた。

首を長くしてレドウィッチのほうをのぞいている男の値踏みをしてみた。この素人探偵は弱々しい感じがする痩せた小男だった。一番目につくのは彼の鼻だ——ひっきりなしに、落ち着かなげにピクピクしている。着ているものは古びて薄汚れていた。歳は五十代か。

しばらく観察していてわかったのだが、この男はボブ・ティールの役割にまったく気づいていないようだった。レドウィッチにばかり気をとられているうえ、ボブも大男を尾けていることに気づくほど距離も時間もまだ経過していなかった。

それで、ボブの隣りの席があいたとき、私は喫っていた煙草を捨ててデッキから車内に入り、鼻をひくつかせている小男に背中を向けて腰をおろした。

「二ブロック先で降りて、元の部屋に戻ってくれ。指示するまで、レドウィッチを尾けなくていい。家を見張っていてくれ。やつのあとを尾けている男がいる。なんのつもりなのか探ってみる」声をひそめてボブに告げた。

彼は了解したというように低くうなり、しばらくして電車を降りた。

ストックトン通りでレドウィッチが降り、鼻をひくつかせている小男と私があとにつづいた。その隊列のまま午後いっぱい、街じゅうを歩きまわった。

大男は、あちこちの玉突き屋や煙草屋、ソフトドリンク・パーラーに立ち寄った——タンフォランだろうがティワーナだろうがタイモニアムだろうが、とにかく北米大陸の競馬場を走っている馬ならどれにでも賭けられる場所がほとんどだった。

そんな場所でレドウィッチがなにをしていたのかはわからなかった。私は行進のしんがりをつとめ、もっぱら謎の小男に注目していた。彼はレドウィッチのあとを追って店には入って行かず、出てくるまであたりをぶらついていた。

レドウィッチに見つからないように、彼はそれなりの苦労をしていたが、見とがめられずにすんだのは、場所が繁華街だったからだ。ここなら、どんな尾行のしかたをしても相手に悟られることはない。それなのにこの男は、あちらこちらで身を隠したりしながら、けっこう苦労を重ねていた。

しばらくして、レドウィッチが男をまいてしまった。

大男は、別の男と一緒に煙草屋から出てくると、縁石際で待っていた車に乗りこみ、走り去ってしまったのだ。歩道の端に立ち、悔しそうに鼻をひくつかせている小男は置き去りにされてしまった。角を曲ったところにタクシー乗り場があったが、彼は知らなかったか、あるいはタクシーに乗るカネがなかったのだろう。

ラグーナ通りに戻るかと思ったが、男はそうはしなかった。カーニー通りからポーツマス通りまで私を引っぱって行った男は、そこの芝生にうつ伏せになって体を伸ばし、黒いパイプに火をつけ、スティーヴンソンの記念碑を気落ちしたように見ながら横になった。見ているようで、なにも見ていない目つきだ。

私は、まん丸い体をした二人の子供を連れた中国人女と派手な格子縞のスーツを着たポルトガル人の老人にはさまれて、少し離れた、具合のいい草っぱらに体を投げだした――そんな調子で、午後のひとときが過ぎていった。

陽が沈みかけ、地面がひんやりしてきた頃、小男は立ちあがり、服をはらい、カーニー通りに戻って安食堂に入り、粗末な食事をすませた。そのあと、数軒先のホテルに入り、鍵を架ける棚からキーをとって、暗い廊下に姿を消した。

宿帳を調べると、小男がとったキーは、「ミズーリ州セントルイス在、ジョン・ボイド」という男が借りている部屋のものだとわかった。投宿したのは前日だった。

あれこれたずねまわれるような種類のホテルではなかったので、また通りに出て、一番人目につかない近くの街角で足を休めた。

暮れなずみ、やがて街灯や店の明りが点りはじめた。暗くなってきた。夜のカーニー通りを車が走りすぎる。ブラックジャックのゲームに出かけるらしい、小粋すぎる服を着たフィリピン人のガキども。昼寝をしていたのにまだ瞼が腫れぼったい、派手な身なりのご婦人方。勤務あけの報告をしに本署に向かう私服の刑事たち。チャイナタウンに向かっているのか、あるいは帰ってきた中国人。なにか威勢のいい遊びを探し求めている二人連れの水夫。イタリア料理店かフランス料理店に足を向ける腹をすかした連中。警察につかまった身内か友人を保釈にするために保釈保証金の代行屋の事務所に急ぐ不安げな人たち。仕事があけて家路につくイタリア人の群れ。さまざまないかがわしい用件に走りまわる、あれやこれやのうさん臭い街の住人たち。

真夜中になったが、ジョン・ボイドは姿を見せなかったので、おひらきにして、家に帰った。眠るまえに、電話でディック・フォーリーと話した。彼の話では、第二のイーステップ夫人は一日中変わったことはなにもせず、手紙も電話もなかったという。ジョン・ボイドの件に目鼻がつくまで、夫人の尾行を中断するように指示した。

ボイドが夫人を尾行しはじめるかもしれないと思ったからだ。夫人に尾行がついていることを彼に悟られたくない。ボブ・ティールには、レドウィッチのフラットを見張るだけでいいと、すでに指示してあった。いつ戻ってきて、いつ出かけたか、連れは誰かがわかればいい。夫人に対してもそれと同じことをするように、ディックに伝えたわけだ。

私の推測では、このボイドという男は夫人とぐるなのだろう――レドウィッチが彼女を裏切らないように、夫人が男に命じて大男を監視させている、という読みだ。しかし、これはあくまでも当て推量にすぎないし、私は当て推量というやつをあまり当てにしていない。

7

翌朝、私は軍隊シャツに軍隊靴、古ぼけて色褪せたキャップ、よれよれのとまではいかないが、ジョン・ボイドの古着と比べても甲乙つけがたい薄汚れたスーツを身につけた。

ボイドがホテルを出て、昨夜の安食堂で朝食をとったのは九時少しすぎだった。そのあと彼はラグーナ通りを上り、ある街角を選んで、ジェイコブ・レドウィッチが現われるのを待った。

彼はたっぷり待たされることになった。一日中ということだ。陽が暮れるまで、レドウィッチは外に出てこなかった。だが小男は辛抱強かった――それだけは褒めてやれる。重心をかける足をそわそわと、ひっきりなしにとりかえ、しばらくのあいだ縁石に坐りこもうとさえしていたが、とにかくがんばりとおした。

私は気楽にひまをつぶした。レドウィッチのフラットを見張るためにボブ・ティールが借りた家具つきの部屋は、通りの反対側の一階、ボイドが立っている街角のほんのちょっと上手のところにあった。だから、片方の目だけで、同時に両方を見張ることができた。

ボブと私は腰をおろし、煙草を喫い、一日中しゃべりつづけ、街角のそわそわ男とレドウィッチのフラットの玄関とをかわりばんこに見張った。

外に出てきたレドウィッチが電車通りに向かいはじめたときには、陽はとっぷり暮れて夜になっていた。私も通りに出て、また行進がはじまった——先頭はレドウィッチ、ボイドがそのあとにつづき、私はしんがりをつとめた。

半ブロックほど進んだとき、いいことを思いついた。

私は頭の回転が早いタイプではないが——ときたま幸運にも助けられながら、想像力とは無縁のこつこつとしたがんばりや辛抱強さ、勤勉さを武器にして成果をあげる類だ——ときにはパッとひらめくこともある。そのときもそうだった。

レドウィッチは私より一ブロックほど先を歩いていた。ボイドはちょうど中間だ。私は足どりを早め、ボイドを追いぬき、レドウィッチに追いついた。それからペースを落とし、うしろから見られても、相手に用があって追いついたようには見えないようにして、彼と並んだ。

「ジェイク」前方を向いたまま、声をかけた。「おまえを尾けてるやつがいるぞ!」

大男はいまにもピタリと立ち止って、私のささやかな計画を台無しにしかけたが、なんとか立ち直って、私に調子を合わせ、歩きつづけてくれた。

「おまえは誰だ?」彼は低くうなった。

「冗談じゃない」前方を見つめて歩きながら、ピシッと言ってやった。「こいつはおれの葬式じゃねえんだ。あんたが出てきたときたまたま通りすがったんだが、おかしな野郎が電柱の陰にひょいと隠れてあんたをやりすごし、あとを尾けはじめたのに気づいただけの話だ」

　納得したらしい。

「ほんとか？」

「ほんとだとも！　確かめたけりゃ、次の角を曲って、待ってればいい」

そう言ったときには、私のほうが二、三歩まえを歩いていた。私は角を曲り、すぐ近くの煉瓦づくりの建物に背中をあずけて立ち止った。レドウィッチも並んで、同じ姿勢をとった。

「助けがいるか？」私はニヤリと笑いかけた——怖いもの知らずの薄笑いといったところだ——芝居がうまくいったとしての話だが。

「いらん」

鈍重な小さな口が醜く結ばれ、青い目が固い小石になった。

私は上衣の裾をチラッとめくって、拳銃の握りをのぞかせた。

「ハジキが入用か？」私はたずねた。

「いらん」

こっちの正体を見ぬこうとしているらしいが、まだとまどっている。

「ここにいて、おもしろそうな場面を見物させてもらっていいか？」小馬鹿にした口ぶりでたずねてみた。

それに返事をするひまはなかった。ボイドが歩調を速め、獲物を追う猟犬のように鼻をひくつかせながら、大急ぎで角を曲ってきたのだ。

レドウィッチが歩道のまんなかに立ちはだかった。その動きがあまりにも急だったので、小男はうめき声をあげて大男にぶつかった。一瞬、二人はにらみ合った。たがいに相手が誰かわかったようだ。

レドウィッチは大きな手をのばし、小男の肩をつかんだ。

「なんでおれのまわりをこそこそ嗅ぎまわってるんだ、ネズミ野郎。フリスコには来るなと言ったろう」

「ああっ、ジェイク！」ボイドが泣きを入れた。「悪気はなかったんだ。ただちょっと……」

レドウィッチは相手の体を揺すって黙らせると、私のほうに顔を向けた。

「こいつはおれの知り合いだ」彼の顔にあざけるような笑みが浮かんだ。

目がまた疑り深く、きびしくなり、キャップから靴の先まで、私の体をじろじろ見ている。

「なんでおれの名前を知ってるんだ？」彼は返答をせまった。

「あんたは有名人じゃないか」わざとおどけた驚きの口ぶりで訊きかえした。

「道化芝居はやめろ！」彼はおどすように一歩つめよってきた。「なんで名前を知ってるんだ？」

「おまえに教える筋合いはない」私はピシリとつっぱねた。

こっちの態度を見て、ひと安心したらしい。疑り深さがいくぶん失せた。

「まあいい」彼はゆっくりと言った。「この件じゃ、ひとつ借りができた――懐具合はどうなんだ？」

「このところずっと〝泥んこ〟さ」〝泥んこ〟というのは充分に潤っているという意味の西海岸の隠語である。

彼は考え深げに視線を私からボイドに向け、また私に戻した。

「〝サークル〟を知ってるか？」彼はたずねた。

私はうなずいた。犯罪者社会では、〝ウォップ〟・ヒーリーの店を〝サークル〟と呼んでいる。

「あすの晩、そこで会おう。いい話をしてやれるかもしれない」

「うれしくはないね！」私は力をこめて首を左右に振った。「このところ、あそこに顔出しができる身分じゃないんだ」

あの店でこの男に会うなんて、とんでもない！　〝ウォップ〟・ヒーリーはもとより、あの店の常連の半分は、私が探偵だということを知っている。それで仕方なしに、このところしばらくは、悪名高いたまり場には近づきたくないなんらかの理由があるやくざものという印象を与える芝居を打ったのだ。もちろん、それで通用した。彼はしばらく考えてから、ラグーナ通りのフラットの番地を教えてくれた。

「あしたのいまごろ、ここに寄ってくれ。もし度胸があればの話だが、いい話をしてやれると思う」

「考えておく」それほどやる気も示さずにこたえ、背を向けて、歩き始める構えに入った。

「ちょっと待て」彼が声をかけてきたので、また顔をつき合わせた。「名前は？」

「ウィッシャーだ」私は言った。「シャインがまえのほうだ」

「シャイン・ウィッシャーか」彼はくりかえした。「聞いたことのない名前だ」

聞いたことがあると言われたら、たまげるのはこっちだ——十五分まえに考えついた名前だったのだから。

「触れまわらんでくれ」私は渋い口調で言った。「街中の連中におぼえられちまう」

そう言いおいて、私はやつと別れた。まんざら不満でもなかった。ボイドのことを教えてやることによって貸しがつくれたし、少くとも当面は同じやくざもの仲間として売りこむこともできた。彼が示した好意にガツガツ飛びつかなかったことで、こっちの立場もそれだけ強くなった。

彼とはあすの約束があった。まちがいなく不法な仕事だろうが、〝いい話〟を持ちかけられる段どりになっている。

彼が、私をあてこんで用意してくれるというこのいい話というのはイーステップ事件とは無関係かもしれない。だが、関係がある可能性もある。関係があろうとなかろうと、ジェイク・レドウィッチの懐に飛びこめる小さな楔《くさび》を打ちこんだのは確かだ。

三十分ほどぶらぶらして、ボブ・ティールの部屋に戻った。

「レドウィッチは帰ってきたか？」

「ああ」ボブがこたえた。「例のチビと一緒だった。三十分まえに二人とも中に入った」

「よし！　女はこなかったか？」

「いや」

第一のイーステップ夫人が夕方のあいだに訪ねてくるのではないかとあてにしていたのだが、彼女は現われなかった。ボブと私は坐りこんで、話したり、レドウィッチの部屋の入口を見張ったりしながら時間をつぶした。

深夜一時、レドウィッチがひとりで外に出てきた。

「一か八か、あとを尾けてみよう」ボブはそう言って、キャップをつかんだ。

レドウィッチが角を曲り、ボブがあとを追って姿を消した。

五分後にボブは戻ってきた。

「やつはガレージから車を出そうとしている」

私は電話機にとびつき、足の早いツーリングカーを大至急まわしてくれと頼んだ。

窓際にいたボブが声をあげた。「やつがきたぞ！」

ボブのそばに立つと、レドウィッチはちょうど玄関口に入るところだった。車はフラットの正面に駐めてあった。すぐに、ボイドとレドウィッチが一緒に出てきた。ボイドはぐったりとレドウィッチにもたれかかっている。レドウィッチは片腕を相手の背中にまわして小男の体を支えていた。暗くて二人の表情は読みとれなかったが、小男は明らかに具合が悪いか、泥酔しているか、あるいは一服盛られていた。

レドウィッチは連れの男に手を貸して、ツーリングカーに乗せてやった。赤い尾灯が数ブロックのあいだ私たちをあざけるように輝き、やがて消えた。私が頼んだ車が到着したのは二十分後だった。お引きとり願った。

夜中の三時ちょっとすぎ、徒歩のレドウィッチがひとりっきりで、ガレージの方角から帰ってきた。外出時間はかっきり二時間だった。

8

その晩はボブも私も家には帰らず、ラグーナ通りの部屋で眠った。

朝になって、ボブは角の食料品屋まで朝食に必要なものを買いに行き、朝刊を持って帰ってきた。

ボブが、レドウィッチのフラットの入口と買ってきた新聞とにかわりばんこに目をやっているあいだに、私は朝飯をつくった。

「おい!」いきなり彼が声をかけてきた。「これを見てみろ!」

私はベーコンをつかんだまま、台所から走りでた。

「なんだ？」

「聞いてろ！　公園殺人の謎という見出しだ」彼は声をあげて記事を読んだ。「本日早朝、ゴールデン・ゲイト公園のドライヴウェイ近くで、身元不明の男性の死体が発見された。警察は、男の首の骨が折れ、体にはほかに大きな傷はなく、衣服や近くの地面に乱れた跡が見あたらないことから、倒れたり、車にはねられて死亡したのではないとみている。別の場所で殺害され、公園まで車で運ばれて放置されたのであろう」

「ボイドだ！」私は言った。

「まちがいない」ボブが応じた。

ほどなく死体置場で、私たちの推測が正しかったことを教えられた。死んだ男はジョン・ボイドだった。

「レドウィッチが家から連れだしたときは、ボイドはすでに死んでいたんだ」ボブが言った。

私はうなずいた。

「死んでたんだ！　小男だったから、レドウィッチみたいなデカい男なら、玄関口から縁石までの短い距離ぐらい、酔っぱらいを扱うように抱えてるふりをして片手で引きずっていくのは造作もなかった。本署に行って、警察がなにか手がかりをつかんでいるか、様子を見てみよう」

私たちは刑事部で、殺人課の指揮をとっているオガー部長刑事を探しだした。一緒に仕事をしやすい男だ。

「公園で見つかったこの男だが」私はたずねた。「なにかつかんでるのか?」

オガーは田舎巡査風の帽子——演芸場の舞台にお似合いの、パタパタとしまりのない縁をした大きな黒い帽子をうしろに押しやり、とんがり頭を掻きながら、私が袖の中にたちの悪い冗談話を隠しているのではないかと言わんばかりににらみつけた。

「やつが死んでたってことしかわかってない!」やっと彼はこたえた。

「やつが、最後に誰と一緒にいたか、知りたくないか?」

「誰がやつを殺したのかを知る邪魔にはならんだろうな」

「まあ聞いてくれ」私は言った。「殺された男はジョン・ボイドといって、すぐ近くのホテルに泊っていた。やつと一緒のところを最後に目撃されたのは、イーステップ医師の最初の女房と関係がある男だ。イーステップ医師は知ってるだろう。あんた方が殺人の罪を着せようとしている女性が、その医師の二人めの女房だ。おもしろい話だろう?」

「ああ」彼はこたえた。「どこから始めるのか話してくれ」

「レドウィッチというのが、ボイドと一緒のところを最後に見られた男なんだが、やつを落とすのは楽じゃない。まず、女を攻めるほうがよさそうだ——一人めのイーステップ夫人のことだ。ボイドは彼女の仲間だった可能性がある。もしそうなら、レドウィッチが彼を始末したことを知れば、女は口を開いて、洗いざらいしゃべるかもしれない。

だがもし、女とレドウィッチが組んでいてボイドを敵にまわしていたのなら、男を押さえるまえに、女を安全な場所に移しておくほうが得策だ。どっちみち、明るいうちに彼に接近するつもりはない。彼と会う約束ができている。まず会って、一芝居打ってみるつもりだ」

ボブ・ティールがドアに足を向けた。

「あそこへ行って、あんたが会いに行くまで彼を見張っていよう」ボブは肩越しに言った。

「ああ」私は言った。「彼を街の外に逃がすわけにはいかない。もし逃げようとしたら、つかまえてぶちこめ」

モントゴメリー・ホテルのロビーで、オガーと私は、まずディック・フォーリーと話した。女は朝食を部屋に運ばせ、そのままま だ部屋にいるという。監視をつけて以来、彼女には手紙も電報も届かず、電話もかかっていない。

私はまたステイシーに役立ってもらった。

「これから上にあがってイーステップの女房に会うところだ。署に連行することになるかもしれない。メイドを上にやって、女が起きているか、身づくろいをすませているか、確かめさせてくれ。訪ねて行くことを予告したくはないし、ベッドの中にいるところとか、身づくろいをちゃんとすませていないときに押しかけたくもないんだ」

ステイシーは十五分間私たちを待たせてから、イーステップ夫人は起きていて、衣服も身につけていると報告した。

私たちはメイドを連れて上にあがった。

メイドがドアをたたいた。

「なんの用?」苛立たしげな声が返ってきた。

「メイドです。その……」

部屋の中で錠がまわり、怒った顔のイーステップ夫人が勢いよくドアを開けた。オガーと私は前進した。オガーは警察のバッジをちらつかせた。

「本署のものです」彼は告げた。「お話があります」

オガーの足は、彼女がピシャリとドアを閉めようとしても閉められない位置にあり、私たちはそろって前進をつづけたので、彼女としては部屋の奥に後退して、私たちを招き入れるしか道はなかった――もちろん、歓迎の素振りはまったく示さなかったが。

ドアを閉め、私は大きなお荷物を女に投げつけた。

「イーステップ夫人、ジェイク・レドウィッチはなぜジョン・ボイドを殺したのですか?」

彼女の顔に現われた表情は以下の通りだった。まず、レドウィッチの名前に対しては警戒心、〝殺す〟という単語に対しては恐怖心、だがジョン・ボイドという名前には当惑しか示さなかった。

「なにがなぜですって?」時間稼ぎに、彼女は意味もなく言葉をもつれさせた。

「そのとおり」私は言った。「ジェイクはなぜ彼を、昨夜、自分のフラットで殺し、そのあと公園に運んで捨ててきたのですか?」

また、いくつかの表情がつづいた。質問が終わりかけるまで増しつづけた当惑、ふいになにか思い当ったような反応、そしてその必然的な結果としてのつくりものの平静さ。これらの表情は立看板ほどあからさまではないが、カードか人間の心理を操ってポーカーをやったことがあるものなら充分に読みとれるものだ。

そこから導きだしたこたえは、ボイドは女と組んでいなかったし、女のために働いていたのでもなかったこと、女はレドウィッチがかつて人を殺したことがあるのを知っているが、それは昨夜のことでもボイド殺しでもないということだった。とすると、それは誰で、いつのことなのか？　イーステップ医師を指しているのか？　それは考えられない。あれが殺人だったとして、それができる可能性があったのは、世界中にただ一人、彼の妻——二人めの女房だけだ。判明している証拠をどのように解釈しても、ほかのこたえは出てこない。

とすると、レドウィッチは、ボイドを殺すまえに、いったい誰を、いつ殺したのか？　彼は大量殺人者なのか？

さまざまな思いが頭の中をチラチラ、ヒラヒラしているあいだ、イーステップ夫人はしゃべりつづけていた。

「失礼じゃありませんか！　ここまで押しかけてきて……」

彼女は五分間、ひっきりなしにしゃべった。こわばった唇のすきまから、文字どおりシューシュー音を立てながら言葉が飛びだした。だが、その言葉自体にはなんの意味もなかった。時間稼ぎをしているだけなのだ——しゃべっているあいだに、自分がとるべき一番有利な道を捜している。

私たちが黙らせるまえに、彼女は最善の道を見つけだした——沈黙である！

そのあとは、ひとこともしゃべらすことができなくなった。沈黙は、きびしい尋問をかわすこの世でただひとつの方法だ。たいていの容疑者は、逮捕されまいとしてしゃべりまくる。いったんしゃべりだしたら、頭が切れるか否か、ウソつきの名人か否かは問題ではなくなる。切り札さえうまく使えば、尻尾をつかまえられる——自分で自分の首に縄をかけさせられるのだ。ところが、口をとざされてしまうと、手の打ちようがない。

この女がそうだった。こっちの質問にはまったく耳を貸さず、しゃべりも、うなずきも、うなりもせず、返事のかわりに腕を振りもしなかった。表情の見本は次から次へと見せてくれたが、こっちがほしかったのは言葉による情報だった——それはただのひとつも得られなかった。

とはいえ、おめおめと引きさがりはしなかった。たっぷり三時間、私たちは休みなしに女を攻めつづけた。どなったり、丸めこんだり、おどしたり、ときどき踊ってみせたりもした。だがお手上げだった。で、しまいに、本署に連行することにした。犯罪の容疑はなにも着せられなかったが、レドウィッチをつかまえるまで、この女を自由にさせておくわけにはいかない。

本署でも、正式に逮捕はせずに、たんなる重要証人として、女看守とオガーの部下各一名と一緒に一室にとじこめた。私たちがレドウィッチを追っているあいだ、この二人がなにか訊きだしてくれるかもしれない。本署についたとたんに、もちろん女の身体検査はすませた。予想どおりだったが、重要な意味のあるものはなにひとつ隠していなかった。

オガーと一緒にモントゴメリー・ホテルに戻り、女の部屋を徹底的に洗ったが、なにも出てこなかった。

「自分のやってることがなにか、わかってるんだろうな?」ホテルを出るとき、部長刑事は私に言った。「もし見当違いのことをやってるってことになると、笑い話ではすまなくなるぞ」

そのせりふにはとりあわなかった。

「夕方の六時半に会おう」私は言った。「それから一緒にレドウィッチのところに行く」

彼はうなり声で同意を示し、私はヴァンス・リッチモンドのオフィスに足を向けた。

9

秘書が私を部屋に通すと弁護士ははじけるようにデスクから立ちあがった。頬の肉は落ち、顔色も悪い。おまけに皺はいっそう深くなり、目のまわりには隈ができている。

「なんとかしてくれ」かすれた声で彼は叫んだ。「たったいま病院から帰ったところだ。イーステップ夫人は生死の境にいる。こんな状態がつづけば——あと一日、よくて二日で彼女は……」

彼を制し、その日のできごとを、そしてそこから得られる期待や希望を手短に話してやった。

だが彼の表情はいっこうに晴れず、絶望しきった様子で頭を振るばかりだ。

「きみはわかってないようだな」私が話し終えるなり弁護士は声高に言った。「それでは間に合わないんだ。夫人が無実だという証拠をいずれ見つけだしてくれるのはわかっている。なにも文句を言うつもりはない――じっさいよくやってくれている、期待以上に。だが、それだけではどうにもならんのだよ。私に必要なのは――そう、たぶん奇跡だ。

レドウィッチと最初のイーステップ夫人から真相を引き出すか、またはボイド殺しの裁判で真相が明らかになると仮定しよう。あるいは三、四日のうちにきみが事件の核心をつかむとしよう。だが、それでは手遅れなんだ。いますぐイーステップ夫人のところに行って自由の身になったと告げてやれば、彼女は気力を取り戻し、持ち直すはずだ。しかし、監禁状態がもう一日つづけば――二日とも、いや二時間ともいえるが――身の証《あかし》を立ててやる必要はなくなる。死神がかわりに決着をつけてくれるだろう。いいか、彼女は……」

またしても私はヴァンス・リッチモンドの事務所をいきなり飛びだしていた。この弁護士は私を発奮させようと躍起になっている。仕事は仕事として単純明快にしておくのが私の好みだ――感情をからめると厄介になるだけだから。

10

その晩の七時十五分前、私はオガー部長刑事を通りに残し、ジェイコブ・レドウィッチのフラットの呼び鈴を鳴らした。昨夜はボブ・ティールと例の部屋に泊りこんだので、シャイン・ウィッシャーと名乗ってレドウィッチの近づきになったときの服装のままだった。

レドウィッチがドアを開けた。

「やあ、ウィッシャーか」熱のこもらない口ぶりで言い、私を通した。

彼のフラットは奥行きが建物いっぱい、横幅は半分で四部屋からなり、正面と裏手の両方に出入口がある。ごくありふれた家具調度類の置かれた、手頃な値段のどこにでもあるフラットだった。

表通りに面した部屋で私たちは話をし、煙草をふかし、相手を値踏みし合った。レドウィッチはいくらか神経を尖らせているようだった。私が約束を忘れて現われなかったほうが彼にとっては都合がよかったのだろう。

「あんたが言っていた仕事の件だが」頃合いを見て私は切りだした。

「すまん」ぽってりとした小さな口に舌先で湿りをくれた。「あれはぽしゃっちまった」とっさに思いついたのか、もっともらしくつけ加えた。「ま、いまんとこはな」

その仕事というのはボイドを消すことだったのだと察しをつけた――だがボイドは永久にこの世からおさらばしてしまった。

しばらくしてレドウィッチはウィスキーを持ちだしてきた。私たちはそいつをちびちびやりながら、なんの当てもなくおしゃべりをつづけた。彼は私を追い払いたくてうずうずしているくせに表には出すまいとしている。一方私は彼の腹の内をそれとなく探っていた。

彼が漏らした話を寄せ合わせてみると、どうやらこの男、楽に儲かる仕事に最近鞍替えした元ぺてん師のようだ。ポーキー・グラウトがボブ・ティールにしゃべった話とも一致する。

こうした状況で悪党がやりそうな歯切れの悪い口調で私は自分のことを語った。その間に二、三度うっかり口をすべらせたふりをして、かの銀行ギャング〝リベット屋のジミー〟とかかわりがあるように思わせた。一味の大半は目下ワラワラ刑務所で長い刑に服している。

返り咲く日が来るまで食いつないでいける程度の金なら都合しようとレドウィッチは持ちかけてきた。端た金はいらん、まとまった金が手に入るチャンスがほしいんだ、と私はこたえた。

時間だけが経過し、私たちの話は進展のないまま空回りしていた。

「なあ、ジェイク」さりげなく——見かけはさりげなく言った。「昨夜あの男をあんなふうに殺《や》っちまうとは、あんたもいい度胸してるな」

揺さぶりをかけてやろうと目論んだのだが、みごとに成功した。

レドウィッチの顔に殺気がみなぎった。

コートから拳銃が抜きだされた。

私はポケットから一発撃ち、彼の手から拳銃をはじきとばした。

「行儀よくしろ！」私は命じた。

レドウィッチはしびれた手をさすり、くすぶっているコートの穴を目を丸くして凝視した。

相手の手から拳銃を撃ち落とすなんてのはまるで離れ業のように思えるだろうが、実際はよくあることだ。射撃の腕がまあまあのものなら（私もその一人だ——それ以上でも、それ以下でもない）、視線を集中した箇所のごく近いところを反射的に撃つのがふつうだ。目の前の男がいきなり拳銃を向けてきたら、当然そいつを撃つ——とくにどの部分ということもなく撃つだけだ。なにしろ狙いを定める間もないんだから。とはいえ視線が銃に向けられている場合が多いから、弾丸が相手の拳銃に当ったとしてもさして不思議ではない。だが相手にしてみればすごいやつだと思うにちがいない。

穴のまわりでくすぶる火を指でもみ消し、部屋を横切ってはじきとばされたリヴォルヴァーを床から拾い上げた。弾丸を抜き取りかけたが気を変え、弾倉を閉じてポケットにおさめ、彼の向かいの椅子に戻った。

「一人前の男がこんな真似をしちゃいかんな」冗談めかして言った。「誰かさんが怪我をするかもしれないじゃないか」

レドウィッチは小さな口を歪めて私を見据えた。

「デカなんだな？」めいっぱい軽蔑をこめた声だった。どうやら刑事の別称はどれも蔑みの代名詞らしい。

ウィッシャーの役を演じつづけようと思えばやれないこともなかったが、そこまでする必要があるかどうかは疑わしい。そこで私はうなずき、正体を明らかにした。

レドウィッチの頭脳が回転を始め、顔から怒りの表情が消えた。右手をさすりながら小賢しげに目を細め、小さい口をすぼめている。

彼がどう出るか見てやろうと黙って待った。この一件で私がどんな役割を果たしているのか見当をつけようとしているのだ。私が首をつっこんできたのは昨夜よりまえだから、捜査の対象がボイド殺しでないのはわかるはずだ。残るはイーステップの件しかない——もっとも、こっちの知らない他の悪事にかかわっているなら別だが。

「あんた、市警の刑事じゃないだろう?」ようやくレドウィッチは口を開いた。妙になれなれしい口調だ。人を丸めこみたいか、なにかを売りつけたいものが使う声音だ。

事実を明かしても支障はないだろう。

「ああ、コンチネンタル探偵社のものだ」私は言った。

レドウィッチは椅子をずらし、私の拳銃の銃口にわずかに近づいた。

「なにを追っているんだ。あんたの役目ってのはなんだ」

これも事実を告げることにした。

「二人めのイーステップ夫人のために働いている。彼女は亭主を殺しちゃいない」

「その女の嫌疑を晴らすネタを集めてるってわけか?」

「そうだ」

さらに椅子を近づけようとしたレドウィッチを片手をあげて制した。

「どうやってネタを仕入れるつもりだ」彼はきいた。一言ごとに声はいっそう低くなり、秘密めいた響きを帯びている。

これもまた事実を明かすことにした。

「死ぬ前に彼は手紙を一通書いている」

「で？」

ここでひとまず待ったをかけた。「それだけだ」

レドウィッチは椅子の背にもたれかかった。考えをめぐらしているのか、またしても目を細め、口をすぼめている。

「昨夜死んだ男とはどういう関係なんだ」ゆっくりとした口調でレドウィッチは言った。

「あんたを通しての関係さ」これも正直にこたえた。「そいつが二人めのイーステップ夫人の件に直接役立つとは思えないが、あんたと最初の女房は手を組んで彼女を窮地に陥れている。つまり、あんたたち二人にとって都合の悪いことはすべて彼女を救うのに役立つというわけだ。たしかにいまは闇の中で手さぐりしている状態だが、行く手に一点の光でも見つけたら突き進む——そして最後は陽光のもとに出られるはずだ。あんたをボイド殺しの犯人として捕らえるのも一点の光になりうる」

だしぬけにレドウィッチは身をのりだした。これ以上開けないくらい口はあんぐり、目はカッと見開いている。

「むろん、いずれは陽光のもとに出られるだろう」妙にやんわりとした口調で彼は言った。「ちょっとした分別を持ち合わせていればな」

「なにを言いたいんだ」

「ボイド殺しでおれを捕まえることができると思ってるのか？」あいかわらずやんわりとした口調だ。「殺人罪で起訴できると？」

「ああ、思っている」

だが、確信があるわけではなかった。だいいち、ぜったいにまちがいないと確信していても、ボブ・ティールもおれもレドウィッチと一緒に車に乗りこんだ男がジョン・ボイドだと法廷で証言することはできない。

むろんそれがボイドだとわかっているが、問題はあたりが暗くて彼の顔を見わけられなかった点だ。暗かったために彼は生きているものと思った。外に連れだされたときはすでに死んでいたと知ったのは後になってからだ。

それらは些細なことだが、細かな点にいたるまで絶対なる確信を持っていないかぎり、証言台に立たされた私立探偵は不快で無駄な時間を費やす羽目になるのがおちだ。

「ああ、できるさ」私は繰り返した。「これまでにつかんだ証拠と、あんたと共犯者が裁判にかけられるまでに集めた証拠を持って、喜んで証言台に立つつもりだ」

「共犯者だと？」さして驚いたふうではなかった。「エドナのことだな。そっちはもう押さえたってわけか」

「ああ」

レドウィッチは笑った。

「あの女からなにか聞きだすのは骨だろうな。だいいち彼女はたいして知っちゃいない。おまけに――ま、どれほど協力的かはすでに思い知らされているだろうがね。だから、彼女が口を割ったなどという古くさい手は使わんことだな」

「そんな手は使わんさ」

ほんのいっとき、どちらも黙りこんだ。

「ひとつ提案がある」レドウィッチが言った。「乗るか乗らないかは、そっちの自由だ。イーステップ医師が死ぬまえに書いた手紙はおれ宛だった。そいつは彼が自殺したという決定的な証拠になる。おれに逃げるチャンスをくれ――チャンスだけでいい。三十分の猶予を――そうすれば手紙をあんたのもとに送ろう。約束はぜったいに守る」

「信用できる男だからな、あんたは」私は皮肉たっぷりに言った。

「なら、こっちがあんたを信用しよう！」彼は切り返した。「三十分の猶予を約束してくれたら、手紙を渡そうじゃないか」

「なぜそんな条件をのまなきゃいけないんだ。こっちはあんたと手紙の両方を押さえることもできるんだぜ」

い。

「できっこないさ！　このおれが、あの手紙を簡単に見つかる場所に置いておくような間抜けに見えるか？　まさかこの部屋に置いてあると思ってるんじゃなかろうな」

むろん思ってはいない。だが、隠したからといってぜったいに見つからないとも思っていない。

「あんたと取引しなければならない理由が思い浮かばないんだ」私は言った。「こっちはあんたの首根っこを押さえている。それで充分さ」

「二人めのイーステップ夫人を自由の身にするにはおれの協力を求めるしかないぞ。それを証明してやったら、取引に応じるか？」

「まあな——とにかく、話を聞こう」

「よし、すっかり話してやる。だが、いいか、これから話すことはおれの助けなくして法廷で立証することはできないからな。勝手な真似をしたら、そんな話はでたらめでしゃべった覚えはない、おれをはめようとあんたがでっちあげたんだと訴えてやる。陪審員を納得させる証拠なんぞ山ほどあるんだ」

その部分はたしかに説得力があった。これまで国の東から西まであらゆる土地で証言台に立ってきたが、私立探偵に偏見を抱いていない陪審員にはただの一人もお目にかかったことがない。私立探偵というのは片方のポケットにはいかさまカードを、もう一方には偽の証拠作成器具一式を入れ、無実の人間を刑務所に送りこむのをその日のノルマにしている裏切りの専門家だと連中は信じこんでいるのだ。

11

「ここから遠く離れたある田舎町に、一人の若い医師がいた」レドウィッチが話しだした。「彼はあるスキャンダルにまきこまれ——どうしようもなく醜悪なスキャンダルだった——刑務所に送られることだけは辛うじてまぬかれた。しかし、州の医師会は彼の免状を無効にした。ここからそれほど遠くないある大きな街で、この若い医師は、ある夜、酔いどれて——その頃はしょっちゅう酔いどれていた——酒場で出会ったある男に、自分の悩みを打ち明けた。相手は人の役に立つ男だった。そしてその男は、カネさえ払えばニセの医師の免状を用意してやると持ちかけた。そうすれば、別の州でまた開業できるというのだ。

若い医師は話に応じ、酒場で知り合った友人は、彼のために免状を手に入れてきた。その医師というのがイーステップ医師で、友人というのはおれのことだ。ホンモノのイーステップ医師は、けさ公園で死体となって発見された男なのさ！」

事実だとしたら、これは驚きだ。

「さて」大男は先をつづけた。「その若い医師に——本名はどうでもいい——ニセの免状を手に入れてやると約束したとき、おれは偽造の免状を考えていた。いまじゃ、そんなものは簡単に入手できる——そっちのほうを専門でやってる連中もいる——だが二十五年まえとなると、なんとか入手はできても、生易しいことではなかった。あちこち当っているうちに、おれは昔一緒に仕事をしたことがある女にでっくわした――エドナ・ファイフだ。つまり、あんたが知ってるイーステップの第一夫人のことさ。

エドナは、ある医師と結婚していた――ほんもののハンバート・イーステップ医師だ。だがこいつは、とんでもないヤブ医者だった。二年ほどフィラデルフィアで貧乏暮しをしたあと、彼女は亭主に診療所を閉めさせ、一緒にぺてん師稼業に逆戻りした。その道にかけてはなかなかの女だ――やり手と褒めてやれる――亭主を手玉にとって、けっこうなぺてん師に仕立てあげていった。

おれが彼女とでっくわしたのは、ちょうどその直後のことだった。彼女から話を聞いて、おれは亭主の医師の免状や証明書をそっくり買いとりたいと持ちかけた。本人がその気だったかどうかは知らないが、とにかくやつは女房の言いなりになって、おれは必要な書類を手に入れた。

おれはその書類を例の若い医師に渡し、やっこさんはサンフランシスコに出てきて、ハンバート・イーステップの名前で開業した。ホンモノのイーステップ夫妻は、その名前を二度と使わないと約束した――べつに不都合はなかったのさ。住まいを変えるたびに、名前も変えてたんだからな。

若い医師のほうとは、もちろん連絡を絶やさなかった。きちんきちんとお手当をいただいてたってわけだ。首ねっこは押さえていたし、おれはあぶく銭を見すごすようなバカじゃない。一年ほどたって、彼が仕事に成功し、うまくやっていることがわかった。で、汽車に飛び乗って、サンフランシスコに出てきたって寸法だ。確かにやっこさんは繁昌していた。それでおれはこの街に尻を落ちつけ、やつから目をはなさず、おれ自身の分けまえを見張りつづけた。

やつはその頃結婚し、医者の稼業と投資の二本立でかなりのカネをためこんだ。ところが、おれに対しては財布の紐をしめつけやがった――バカなやつだ！　なにも大金をしぼりとられるわけじゃない。おれは、やつの儲けから一定の歩合をもらってきた。それだけだ。

ほぼ二十五年間、自分の取り分をいただいてきたが、いつだって、一定の歩合以上は一セントももらわなかった。

そんなやりとりが長いあいだつづいた。やつからのカネで生計を立てていたが、大金は手に入らなかった。ところが数カ月まえに、やつが木材の取引きで大儲けしたことがわかったので、おれはしぼりとれるだけしぼりとってやろうと腹を決めた。

長いあいだおれは、この先生をじっくりと見てきた。カネをしぼりとる相手のことは、誰でもそうするもんだ――そうすれば、相手が考えていることも手にとるように見ぬけるし、ある種のことが起きたとき、どんな反応をするかも予測がつく。どんな人間か、とっくりと承知していた。

たとえば、自分の過去について、彼は女房に絶対に真実を教えなかった。ウェスト・ヴァージニア州で生まれたという与太話でごまかしつづけてきた。まあ、おれにとっては好都合だったがね！　やつが机の引き出しに拳銃を隠していることも知っていた。その理由もだ。ニセの免状の件で真実が明るみに出たときは自殺をするつもりで隠していたのさ。悪事がバレる兆しがほんの少しでも現われたときに死んでしまえば、これまでに築きあげた名声を傷つけないように、警察もことを内密に扱ってくれるにちがいない、と考えたんだ。

そうなればやつの女房も——彼女自身は真実を知るハメにはなったとしても——世間のさらしものにだけはならずにすむだろう。おれは、女の気持をおもんぱかって自殺するなんて真似はできないが、あの先生は、ある意味じゃ変わった男だった——おまけに、女房に首ったけだったんだ。

おれが見ぬいたところでは、やっこさんはそんな具合だった。そして、その通りの成り行きになっちまった。

おれの計画はこみ入ってるように見えるかもしれないが、実際は単純明快だった。おれはホンモノのイーステップ夫妻をしっかりとつかまえていた——捜しだすのは骨だったが、最後には見つけだした。おれは女のほうだけをサンフランシスコに連れてきて、男には近よるなと命じておいた。

彼が言われた通りにしていたら、なにもかもうまくいってたはずだった。ところが彼は、エドナとおれに裏切られるのをおそれ、おれたちを見張るために街にやってきた。あんたが教えてくれるまで、そのことにおれは気づいていなかった。

　エドナをここに連れてはきたが、必要以上のことはなにも教えずに、自分が演ずる舞台のせりふを完璧に覚えるまでたたきこんだ。

　彼女がやってくる二日ほどまえに、おれは医師に会いに行って、耳をそろえて十万ドル用意しろと要求した。やつはおれをあざ笑った。おれは怒り狂ったふりをして、その場から退散した。

　エドナが到着すると、おれはただちにやつに会いに行かせた。彼女は、娘のために、違法の妊娠中絶手術を施してくれないかと頼みこんだ。もちろん彼は拒絶した。彼女は泣きすがった。看護婦にしろ誰にしろ、応接室にいる人間に聞こえるような大声を張りあげた。だがいくら声を張りあげても、充分に用心して、他人には必ずこっちの思惑通りのせりふに聞こえるような単語しか使わなかった。この大芝居をみごとにやってのけた彼女は、泣きながら退場した。

　それに合わせて、おれもべつの罠を仕掛けた。おれのよく知ってる男に、その手のことにかけては天才のような男がいて、おれに印刷用の原版をつくってくれた。新聞のニセモノだ。まるでホンモノの記事のような出来栄えで、州警察はサンフランシスコの高名な外科医が、ニセの免状で開業しているという情報を調査中だと書かれていた。この原版はタテが四プラス八分の一インチ、ヨコが六プラス四分の三インチの寸法だった。どんな日でもいいが、『イヴニング・タイムズ』の表紙のすぐ裏のページをよく見ると、ちょうどその大きさの写真が載ってることに気がつくだろう。

エドナが医師を訪ねたあと、おれは『タイムズ』の一刷りを買った――通りで、午前十時にな。そして、例の天才に、酸性液を使って写真を消させ、その場所に用意のニセの記事を刷りこませた。

その日の夕方、おれは用意しておいたニセの新聞と〈家庭版〉の外側のページをすり替え、新聞配達の少年が医師の家にホンモノを配達すると同時にとり替えた。べつに厄介なことはなにもなかった。新聞配達の少年が玄関口に新聞を投げこんだあと、玄関口にちょこっと足を踏み入れ、新聞をとり替え、医師に読ませるニセの新聞をあとに残して立ち去るだけのことだった」

興味津々というようには見えないように振るまったが、一語ごとに両耳は立ちっぱなしだった。初めのうちは、ウソ八百が並ぶものと思っていた。ところが、どうやらこの男はほんとうの話をぶちまけているようだ。どのせりふも自慢たらたらで、已れのぬけめのなさに酔い痴れているのである。そのぬけめのなさで、彼はこれまで、裏切りと殺人を演出してきたのだ。

真実を語っていることはわかった。そのうえおそらく彼は、思っていた以上のことまでしゃべってしまったのだろう。虚栄心でふくれあがっている――ちっぽけな成功のあと、ケチなやくざものを必ずふくれあがらせる虚栄心は、年貢の納めどきの兆しでもある。

彼の目が光り、小さな口は、言葉を丸めるように吐きだしながら、勝ち誇った笑みをつくっている。

「医師は、ちゃんとその新聞を読んで——自分を撃った。だがそのまえに、メモを書いて、おれ宛に送った。やつの女房が、夫殺しの容疑をかけられるなんてことまではさすがに読めなかった。運がよかったってわけだ。

新聞のニセ記事は、騒ぎのなかで誰にも気づかれないだろう、とおれは見越していた。次はエドナが、最初の妻の権利を主張して登場する番だった。彼女の最初の訪問のあとにつづいた自殺による彼の死は、看護婦が小耳にはさんだ会話もあわせて、エドナが彼の妻だった事実の告白とみなされるだろう。

彼女がどんな尋問にも耐えぬくだろうことは確信していた。医師のほんとうの過去を知っているものは一人もいない。彼が自分で言ったことは別だが、それも調べればウソだとわかるはずだ。

エドナは、実際にハンバート・イーステップ医師なる人物と、一八九六年にフィラデルフィアで結婚した。そのハンバート・イーステップ医師が、こっちのハンバート・イーステップ医師と同一人ではないことを示す証拠は、二十七年も経過してしまえば、どこかに埋まってしまって当然だ。

おれが望んだのは、医師のほんものの女房と弁護士に、彼女が正式の妻ではないと信じこませることだけだった。それがまんまと成功した！　みんなが、エドナを正式の妻とみなしてくれた。

　次は、エドナとほんとうの女房が遺産についてある合議に達するという段どりだった。その話し合いで、エドナは大きな分け前を手に入れる——最低でも半分だ——そして、その取り決めは外部には公表されないという手はずだったのだ。

　万が一、最悪の事態になったら、おれたちは裁判で争う準備も整えていた。自信満々だった。だがおれは、遺産の半分で手を打つつもりだった。それでも数十万ドルになる。おれにとっちゃ充分すぎる金額だった——エドナにやると約束した二万ドルを差し引いてもだ。

　ところが、警察が夫殺しの容疑で医師の女房を逮捕したので、遺産が丸ごと手に入るチャンスが転がりこんできた。じっくりと腰をすえ、彼女に有罪の判決が下るのを待ってさえいればいいのだ。彼女が有罪になれば、裁判所はすべての遺産をエドナに与えるはずだ。

　医師の女房を無罪にできるただ一つの証拠はおれが握っている。やつがおれ宛に書いたメモだ。だが、たとえその気があったとしても、それを公けにすることはできない。おれの立場が明らかになってしまうからだ。やつは、新聞に載っていたニセの記事を読んだあと、その記事を破りとり、その上におれ宛のメモを書きつけて、送ってきた。だから、メモの紙そのものが動かぬ証拠になっちまうんだ。まあとにかく、そのメモを公表する気はおれにはまったくありはしないがね。

　このあたりまでは、すべてが夢のように運んでくれた。時がくるのをじっと待って、頭で稼いだ大金を懐に収めればいいだけの話だった。このうまい話を、ほんもののハンバート・イーステップが現われて、台無しにしてくれたのは、まさにそのときだった。

やつは口ひげを剃り落とし、古着を着こみ、エドナとおれが二人してやつを置き去りにするのではないかと様子を見にやってきた。どっちみち、やつの出る幕はなかったというのにな。やつが尾けていることをあんたに教えられたあと、おれはやつをここに連れてきた。

やるべきことが全部片づくまでおとなしく置いておける場所を見つけようと、おれはやつをなだめるつもりだった。あんたの手を借りようと思ったのはその件だったんだ――やつのめんどうを見てもらうつもりだった。

ところがしゃべっているうちに口論になり、あげくの果てにおれはやつを殴り倒してしまった。やつは起きてこなかった。見ると、死んでいた。首の骨が折れていた。で、公園に運びだして、捨ててくるしか道はなかった。

このことは、エドナには教えなかった。おれが見るところ、やつは彼女にとって用なしの男だった。だが、女がどう出るかはわからんからな。とにかく、女はおりずに残り、めんどうごとは終わった。いつだってうまく立ちまわってきた女だ。たとえ彼女がしゃべっても、たいした痛手じゃない。彼女は自分に振られた役柄のことしか知らないんだから。

長くてややこしい話をしたわけは、自分がなにと向きあっているか、あんたにわからせたかったからだ。おれがしゃべったことを証明する証拠を見つけだせると思ってるのかもしれないが、できることには限界がある。エドナが死んだ医師の女房ではなかったことは証明できるだろう。おれがやつをゆすっていたことも証明できる。だが、エドナがほんものの妻だと、医師の女房が信じていなかったなんてことは、あんたには証明できない。いくらそう言い張っても、エドナとおれは別の証言ができる。

おれたちには、エドナをほんものの妻だと彼女に信じこませたという確信がある。そして、それが殺人の動機になった。さっき話したニセの記事のことだが、そんなものが実在したってことも、あんたには証明できない。そんな話を持ちだせば、陪審員は麻薬患者の幻想だと思うだろう。

きのうの夜の殺人を、おれに結びつけるのも難しいぞ――おれには、あんたがびっくりするようなアリバイがある。酔った友人と一緒にここを出て、彼をホテルまで送り、夜勤の受付けの男とボーイの力を借りて、その男をベッドに寝かしつけたってことを証明できるようになっている。それをどうやって切りくずすんだね？　二人の私立探偵の証言か？　そんなものをだれが信じると思う？

詐欺罪かなにかをおっかぶせることならできるかもしれない。だが、そんなことをしたって、おれの助けがなけりゃ、イーステップ夫人を自由の身にすることはできっこないんだ。

おれを逃がしてくれたら、医師がおれ宛に書いたメモを進呈しよう。文句なしの証拠だ！新聞のニセ記事の上に、自筆で書かれたメモだ――おそらく警察が現場で押収した新聞の破りとられた部分にぴったりと合うはずだ――そのメモに、彼はまぎれのない文章で、自分は自殺をするところだと書いている」

それがあれば、確かに事態は一変する――それはまちがいない。しかも私は、レドウィッチの話を信じていた。考えれば考えるほど、気に入ってきた。あらゆる事実にぴったり一致している話だ。だからといって私は、この大男のやくざものに自由の身を進呈する気にはなれなかった。

「笑わせるんじゃない！」私は言った。「おまえも捕まえるし、イーステップ夫人も救ってみせる――どっちもだ」

「やるならやってみろ！　医師のメモがなければお手上げだぞ。こんな仕事を計画できるだけのオツムを持った男が、簡単に見つけられる場所に大事なものを隠すようなマヌケだと思ってるんじゃあるまいな？」

このレドウィッチという男を有罪にすることも、死んだ男の未亡人を無罪釈放することも、とりたてて難しいことだとは考えていなかった。やつの計画――一番新しい共犯者であるエドナ・ファイフもふくめて、かかわりを持った人間すべてに対する、冷酷で、迷路のように入り組んだ裏切り行為は、やつが自分で思っているほど完璧なものじゃない。東部で、あれやこれや一週間も探りまわれば――ところがいまは、この一週間のゆとりがなかった！

ヴァンス・リッチモンドのせりふが、私の頭の中を駆けまわっている。「監禁状態がもう一日つづけば――二日とも、いや二時間ともいえるが――身の証を立ててやる必要はなくなる。死神がかわりに決着をつけてくれるだろう！」
イーステップ夫人を助けてやりたければ、急いで事を運ばねばならない。法を守ろうが守るまいが、彼女の命はこの私の肉のつきすぎた手に委ねられている。いま、目のまえにいるこの男は――目を期待で輝かせ、唇を不安げに噛みしめている――盗っ人で、恐喝者で、裏切り者だ。人を二人は殺している。こんな男を逃がすわけにはいかない。だが病院には、死にかけている一人の女がいる……

12

レドウィッチから目をはなさずに電話機に近づき、自宅にいたヴァンス・リッチモンドを呼びだした。

「イーステップ夫人の具合はどうだ？」私はたずねた。

「ますます衰弱している！　三十分まえに医師と話したんだが、彼は……」

私は話をさえぎった。くどくどしいことは必要ない。「病院に行って、私からの電話をうけられるところにいてくれ。今夜中にいいしらせを伝えられるかもしれない」

「なに？　なにか兆しがあるのか？　きみは……」

なにも約束はしなかった。私は、受話器を架け、レドウィッチに話しかけた。「これだけはやってやろう。私にそのメモをよこせ。そのお返しに拳銃を返して、裏口から出してやる。おもての角には、まだ刑事が張っている。そいつのまんまえを通させるわけにはいかない」

彼は顔をほころばせて、立ちあがった。

「ウソはつかないだろうな」彼は強い口調で言った。

「ああ——早くしろ！」

彼は私のそばをすりぬけて電話機に近づき、番号を告げ（しっかり憶えさせてもらった）、相手が出ると早口にしゃべりかけた。

「シュラーだ。預ってもらった封筒を持たせて、メッセンジャー・ボーイをタクシーに乗せ、すぐこっちに届けさせろ」

彼は住所を教え、「イエス」と二度言って、電話を切った。

彼が、なにひとつ質問せずに私の言葉を信じたのは不思議じゃない。私が細工をするかどうか、疑っている余地はなかったのだ。おまけに、仕事に成功したぺてん師という人種は、同業者をのぞいて、世間には、子羊のように従順で、信頼されるがままに行動する人間しかいないと思いこんでいる。

十分後、玄関の呼び鈴が鳴った。私たちは同時に返事をして、レドウィッチがメッセンジャー・ボーイから大きな封筒をうけとった。私は、メッセンジャー・ボーイのキャップについている番号を憶えこんだ。それから、元の部屋に一緒に戻った。

レドウィッチは封筒を切って開け、中身を私によこした。新聞紙から破りとった小さな紙っきれだった。彼が話してくれたそのニセの記事の上に、乱れた文字でメモが書きつけられていた。

レドウィッチ、おまえがこんなに愚かなことをするとは思わなかったぞ。いま、この最後の瞬間に考えてるんだが、私の命を絶つこの弾丸は、楽なことばかりしてきたおまえの人生にも終止符を打つことになる。あしたからは、汗を流して働くんだな。

イーステップ

最後の勇ましい抵抗というやつだ。

私は大男から封筒をうけとり、死の書き置きを中に収め、ポケットにしまった。そして外に面した窓に近づき、ガラスに頬をぺったり押しつけてオガーの姿を捜した。闇の中にぼんやりと浮かぶ彼の姿は、数時間まえに置いてきたのと同じ場所に辛抱強く立っていた。

「刑事はまだ角に立っている」私はレドウィッチに告げた。「ほら、おまえのハジキだ」ついさっき、やつの指から撃ち落とした拳銃をつきだした。「さ、返してやる。裏口から消えろ。忘れるなよ。おれが約束したのは、拳銃と裏口からの脱出だけだ。おれに汚い手さえ使わなければ、こっちの立場がおかしくなればべつだが、おまえを見つけだす手助けはしないつもりだ」

「けっこうだとも！」

彼は拳銃をつかみ、弾丸がこめられているかどうか銃身を折って確かめ、フラットの裏手に足を向けた。戸口で立ちどまると、彼はもじもじとためらい、また私に向きあった。私は油断なく拳銃を構えていた。

「約束にはなかったが、あとひとつだけ言うことをきいてくれないか？」彼はたずねた。

「なんだ？」

「例の先生のメモが入っているその封筒には、おれが書いた字と指紋がくっついている。べつの封筒に入れ替えさせてくれないか？　できることなら、余計なめだつ証拠をあとに残したくないんでね」

左手で――右手は拳銃を握るのに忙しかった――封筒をもぞもぞとりだし、投げてやった。彼はテーブルから新しい封筒をとりだし、ハンカチで入念に拭い、メモを中に入れた。彼は指の腹が付着しないように気を使って、封筒を返してよこした。私はそれをポケットにしまった。うすら笑いをこらえるのにひどく苦労をさせられた。

ハンカチを用いた彼の仕草は、私のポケットの中の封筒が空っぽだということを意味している。例の遺書がわりのメモは、レドウィッチの手の中に逆戻りしたということだ――もちろん、この目で確かめたわけじゃないが、ぺてん師の十八番を私にもやってみせたってことだ。

「さっさと消えろ！」やつの顔を見ていると笑いたくなってくるので、私はきびしい声でピシりと言ってやった。

彼はくるりと向きを変え、音を立てて歩いた。裏口のドアが勢いよく閉まった。

彼がよこした封筒を破ってのぞきこんだ。私に裏切りを仕掛けたことを確認しておきたかったからだ。

封筒は空だった。

私たちの取り決めはこれで無効になった。

外に面した窓に駆けより、大きく開いて身をのりだした。オガーはすぐに私の姿を認めた――あっちからのほうがよく見えるのだろう。私は腕を大きく振って、建物の裏手を示した。オガーは駆け足で横の路地に向かった。私は大急ぎで部屋をぬけて台所に走り、開いていた窓から首をつきだした。

白く上塗りされたフェンスのほうに進んでいるレドウィッチの姿が見えた――裏門を開いて、横の路地に向かおうとしているのだ。

オガーのずんぐりした大きな体が、路地の端の街灯に照らしだされた。

レドウィッチの拳銃は手の中に握られている。オガーの拳銃は――まだ見えない。

レドウィッチの拳銃が上にあがり――撃鉄が鳴った。

オガーの拳銃が咳こんだ。

レドウィッチは白塗りのフェンスのほうにゆっくりと回転するように倒れこみ、一、二度あえいで、どさりと沈みこんだ。

私はゆっくりと踏み段を降り、オガーと合流した。なぜゆっくりと歩いたのかって？　もくろみ通りに死地に追いこんだ相手の顔をのぞくのは気持ちのいいものじゃないからだ。たとえそれが、無実の人間を救う最も確実な方法だったとしても――そうやって死地に追いこまれたのが、たとえジェイコブ・レドウィッチのようなやつだったとしても――裏切り行為にほかならないからだ。

「どうしたんだ？」私が路地に出ると、オガーがたずねた。彼はそこに立って、死んだ男を見おろしていた。

「おれから逃げだそうとした」そっけなくこたえた。

「むりもない」

私は身をかがめ、死人のポケットを探り、ハンカチにくるまれてくしゃくしゃになったままの遺書がわりのメモを見つけた。オガーは、死人が握っている拳銃を調べていた。

「見てみろ！」彼は声を張りあげた。「きょうは運がいい日だった！　やつは、おれに向かって先に発砲したんだが、弾はうまく出なかった。あったりまえだ！　誰かが斧かなんかでぶっ壊してたらしい――撃針がきれいに折れている！」

「そうか？」私は言った。さっきこの拳銃を拾いあげたとき、同じことに気づかなかったふりをした。レドウィッチの手から拳銃をはじき落とした弾が、その拳銃を役立たずにしていたことは、こっちは先刻承知だった。

解説

前掲の「拳銃が怖い」の解説にもあるように、本篇はこの風変りなクライム・ストーリーと同じ号に掲載されたコンチネンタル・オプ物語の中篇である。「暗闇の黒帽子」とはちがって、支社長のおやじさん《オールドマン》も出てくるし、ディック・フォーリー、ボブ・ティールなどの同僚、市警のオガー部長刑事、密告者のポーキーなど、他の中短篇や長篇でお馴染みの常連たちも登場する。

この作品が〈ブラック・マスク〉に掲載された一九二四年は、パルプ・マガジン・ライターとしてのダシール・ハメットが最初のピークを迎えた年だった。この年、同誌にはコンチネンタル・オプ物語七篇をふくむ十一篇を寄稿し、同誌以外にもコンチネンタル・オプ物語の一篇「だれがボブ・ティールを殺したか?」など二篇を著している。興味深いのは、前出のボブ・ティールという若いオプの死で始まるこのオプ物語の掲載誌が〈トゥルー・ディテクティヴ〉という犯罪実話雑誌だったことだ。平凡な仕上りのために〈ブラック・マスク〉では掲載を拒否されたのかもしれないが、オプ物語が犯罪実話記事として読めることを示していて興味深い。

一方、中篇としても充分な分量をもち、じっくりと、しかもきびきびとしたテンポで語られる本篇「裏切りの迷路」は非情な結末も加味されてオプ物語の代表作のひとつに仕上っている。

焦げた顔　*The Scorched Face*

1

「あの子たちはきのう帰ってくるはずだった」そう告げたあと、アルフレッド・バンブロックは話を締めくくった。「けさになっても帰宅しないので、家内はウォルデン夫人に電話をかけた。夫人の話では、彼女のほうには姿を見せていないし、訪ねて来るという連絡もないということだ」

「つまり、いまのお話では」私は言った。「娘さんたちはご自分の意志で出かけ、ご自分の意志でどこかに滞在なさっていらっしゃるということのようですが」

バンブロックは重々しくうなずいた。張りのない筋肉がだぶついた顔の肉に沈みこんだ。

「そのとおりだ」彼は同意を示した。「だから、警察には行かずにあなた方に助けてもらおうと思って来たのだ」

「以前にも消息がわからなくなったことがありましたか？」

「初めてだ。新聞や雑誌を読めばわかるように、昨今の若い連中は規則に縛られない生き方を好むらしい。うちの娘たちも気ままに出かけたり帰ったりしていた。あの娘《こ》たちが何をしたがっているのかをしっかりと理解したことはなかったかもしれないが、どこにいるかぐらいはいつもおおよそ見当はついていた」

「こんなふうに行方がわからなくなった理由になにか思い当ることはありませんか？」

彼はくたびれた頭を横に振った。

「最近、口論なさったとか？」少しつっついてみた。

「いや」を「ああ」と言いかえた。「別にどうということはなかったし、あなたが記憶を呼びさましてくれなかったら思いだしもしないところだった。木曜日の夕方――あの子たちが出かける前のことだった」

「口論の内容は……？」

「きまってるだろう、カネだ。それ以外に言い合いをしたことはない。私はどっちの娘にも相応のコヅカイを与えている――むしろ気前がいいといえる金額だ。しかもその枠内に厳密に縛りつけていたわけではない。限度額を超えない月はめったになかった。木曜日の夕方、ふたりは若い娘がコヅカイとして必要とする額を遥かに超えるカネをねだった。私は要求額には応じなかったが、それよりいくらか少ないカネを渡してやった。あれは正確には口論ではなかった――厳密に定義をすればな。だが、おたがいのあいだがいくぶん気まずくなったのは確かだ」

「おふたりが、モンタレイのウォルデン夫人のところへ週末に出かけると言いだしたのはそのあとだったのですね？」

「たぶんそうだ。はっきりは憶えていない。出かける話を聞いたのが翌朝だったとは思わない。それ以前に、家内には話していたのかも」

「娘さんたちが消息を絶った理由はほかには思い浮かびませんか？」

「何もない。カネのことでの言い争いも理由だったとは思えない――前例のないほどの超過額でもなかったし」

「娘さんたちの母親のお考えは？」

「ふたりの母親は死んだ」バンブロックは私の言葉を訂正した。「現在《いま》の家内は、娘たちの義母だ。じつは、長女のマイラとふたつしかちがわない。私同様、家内も途方にくれている」

「娘さんたちと義理の母親との折り合いはどうでしたか？」

「もちろん、申し分なかった！　わが家に派閥があったとしたら、いつも私対彼女たち三人という関係だった」

「娘さんたちは金曜日の午後に出発されたのですか？」

「正午だった。数分まわっていたかもしれない。車で出かけた」

「もちろんその車もまだ見つかっていない？」

「そのとおり」

「車種は？」

「特製キャブリオレ〔幌つきクーペ〕のロコモービル。色は黒だ」

「登録番号とエンジン番号を教えていただけますか」

「わかると思う」

彼は椅子に坐ったまま向きを変え、オフィスの壁の四分の一をおおい隠している大きなロール・トップ型のデスクと向き合って、仕切りのひとつに入っていた書類をごそごそやり、肩越しにふたつの番号を読みあげた。私はその番号を封筒の裏に記した。

「この車を警察の盗難車リストに載せるよう手配します」私は告げた。「娘さんたちのことは伏せたままやれます。手配書が車を見つけてくれるかもしれません。娘さんたちを見つける手がかりになるでしょう」

「たいへんけっこうだ」彼は同意した。「表沙汰になって不快な目にあわなければなによりだ。最初に申しあげたとおり、娘たちの身が危険にさらされるといった、避けられない事態が到来しないかぎり、これ以上世間に触れまわる気は毛頭ない」

よくわかりましたとうなずいて、私は立ちあがった。

「お宅をお訪ねして、あなたの奥様とお話がしたいのですが」私は言った。「いま、ご在宅でしょうか?」

「ああ、いると思う。電話をかけて、あなたが訪ねることを伝えておこう」

2

シー・クリフの丘の頂きに建ち、大海原と湾を見おろす石灰岩づくりの砦のような大邸宅で、バンブロック夫人と話をした。長身の黒髪の女性で、やや太りぎみだが、齢《とし》は二十二を超えていないだろう。

夫人は、夫が触れなかった話はなにひとつ教えてくれなかったが、夫の話をくわしく補ってくれた。

ふたりの娘についての情報も手に入った。

マイラ——二十歳、五フィート八インチ、百五十ポンド、運動選手タイプ、機敏、男性的といえる態度と外見。茶色の断髪、茶色の目、肌の色は普通。大きな顎、短い鼻をした四角い顔。左耳上部に傷跡(髪に隠れている)。馬と屋外スポーツ全種目を愛好。家を出たときの服装は、青と緑のウールのドレス、小さな青い帽子、丈の短い黒いアザラシの革コート、黒い上靴。

ルース——十八歳、五フィート四インチ、百五ポンド。茶色の目、茶色の断髪、肌の色は普通。小さな卵形の顔。物静かで内気。威張り気味の姉によりかかる性向あり。家を出たときの服装は、灰色の絹のドレスの上に茶色の毛の縁どりがついた煙草色の茶コートとつばの広い茶色の帽子。

写真はふたりとも二枚ずつ、マイラがキャブリオレの前に立っているスナップ写真も一枚手に入れた。週末に知人を訪ねるときに持参する必携品など、出かけたときに持っていた品物のリストもつくってもらった。最も役に立ちそうなのは、バンブロック夫人が知っているかぎりの友人、親類、縁者たちのリストだった。

「バンブロックさんとのいさかいより前に、おふたりはウォルデン夫人に招かれていたことを口になさいましたか？」リストをしまい、私はたずねた。

「そうは思いません」夫人はじっくりと考えてからこたえた。「その両方を結びつけるなんて、思いもよりませんでした。あなたもご存じのとおり、娘たちは父親とほんとうに口論したわけではありません。口論と呼べるほどの激しいやりとりではなかったのです」

「ふたりが家を出るのをご覧になりましたか？」

「あたりまえでしょう！　ふたりは金曜日の昼十二時半頃出発しました。外出のときいつもやるようにわたしにキスをしましたが、普段とちがう気配を感じさせる態度はほんの少しもありませんでした」

「ふたりがどこへ行ったのか、まったく見当がつかないのですね」

「そのとおりです」

「推測もつきませんか？」

「つきません。いまさしあげた名前と住所の中には、ほかの街に住む友人や親類もまじっています。その中の誰かのところへ行ったのかもしれません。どうしましょうか？　わたしたちも……？」

「それは私がやります」私は約束した。「その中からふたりが一番行きそうな相手をひとりかふたり選んでくれませんか？」

夫人は選ぼうとしなかった。「できません」はっきりと告げた。「わたしにはできません」

このやりとりのあと私は支社に戻り、コンチネンタル社の捜査機能を起動させ、別の支社のオプたちにリストにあった市外の住人たちに電話をかけさせた。また、行方がわからないロコモービルを警察のリストに載せさせ、ふたりの娘の写真を一枚ずつカメラマンに渡して複製をつくらせた。

これをすませてから、私はバンブロック夫人からもらったリストに載っている人たちに会いに出かけた。最初に訪ねたのはポスト通りのアパートメントに住むコンスタンス・デリーという女性だった。メイドには会うことができた。彼女の話では、ミス・デリーは街の外へ出かけているとのことだった。女主人がどこへ行って、いつ帰るかは教えてくれようとしなかった。

ついでヴァン・ネス通りを北にのぼり、自動車のセールスマンをやっているウェイン・フェリスという男を見つけた。艶のある髪をした青年だが、たとえば脳ミソといった、彼が身に備えているべきものを、礼儀正しい振舞いと上品な服装がすべて完璧におおい隠していた。なんとかして私を助けたがったものの、彼は何も知らなかった。そしてそれを私に告げるまでにおそろしく手間どった。いいやつだ。

もうひとつの空振り。「スコット夫人はいまホノルルにいらっしゃいます」

モントゴメリー通りの不動産屋で私はその次の人物を見つけた——やはり艶光りする、くせのない髪と形のいい髪型をした青年で、振舞いも服装も上品だった。名前はレイモンド・エルウッド。さっき会ったフェリスとは従兄弟同士ほども離れていない身内にちがいないと勘ちがいするところだった。ダンスとお茶の上流社会にはこの手の若者たちがわんさといることは知っていた。この男からもなにも得られなかった。

そのあとにさらにいくつもの空振りがつづいた。「街を出ている」「買物に出かけている」「どこで彼を見つけられるか見当がつかない」

その日の仕事にきりをつける前に、バンブロック家の娘たちの女友だちのひとりを見つけた。名前はスチュワート・コーレル夫人。バンブロックの家からさほど遠くないプレシディオ・テラスに住んでいた。小柄な女性、というか娘というか、バンブロック夫人と同じ年頃だった。ふわふわしたブロンドの髪をして、その奥にひそんでいるものがなんであるにせよ、見かけは正直で気どりがないように見える、あの独特の青い大きな目をしていた。

「この二週間かもう少しのあいだ、ルースとマイラのどちらとも会っていません」彼女は私の質問にそうこたえた。

「そのとき——最後にお会いになったとき、ふたりはどこかに出かけるようなことを言っていましたか?」

「いいえ」

見開いた大きな目は真正直に見えたが、上唇の小さな筋肉がピクリとした。

「どこに行ったのかも見当がつかないのですね?」

「そうです」

彼女の指がレースのハンカチを小さな玉になるまで丸めた。

「最後にお会いになったあと、なにか連絡はありましたか?」

「いいえ」

こたえる前に、彼女は口に湿りをくれた。「バンブロックの娘たちも知っているあなたたちの共通の友人たちの名前と住所を教えてもらえませんか?」

「なぜですか? なにか……?」

「あなたよりあとにふたりと会った人が見つかるかもしれません」私は説明した。「金曜日よりあとに会った人がいる可能性もあります」

熱心にではなかったが、一ダースほどの名前を教えてくれた。どの名前もすでにリストに挙がっている名前だった。二度だけ、口にするのをためらった名前があった。彼女の大きな目は真正直に私を見つめていた。ハンカチを丸めるのをやめた指はスカートの布地をつまんでいた。

彼女の話を信じたふりはしなかった。とはいえ彼女をきびしく問い詰めるだけのしっかりした根拠もなかった。辞去する前にひとつだけ約束をした。考えようによってはおどしともうけとれる約束だった。

「どうもありがとう」私は言った。「物事を正確に思いだすのは難しい、ということはわかっています。あなたの記憶力の助けになるようなことに行きあたったら、ここへ戻って来て教えてあげましょう」

「えっ？　はい、どうぞ！」彼女はこたえた。

家から立ち去り、自分の姿がちょうど見えなくなりかけたとき、私は頭だけ振り向いた。二階の窓でカーテンがふわりと閉まった。そのカーテンのすぐうしろにブロンドの頭が見えたかどうか、街灯の明りが充分ではなかったので確かめようがなかった。

時計の針は九時半を指している。娘たちの友人探しをこれ以上つづける時間ではなかった。私は家に帰り、娘たちよりむしろコーレル夫人のことを考えながら一日の報告書をまとめた。

彼女のことはちょっと調べてみる必要がある。

3

翌朝オフィスに行くと電報が数通届いていた。大事なものはひとつもなかった。他の街での人名と住所の調査からはなにも浮かんでこなかった。モンタレイでの調査結果は予想通りだった――探偵の仕事ではたいていのことがこんなふうにはっきりさせられるものだ――娘たちは最近モンタレイには顔を見せていなかったし、ロコモービルも見かけられていなかった。

昨夜中断したお定まりの調査の仕事を再開する前に遅い朝飯を食いに出かけたとき、夕刊の早い版が出まわり始めていた。

私は新聞を買ってグレープフルーツのうしろに立てた。

新聞の記事が私の朝飯を台無しにした。

銀行家の妻、自殺

ゴールデン・ゲイト信託銀行の副頭取の妻、スチュワート・コーレル夫人が、今朝早く、プレシディオ・テラスの自宅の寝室で死亡しているのをメイドが発見した。ベッドのわきの床には毒物が入っていたと思われる瓶が落ちていた。

亡くなった女性の夫は、妻の自殺の理由について思い当ることはないと言っている。妻はふさぎこんでいるようなこともなかったし……

　コーレルの家で当のコーレルに会うために押し問答をつづけねばならなかった。彼は三十五歳にならない、ほっそりとした長身の男で、落ち着きのない青い目と青白い神経質な顔つきをしていた。

「こんなときにお邪魔して申しわけありません」お目通りがかなうと同時に私は詫びた。「お手間はとらせません。私はコンチネンタル探偵社の調査員です。数日前に消息を絶ったルースとマイラのバンブロック姉妹を探しています。ふたりをご存じかと思いますが」

「そのとおり」関心もなさそうな返答だった。「ふたりのことは知っている」

「行方が知れないこともですか？」

「それは知らなかった」彼の視線が椅子から敷物に移った。「なぜ知っていると思ったのかね？」

「最近おふたりにお会いになりましたか？」相手の質問にはとりあわずにたずね返した。

「先週の、水曜日だったと思う。私が銀行から帰宅したとき、戸口に立って妻と話をしていた——帰るところだった」

「ふたりの失踪について、あなたの奥様はなにかおっしゃっていませんでしたか？」

「なにも言ってなかった。バンブロック姉妹に関しては、教えられることはなにもない。もしよければこれくらいで……」

「あとほんの少しお願いします」私は言った。「必要がなかったら、こんなふうにご迷惑をおかけしたりはしませんでした。昨夕私は奥様に質問があってここにうかがいました。とても不安そうでした。私の質問に対しても言い逃れのようにうけとれる返答がいくつかありました。そこで私は……」

コーレルは立ちあがって椅子からはなれた。真赤になった顔が面前に迫った。

「あんたは！」彼はわめいた。「お引きとり願おう」

「いいですか、ミスター・コーレル」私はなだめようとした。「わめいても無駄ですよ」

だが彼は頭に血がのぼっていた。

「あんたが私の妻を死に追いこんだのだ」彼は私を非難した。「ろくでもない詮索をして妻を殺した——無理矢理おどしをかけ、あんたは……」

くだらん言いがかりだ。妻が自殺をしてしまったこの若い男を、私は哀れに思っていた。それはそれとして、私にはやるべき仕事があった。ネジをきつく巻いてやった。

「議論をする気はないんだ、コーレル」私は告げた。「肝腎なのは、バンブロック姉妹に関してあなたの奥さんがなにか知っているのではないかと思って私がここに来たことだ。彼女の話は真実とはかけはなれていた。そのあと、彼女は自殺をした。その理由を知りたい。正直に話してくれれば、彼女の死と娘たちの失踪を結びつけるような話が新聞や噂話に出ないようにできるだけのことをしよう」

「妻の死と娘たちの失踪を結びつけるだって？」彼は声を張りあげた。「バカげている！」

「かもしれない――しかし、まちがいなく関連はある！」私は攻撃の手をゆるめなかった。可哀そうだとは思うが、私にはやるべき仕事がある。「まちがいはない。それを教えてくれれば、世間に広まらずにすむ道もある。いずれにしろ、つきとめるつもりだ。あなたが教えてくれなければ――自分で見つけだして、みんなに教える」

一瞬、彼が殴りかかってくるのではないかと思った。とがめる気はなかった。彼の体がこわばり――きゅうにへなへなと椅子に体をあずけた。おずおずと私から目をそらしている。「教えられることはなにもない」彼は口ごもった。「けさ、メイドが声をかけに部屋に行ったとき、妻は死んでいた。書き置きもなかった。死ぬ理由も、なにひとつなかった」

「昨夜、お会いになったのですか？」

「いや、会わなかった。家で夕食はとらなかった。遅く帰宅し、妻を起こしたくなかったのでまっすぐ自分の部屋へ行った。きのうの朝、家を出るとき顔を合わせたのが最後だった」

「そのとき、なにか心配事でもあるようでしたか？」

「いや、別に」

「なぜこんなことをなさったとお思いですか？」

「なんてことを！　知るもんか！　ずっと考えつづけてるが、わけがわからない！」

「健康上のこととか？」

「元気そうだった。病気はしたことがない。具合が悪いと言ったこともなかった」

「最近、なにか言い争いをなさったことは？」

「言い争ったことは一度もない――結婚して一年半、一度もなかった」

「経済的な問題は？」

黙ったまま、床から目もあげずに、彼は首を横に振った。

「ほかになにか心配事は？」

彼はまた首を振った。

「メイドは昨夜、奥様のなにか変わった振舞いに気づいていませんでしたか？」

「なにもなかった」

「奥様の所持品――書類とか手紙に目を通されましたか？」

「ああ――なにも見つからなかった」彼は頭をあげて私を見た。「ひとつだけ気がついたことがある」のろのろとした口ぶりだった。「妻の部屋の煖炉に小さな灰のかたまりがあった。書類か手紙を焼いたような」

それ以上コーレルは私になにも教えてくれなかった――聞きだせたのはそれだけだった。

アルフレッド・バンブロックのショアマンズ・ビルディングにあるスイートルームの入口にいた若い女は、彼は〝会議中〟だと私に告げた。私は名前を伝えさせた。会議をぬけて来たバンブロックは私を私室に案内した。疲労がにじむ顔は質問の山で満ちていた。すぐに返事を聞かせた。立派な大人なのだ。悪いしらせを告げるのにためらう必要はなかった。

「事態は悪いほうに向かっています」ふたりっきりになるとそう切り出した。「警察と新聞社へ行って、協力を求めるべきだと思います。娘さんたちの友人であるコーレル夫人という方が、昨日、私が質問をした際にウソをつきました。昨夜、彼女は自殺しました」

「アーマ・コーレルか？　自殺だって？」

「彼女をご存じでしたか」

「知っていたとも！　とても親しかった！　彼女は――つまり、私の妻と娘たちの親友だった。自殺したのか？」

「そうです。毒物で、昨夜。娘さんたちの失踪とどう結びつくのでしょうか？」

「どう結びつくかって？」彼は繰り返した。「見当もつかない。なにか結びつきがあるのか？」

「あるにちがいないと思います。夫人はこの数週間、娘さんたちとは会っていなかったと私に告げました。ところが夫人の夫はつい先刻、この前の水曜日の午後、彼が銀行から帰宅したとき、娘さんたちが夫人と話をしているのを見たと言いました。私が質問をしたとき、夫人はとても不安そうでした。自殺したのはそれからまもなくのことです。どこかで結びついていることに疑いの余地はありません」

「ということは……？」

「つまり」私はかわりに話を結んだ。「あなたの娘さんたちの身の安全はまったく心配ないのかもしれませんが、その可能性に賭けるわけにはいかないということです」

「娘たちに災厄が振りかかったと言うのかね？」

「憶測はひかえます」私はこたえをそらした。「彼女たちの身近に死が迫っている事態を考えれば、安閑とはしていられません」

バンブロックは電話で顧問弁護士を呼び寄せた。ピンク色の顔をした白髪の老人で、名前はノーウォール——モルガン財閥の全員を集めたよりも会社法に精通しているという評判の男だが、警察の捜査の手順についてはほとんどなにも知らなかった——バンブロックは裁判所で私たちと合流するよう彼に命じた。

裁判所で一時間半を費やし、警察を事件の捜査にとりかからせ、新聞社には私たちが知りたがっている事柄を教えた。娘たちに関する情報を充分に与え、写真もたっぷり渡したが、娘たちとコーレル夫人との関係についてはなにも教えなかった。だがもちろん警察にはその線も洗わせた。

4

バンブロックと顧問弁護士が一緒に帰ったあと、私は刑事部屋に戻って、本件の担当になった刑事のパット・レディとじっくり検討を始めた。

刑事部の最年少のパットは持ち前ののっそりとしたやり方で金星をあげたブロンドのアイルランド人だ。

二年前、新米警官だったパットの巡回区域は山の手の住宅地だった。ある夜彼は消火栓の前に駐車していた自動車に違反チケットを切った。車の持ち主が現われ、パットに文句をつけた。その持ち主というのがアルシア・ウォラックだった――ウォラック・コーヒー会社のオーナーの甘やかされたひとりっ子で、熱い目をした、向こうみずのすらっとした体軀の娘だ。たぶんたっぷりとパットに毒づいたのだろう。彼はアルシアを署に連行し、ブタ箱にぶちこんでしまった。

聞くところによれば、翌朝、頭から湯気を立てた老ウォラックはサンフランシスコの弁護士の大群を引き連れて留置所に現われたという。だが新米警官パットは頑として引きさがらず、ウォラックのひとり娘には罰金が科せられた。老ウォラックはあらゆる手を打ったが、留置所の廊下でパットにパンチをくらわせるのには失敗した。パットはコーヒー王に向かっていつもの眠たげな薄笑いを浮かべながら、「これ以上近寄ると――あんたの会社のコーヒーを飲むのをやめますよ」と、間のぬけたしゃべり方で言い放った。

この気のきいた台詞が国中の新聞に載り、なんとブロードウェイの芝居にまで使われた。当のパットは機敏な反撃の手をゆるめなかった。事件の三日後、彼はアルシア・ウォラックを連れてアラミダへ赴き、さっさと結婚してしまった。その部分に関しては私も一役買っている。たまたま同じフェリーに乗り合わせていた私を無理矢理引っぱっていったふたりが、私を結婚式の立会人にしてしまったのだ。

老ウォラックはただちに娘を勘当したが、それを案ずるものはいなかった。パットは巡回区域のパトロールをつづけたが、人に知られる身となり、ほどなく資質を認められて刑事部へ昇任した。

老ウォラックは没前に怒りを和らげ、アルシアに巨万の富を遺した。

パットは義父の葬儀に参列するために午後の休暇をとっただけで、夜はまた職場に戻り、拳銃使いの一団を逮捕した。彼はいまも刑事として勤務をつづけている。彼の妻が大金を何に使っているのかは知らないが、彼のほうは喫っている葉巻の銘柄も昔のままだった——もう少しましなのを喫うべきなのだが。いまや彼はウォラック家の文字通りの大邸宅に住み、雨の朝ときおりイスパノスイザのブルーアム〔運転席に屋根のない初期の高級箱型自動車〕で本署まで送られてくることがある。それ以外はなにも変わりなかった。

刑事部屋のデスクの向こう側に坐っているのが、その大男のブロンドのアイルランド人で、葉巻と同じ形のなにかの煙を私めがけてくすぶらせていた。

やがてその葉巻らしきシロモノを口からはなし、煙越しに話しかけてきた。「このコーレルという女がバンブロックの娘たちとなんらかの関係があるというんだな——二カ月ほど前だが、彼女は追いはぎにあって八百ドル奪われた。知ってたか？」

私は知らなかった。「現金のほかにもなにか奪われたのか？」私はきいた。

「いや、なにも」

「信じてるのか？」

彼はニヤッと笑った。「そこが問題だ」彼はこたえた。「ホシはまだ挙げていない。とくに現金を女性がそんなふうに奪われたときは、ほんとうに追いはぎだったのか、それとも自分でくすねたのかがよく問題になるんだ」

パットは葉巻らしきものから楽しそうにあとしばらく毒ガスを吐き散らし、つけ加えた。「だが、追いはぎの一件は事実だったのかもしれない。これからなにをしようと考えてるんだ？」

「社に戻って、なにか新しいことが起きていないか確かめてみよう。そのあともう一度バンブロック夫人と話をするつもりだ。コーレル夫人のことでなにか教えてもらえるかもしれない」

社に戻ると、市外の名前と住所に関する残りの報告が届いていた。娘たちの消息に心当りがあるものはひとりもいないようだ。私はパットと一緒にシー・クリフのバンブロックの家に向かった。

バンブロックはコーレル夫人の死のニュースを電話で妻に伝えていた。彼女は新聞の記事も読んでいた。自殺の理由は皆目わからないと夫人はこたえた。コーレル夫人の自殺と義理の娘たちの失踪との関係もまったく思いつかないとのことだった。

「二、三週間前に最後に会ったとき、コーレル夫人はいつもどおりゆったりとくつろぎ、幸せそうに見えました」バンブロック夫人が言った。「もちろん彼女は、生来諸事に不満をいだく性向がありましたが、このようなことにまでいたるようなことはありませんでした」

「ご主人とのあいだになにかいさかいは?」

「存じません。わたしの知るかぎり、ふたりは幸せなようでした。ただ……」

夫人は口を閉ざした。黒い目にためらいと当惑の色が浮かんでいた。

「ただ?」私は繰り返した。

「いまおこたえしないと、わたしが何か隠しているとお思いになるでしょうね」頬を赤らめて夫人は言うと、楽しげというより不安げな小さな笑い声を立てた。「なんの根拠もなしに、わたしはいつもアーマのことを少しだけ妬ましく思っていました。彼女とわたしの夫は――その、まわりの人たちは、ふたりがいずれ結婚するだろうと考えていたのです。彼とわたしが結婚する直前のことでした。わたしはおもてには出さないように努め、いまは愚かな考えだったと思っていますが、アーマがスチュワートと結婚したのは腹を立てたためとしか考えられないと、わたしはずっと疑ってきました。彼女はそのあともアルフレッド――ミスター・バンブロック――のことが好きだったのではないかと」

「そうお考えになった決定的な理由があったのですか?」

「いいえ、別になにも! ほんとうにそう信じていたのではありません。漠然とした思いこみのようなものでした。女の陰険さというか、そんなものにすぎません」

パットと私がバンブロック家を出た頃には夕闇が迫っていた。一日の仕事を切りあげる前に、私はおやじ《オールドマン》――コンチネンタル探偵社のサンフランシスコ支社長、つまり私の上司――に電話をかけ、オプのひとりをけしかけてアーマ・コーレルの過去を探らせてほしいと頼んだ。

その夜、床に就く前に朝刊数紙に目を通した――陽が沈むと同時に発売される慣習に感謝しよう。紙面にはうちの社の調査結果が大きく報道されていた。コーレルとのつながりに関するものを除いてすべての事実が並べ立てられ、そのほかに写真と数々の推測記事やその種のガセネタもいつものように満載されていた。

翌日の午前中、私はまだ話をしていなかった失踪中の娘たちの友人たちに会いに行った。何人かを見つけたが、収穫はなかった。昼近くに社に連絡し、なにか新しい展開はないかを確かめた。新しい情報があった。

「マルティネスの保安官事務所からいま電話があった」おやじが言った。「ノブ・ヴァレーの近くでぶどうを栽培しているイタリア人が、数日前に一枚の焦げた写真を道で拾った。けさの朝刊で写真を見かけた男は、拾った写真の焦げた顔がルース・バンブロックのものだと気づいたそうだ。現地へ行ってくれないか？　保安官補とイタリア人がノブ・ヴァレーの警察署でおまえを待っている」

「すぐ出かけます」私はこたえた。

フェリー・ビルディングで出港前の四分間を使ってパット・レディを電話でつかまえようとしたがうまくいかなかった。

ノブ・ヴァレーはコントラ・コスタ郡にある人口千人にも満たない、わびしげな薄汚れた町だ。サンフランシスコ＝サクラメント間の各駅停車に乗って町に到着したのはまだ陽が高い午後早くだった。

署長のトム・オースのことは少しだけ知っていた。署長と一緒に二人の男が待っていた。オースは二人を私に紹介した。もっそりとした四十すぎのアブナー・パジェットは締まりのない顎と骨ばった顔、利口そうな薄い色の目をした保安官補だった。ぶどうを栽培しているイタリア人のジーオ・セレジーノは小柄で、栗色の髪、黒い口ひげ、柔和な茶色の目をして、いつも笑みを絶やさない口元から強靭な黄色い歯をのぞかせていた。

パジェットが私に写真を見せてくれた。明らかに元の写真から焼け残った五十セント玉ほどの大きさの焦げた紙の一部だった。ルース・バンブロックの顔の部分だけが残っている。彼女であることはまちがいない。表情には酔っているといってもいいような、きわだった興奮の色が浮かび、私がこれまでに見たどの写真よりも目を大きく見開いている。だが、まぎれもなく彼女の顔だった。

「おととい見つけた、とこの男は言っている」パジェットはイタリア人を顎で示し、簡潔に説明した。「自分の家の近くの小道を歩いていたとき、風で足元に舞ってきたそうだ。彼はそれを拾ってポケットにつっこんだと言っている。別に理由があってのことではなかったのだろう」考え深げにイタリア人に目をやって、保安官補は口を休めた。イタリア人は同意を示すように熱心にうなずいた。

「とにかく」保安官補は先をつづけた。「けさ彼は町に来て、フリスコの新聞に載っている写真を数枚見かけた。そしてここにやって来て、トムに話をした。トムとおれはあんたの社に電話をかけるのが最善の道だろうと判断した――あんたらがこの事件の調査にかかわっていると新聞に載っていたんでね」

私はイタリア人にじっと目をやった。私の思惑を察したパジェットがかわりに説明した。「セレジーノは山のほうに住んでいる。ぶどう園を持ってるんだ。この土地に来て五、六年になるが、おれの知るかぎり、人を殺したことはない」

「写真を見つけた場所を憶えてるかね？」私はイタリア人にたずねた。

口ひげの下で薄笑いが大きくなり、頭が上下した。「ご心配なく。はっきり憶えてます」

「そこへ行ってみよう」私はパジェットに声をかけた。

「いいとも。あんたも一緒に行くかね、トム？」

署長は行けないとこたえた。町に何か仕事があるという。セレジーノとパジェットと私は外に出て、汚れたフォードに乗りこみ、保安官補が運転した。

ディアブロ山〔海抜千百七十三メートル〕の山麓をくねくねと登る郡道を一時間ほど走った。しばらくあと、イタリア人の口から発せられたひとことで郡道からそれ、もっと埃っぽい凸凹道に移った。それが一マイルつづいた。

「ここです」セレジーノが言った。

パジェットがフォードを止めた。一行は空地に降り立った。道におおいかぶさっていた木立ちや藪が、このあたりだけ両側とも二十フィートほど後退しているので、森の中に埃だらけの狭くて丸い空地ができていた。

「だいたいこのあたりでした」イタリア人が言った。「この根株の近くだったと思います。とにかく、その先の曲り角とうしろの曲り角のあいだだったのはまちがいありません」

5

パジェットは田舎の人間だ。私はちがう。私は彼が動くのを待った。

彼はイタリア人と私との中間に立って、ゆっくりと空地の周辺に目をやった。やがて薄い色の目が輝いた。彼はフォードをぐるっとまわりこんで空地の遠くの端まで歩いて行った。セレジーノと私は彼のあとを追った。

空地の端の藪の縁の近くで、骨ばった顔をした保安官補は足を止め、地面に向かって低いうなり声を発した。自動車のタイヤの跡がついていた。車がここで向きを変えたのだ。

パジェットは森の中に入って行った。イタリア人がすぐあとにつづいた。私はしんがりをつとめた。パジェットは何かの跡《あと》を追っているらしいが、私には見えなかった。前を行く彼とイタリア人がその跡を踏みつぶしてしまうからなのか、私がにわかインディアンだからなのだろう。森のかなり奥まで入りこんだ。

パジェットが足を止めた。イタリア人も止まった。

パジェットが「なるほど」と言った。予期していた何物かを見つけだした口ぶりだった。

イタリア人は台詞の中に〝神様〟がまじったことばを発した。私は藪を踏みしめ、ふたりが目にしたものを見るためにふたりのそばまで行った。それが見えた。

一本の木の根元に体の向きを横にして、両膝を体の近くまで折り曲げ、娘は死んでいた。正視できる姿ではなかった。鳥の群れに襲われたあとだった。

煙草色の茶コートが両肩からはずれそうになっていた。体の向きを変え、鳥たちにつつかれずにすんだ地面の側の横顔を確かめるまでもなく、ルース・バンブロックだということがわかった。

セレジーノは立ったまま、遺体を調べている私を見つめていた。冷静な顔に哀悼の意が宿っていた。保安官補はほとんど遺体に関心を示さなかった。藪の中にわけ入って、あたりを動きまわり、地面を調べていた。私が遺体を調べ終えた頃、彼は藪から出てきた。

「射殺だ」私は告げた。「右のこめかみに一発。撃たれる前に争った形跡があるように思う。体の下になっていた腕に跡がいくつかついている。なにも身につけていない——宝石も現金も、なにもない」

「状況はこうだ」パジェットが言った。「空地でふたりの女が車から降りてここへ来た。三人だった可能性もある――この女をふたりで運んできた場合だ。何人が車に戻ったかはわからない。この女より大きめの女がひとりいたことはまちがいない。ここで争った形跡がある。拳銃は見つかったか？」

「いや」私はこたえた。

「こっちもだ。車の中だったのだろう。あそこになにかを燃した跡がある」彼は左手の方角をぐいっと頭で示した。「紙とぼろきれを燃したらしい。手がかりになるような物は残っていない。セレジーノが拾った写真はここから風で飛んだものだろう。金曜日の遅い時間か、土曜日の朝だったと思われる……それ以後ではない」

私は保安官補の言葉を信じた。充分に心得てしゃべっているのだ。

「こっちへ来てくれ。見せたい物がある」そう言って彼は、私を黒い灰の小さな山のほうに案内した。

私に見せるものなどなにもなかった。イタリア人に聞かれないところで私と話をしたかったのだ。

「あのイタリア人には問題はないと思う」彼は言った。「だが念のためしばらく身柄を預っておくつもりだ。ここは彼の家とはだいぶ離れているし、ここをたまたま通りかかっただけだということをどもりながら少しばかりしゃべりすぎたところがある。もちろん、どうという話じゃないのかもしれない。こいつらイタリア人はどいつもこいつも密造酒にからんでいて、そのためにこのあたりをうろついてたんだと思う。とにかく一日か二日勾留しておく」

「いい考えだ」私は同意を示した。「ここはあんたの土地だし、住んでいる人間のこともあんたは知っている。あたりを訪ねてまわって、なにか収穫がないか試してくれないか？　誰かがなにか見なかったか？　ロコモービル・キャブリオレを見かけたものはいなかったか？　なんでもいいから妙なものを見なかったか？　あんたのほうが私よりずっと収穫が多いと思うんだがね」

「やってみよう」彼は約束した。

「助かるよ。これでサンフランシスコへ戻れる。あんたは遺体と一緒にここで野宿をしたいんじゃないのかな？」

「そうだ。フォードでノブ・ヴァレーに戻って、トムに事の次第を報告してくれないか。署長自身がここに来るか、誰か人を来させるだろう。このイタリア人はここに引きとめておく」

ノブ・ヴァレーを出発する次の西行きの列車を待っているあいだに、支社に電話をかけた。おやじ《オールドマン》は不在だった。事務員のひとりに話を告げ、できるだけ早くおやじに伝えるよう命じた。

サンフランシスコへ戻ると、支社に全員が集まっていた。アルフレッド・バンブロックのピンク色が加わった灰色の顔は灰色一色よりも死者の色合いに見えた。彼の年老いた顧問弁護士はピンク色と白髪。パット・レディは両足を別の椅子に乗せ、長々と体を尻に乗せていた。そしておやじは金縁の眼鏡の奥の柔和な目におだやかな笑みを浮かべている。五十年間の探偵稼業が、どんな事件であろうと私情を示さなくさせてしまったという事実を隠す笑みだった。

私が部屋に入ったとき、誰も言葉を発しなかった。言うべきことをできるだけ簡潔に報告した。

「すると別の女というのは――ルースを殺した女は……？」

バンブロックは質問を途切らせた。返事をするものはいなかった。

「なにがあったのかはわかっていません」しばらく間を置いて私は言った。「あなたの娘さんと、正体不明の何者かがあそこへ行ったのでしょう。そこへ連れて行かれる前に娘さんは亡くなられていたのかもしれません。たぶん彼女は……」

「じゃ、マイラは！」バンブロックは指を一本内側につっこんで襟カラーを引っぱった。「マイラはどこだ？」

その質問にはこたえられなかった。誰もこたえられなかった。

「いますぐノブ・ヴァレーへ向かわれますか？」私は彼に訊いた。

「ああ、ただちに。一緒に行ってくれるか？」

一緒に行けないことを悪いとは思わなかった。「行けません。こっちでやらねばならないことがいくつかあります。署長あての手紙をさしあげます。イタリア人が見つけた娘さんの写真の切れはしを慎重に吟味してください——見おぼえのある写真かどうかを」

バンブロックと老弁護士は部屋を去った。

6

パットは葉巻らしきシロモノに火をつけた。

「車を発見した」おやじが言った。

「どこで?」

「サクラメントだ。金曜日遅くか土曜日早朝に修理工場に置き去りにされていた。フォーリーが調査に向かった。パットが新しい情報をつかんだ」

パットは煙の向こうでうなずいた。

「けさ、ある質屋がやって来た」パットは言った。「先週、マイラ・バンブロックが別の若い女と一緒に彼の店に現われ、いろんな品物を質に入れたそうだ。ふたりは偽名を使ったが、一方の女はまちがいなくマイラ・バンブロックだったと質屋のおやじは言っている。新聞に載っていた写真の女だと気づいたんだ。一緒にいた女はルースではなかった。小柄なブロンドだったらしい」

「コーレル夫人か?」

「かもな。質屋《シャーク》は確信がなかったが、おれはそうだと思う。宝石のいくつかはマイラとルースのものだったが、ほかにも出所がわからない宝石がある。コーレル夫人のものとは断定できていないが、いずれ確かめるつもりだ」

「いつのことだ?」

「ふたりは出かける前の月曜日に品物を質屋に持って行った」

「コーレルに会ったのか?」

「ああ。彼とはたっぷりと話をしたが、役に立たない返事ばかりだった。夫人の宝石のどれかが失くなっているかどうか知らないし、気にもかけていないそうだ。宝石は夫人のものだし、それをどう処分しようと夫人の勝手だと言っている。だが本心はちがうようだった。メイドのひとりからもう少しましな話を聞きだした。彼女が言うには、コーレル夫人のきれいな石のいくつかが、先週消えてしまったそうだ。夫人は友だちに貸したと言ったらしい。質屋の手元にある品物をあす持っていって、メイドが確認できるかどうか試してみよう。ほかにはコーレル夫人が金曜日にしばらくのあいだ〝消えた〟ことぐらいしかメイドから聞きだせなかった。バンブロックの娘たちが消息を絶った日だ」

「〝消えた〟というのはどういうことだ?」私はたずねた。

「昼前に家を出て、午前三時頃まで帰ってこなかった。そのことで夫と口論になったが、どこに行っていたかは教えなかったらしい」

おもしろい情報だ。なにか意味があるにちがいない。

「それから」パットが先をつづけた。「コーレルがいまごろになって思い出したんだが、彼の妻には、一九〇二年にピッツバーグで発狂した叔父がいたそうだ。彼女は自分もいつか気が狂うのではないのかという病的な恐怖心をいだいていた。発狂しそうだと思ったら自殺してしまうとよく口にしていたらしい。こんなことをいまごろ思い出すなんて都合がよすぎるんじゃないか？　彼女の死についてつじつまを合わせようとしている」

「そのとおりだ」私は同意した。「だからといってどうにもなりはしない。彼がなにかを隠していることの証明にもならない。おれの推測では……」

「あんたの推測など聞きたくもない」パットはそう言って立ちあがり、帽子の位置を直した。「あんたの推測ってやつは耳ざわりなだけだ。おれは家に帰って、夕飯を食い、聖書を読んで床に就くことにしよう」

そのとおりにしたのだろう。いずれにしろ、彼は部屋から出て行った。

私たちにしたところで、それからの三日間はベッドで暮していても同じことだった。無駄足ばかり踏みつづけた。どこを訪ねても、誰に質問しても、収穫はゼロ。袋小路からぬけられなかった。

サクラメントでロコモービルを放置したのはマイラ・バンブロック自身だということが判明したが、そのあとどこへ行ったのかは皆目見当がつかなかった。質屋に入れられた宝石のいくつかがコーレル夫人のものだということもわかった。ロコモービルはサクラメントから運ばれてきた。コーレル夫人は埋葬された。ルース・バンブロックも埋葬された。新聞は別の謎の事件をいくつも見つけだした。レディと私は事件を掘りつづけたが、出てきたのは土くれだけだった。

次の月曜日、ほぼ万策尽きかけていた。北米中にしつこくばらまいた手配書からなにかが生じることだけを坐して待つ以外にやるべきことはなかった。レディはすでに本件の捜査からはずされ、別件の新しい獲物の跡を追いかけていた。見張りつづけるべき影があるかぎり、目をはなさないでほしいというバンブロックの願いだけに支えられて、私はあきらめなかった。だが月曜日が限界だった。

完全にお手上げだと告げにバンブロックのオフィスへ行く前に、私はパット・レディと事件のことをもう一度蒸しかえそうと本署に立ち寄った。パットはデスクにおおいかぶさってなにか別件の報告書を書いていた。

「やあ！」報告書をわきに押しやり、葉巻の灰で汚しながら、彼は私を出迎えた。「バンブロックの一件はどんな具合だ？」

「なんの進展もない」私は認めた。「いろんなことが山のようにわかっているのに、袋小路につき当るなんてことはあり得ない。見つけさえすればいい、こたえはそこにあるはずだ。バンブロックとコーレルの災厄の前に金が入用だったこと、姉妹のことをたずねた直後にコーレル夫人が自殺したこと、死ぬ前になにかを燃したこと、ルース・バンブロックの死の直前か直後になにかが燃やされたこと」

「問題は」パットがほのめかした。「あんたがそれほど優秀な探偵じゃないってことだ」

「かもしれない」

侮辱されたあと一、二分のあいだ私たちは黙って煙草と葉巻を喫いつづけた。

「わかってるだろうが」やがてパットが言った。「バンブロックの娘たちの死と失踪には関連があるにちがいない。コーレル夫人の死とは必ずしも関連があるとはかぎらないがね」

「そうかもしれない。だが、バンブロックの娘たちの死と失踪には必ず関連があるはずだ。それに、こういうことが起こる以前に質屋の一件で、バンブロックの娘たちとコーレル夫人の動きが重なっている。そこに関連があるとすれば……」私はしゃべるのをやめた。どれもこれもたんなる憶測にすぎない。

「どうかしたのか？」パットが訊いた。「ガムでも飲みこんだのか？」

「いいから聞け！」頭に血がのぼりかけた。「一緒に質草を入れた三人の女性になにが起きたか、おれたちは知っている。似通った経験をしている女たちを関連づけられたら……この一年のあいだに自殺をしたか、殺されたか、失踪したサンフランシスコ中の女や娘たちの名前と住所をぜんぶ調べあげてくれないか」

「大がかりな背景があるというのか？」

「関連性を絞りこめばこむほど、いろんな手が打てるようになる。ぜんぶがぜんぶ無駄弾に終わるはずがない。リストづくりを始めよう、パット！」

リストをつくるために午後いっぱいと夜のほとんどを費やした。リストの厖大さは商工会議所を当惑させるにちがいなかった。まさに電話帳並みだった。一年のあいだに、ひとつの街ではいろいろなことが起きる。行方不明になった妻や娘たちのセクションが最も大きかった。自殺者がその次で、最小セクションの殺人の数も半端なものではなかった。

警察がすでに背景や動機をつきとめているものや私たちが当面関心をいだいていることにまったくかかわりのない案件は、調査の対象からはずした。そして残ったものをふたつに大別した。ほとんど関連がなさそうな事件と関連がありそうな事件とにふるいわけたのだが、後者でさえ、予想よりあるいは期待していたよりずっと長いリストになった。

そのリストにふくまれていたのは六件の自殺、三件の殺人、二十一件の失踪事件だった。

レディはほかの任務があったので、私がリストをポケットにおさめ、聞きこみに出かけた。

7

四日間、私はリストの名前をシラミつぶしに調べていった。リストにある女や娘たちの友人や親戚のものの跡を追い、見つけだし、調べまくった。私の質問はすべて同じ方角に向けられていた。当該女性はマイラ・バンブロック、ルース、コーレル夫人と知り合いだったか？　死か失踪前にカネが入用になっていたか？　死か失踪前になにかを破壊したことがあったか？　私のリストに載っている女性の誰かを知っていたか？

イエスという返事が三つあった。

ひとりめはシルヴィア・ヴァーニーという二十歳の娘で、十一月五日に自殺。死の一週間前に銀行口座から六百ドル引き出していた。家族のものは誰もそのカネの使い道に心当りがなかった。シルヴィア・ヴァーニーの友人で、二十五、六歳の既婚女性、エイダ・ヤングマンは十二月二日に消息を絶ち、まだ見つかっていなかった。シルヴィア・ヴァーニーは自殺する一時間前にエイダ・ヤングマンの家にいたという。

三人めの若い未亡人、ドロシー・ソードンは一月十三日の夜、銃で自殺した。亡夫が遺したカネや彼女自身が財務担当として管理していたクラブの基金の行方はまだつきとめられていなかった。自殺した日の午後、メイドが手渡した分厚い封書の行方も不明のままだった。

この三人の女性とバンブロック＝コーレル事件との関連はきわめてあいまいだった。自殺したり失踪したりした女たちの十人中九人までがやらなかったことは三人の女たちもやっていなかった。だが災厄に見舞われたのは三人ともこの数カ月以内で、いずれもコーレル夫人とバンブロック姉妹と同じような財政状態と社会的地位にあった。

リストにはほかに新しい手がかりは見つからなかったので、三人の女性の調査に戻った。

バンブロック姉妹の友人六十二人の名前と住所がわかっていた。集中して調査を開始した三人の女性についても、これと同じ人名カタログをつくることにした。厄介な仕事をぜんぶひとりでやる必要はなかった。当面仕事のないオプが運よくオフィスに二、三人いた。

手がかりが浮かんだ。

ソードン夫人はレイモンド・エルウッドを知っていた。シルヴィア・ヴァーニーもレイモンド・エルウッドと知り合いだった。ヤングマン夫人が彼を知っていた形跡は見あたらなかったが、可能性はあった。彼女はシルヴィア・ヴァーニーときわめて親しかったからだ。

このレイモンド・エルウッドという男とはバンブロック姉妹との関連ですでに私は会っていたが、そのときはとくに注目するようなことはなかった。リストにかなりの数が載っている、艶光りした髪をした若い伊達男のひとりぐらいにしかみなさなかったからだ。

強い関心をいだいてこの男にふたたび目を向けてみた。手ごたえは充分だった。

前にも言ったように、この男はモントゴメリー通りで不動産業のオフィスを構えていた。だが、たったひとりの依頼人も見つからなかった。依頼人がいた形跡さえなかった。サンセット地区にアパートメントを持ち、そこにひとりで住んでいる。この街での身辺の記録は十カ月前までしかたどれなかった。その記録が正確にいつから始まったのかもつきとめられなかった。サンフランシスコには明らかに親類縁者はいない。いくつかの上流社会のクラブに所属。〝東部に有力なコネがある〟と噂されている。

ごく最近彼と会っていたので、私はエルウッドの尾行には不適だった。ディック・フォーリーがその任に就いた。ディックが尾行を開始した最初の三日間、エルウッドはほとんどオフィスに足を向けなかった。金融街にもめったに行かず、高級クラブに出かけ、ダンスをしたりお茶を飲んだりして過ごした。そして毎日、テレグラフ・ヒルにある一軒の家を訪問した。

ディックが尾行を始めた最初の日の午後、エルウッドはバーリンゲイムから来た長身の美人と一緒にテレグラフ・ヒルの家に行った。二日めは夕刻に、ブロードウェイにある家から出てきたぽっちゃりした若い女と一緒だった。三日めの夜は、彼と同じアパートメントに住んでいるらしい若い娘を同伴した。

エルウッドと彼の連れの女性はテレグラフ・ヒルの家でたいてい三、四時間を過ごした。見張っているディックの前で、明らかに上流階級人種と思しきほかの連中もその家に出入りしていた。

一見するために私もテレグラフ・ヒルを登った。広い屋敷だった――玉子の黄身色に塗られた大きな木造の建物だ。丘陵の肩口にあやうくつかまるようにして建っている。その肩口は岩が切り出された跡の急傾斜にあった。その家ははるか下方の建物の屋根めがけてスキーの滑降を始めかねない格好をしていた。

隣家は見当らない。通りから建物までは木立ちと高い茂みに遮断されていた。

丘陵のこの一帯を綿密に調べた。黄色い家から射程距離内にあるすべての家を訪ねてまわった。その家のことを知っているものはひとりもいなかった。住んでいる人のことも同じだった。

テレグラフ・ヒルの住人たちは物見高い人種ではない——それぞれがそれなりになにか隠し立てせねばならないことを持っているからだろう。

収穫もなしに丘を登り降りしているうちにやっと黄色い家の所有者の素姓が判明した。ウェストコースト信託の管理下にある遺産相続人が所有していたのだ。

信託会社を調査した結果、いくつかの満足のいくこたえが見つかった。その家は、T・F・マックスウェルという名前の依頼人の代理人としてレイモンド・エルウッドが八カ月前にリース契約を結んだ物件だった。

マックスウェルという人物は見つからなかった。マックスウェルを知っているものも見つからなかった。マックスウェルが名義上の存在にすぎないという確たる証拠も見つからなかった。

オプのひとりが丘の上の黄色い家を訪ねて三十分間呼鈴を鳴らしつづけたが、返答はなかった。この段階で騒ぎを起こしたくなかったので、その試みは二度と繰り返さなかった。

私は家探しのためにもう一度丘を登った。黄色い家に充分に近接している建物は見つからなかったが、通りから黄色い家に近づく小道を見張ることのできる三間の賃貸アパートメントが見つかった。

ディックと私はそのアパートメントで寝泊りを始め——別の任務からはずれているときはパット・レディも加わった——黄色い家に通じる木立ちに隠れた小道に乗り入れる自動車を監視した。午後と夜、数台の車がやって来た。ほとんどの車に女たちが乗っていた。その家の住人と思しき人間はひとりもいなかった。エルウッドは毎日姿を現わした。ひとりでやって来ることもあったし、こっちの窓からは顔を識別できない女性を同伴して来ることもあった。

私たちは何人かの訪問客を尾行した。誰もが例外なしに経済的に恵まれた人種で、社会的に名のある人物もまじっていた。そのうちの誰とも直接会って話はしなかった。手さぐりでゲームをつづけているときは、たとえ充分に練りあげた口実を用意していても、こっちの手の内を明かすのは得策ではない。

こんな日が三日つづき、突破口が開けた。

日暮れどきのことだった。パット・レディは二日間徹夜で任務に就いていたので、丸半日ぐっすりと眠るつもりだと電話をかけてきた。ディックと私はアパートメントの部屋の窓際に坐って、黄色い家へ向かう車を監視し、こっちの窓のすぐ先の路上のアーク灯が照らしだす青白い一画を車が通過するたびに登録番号を読みとる作業をつづけた。

ひとりの女が徒歩で丘を登って来た。がっしりした体格の背の高い女だった。顔を隠すためにつけていることが明白な、黒っぽいヴェールは布地が充分に厚くなかったが、それでも顔はよく見えなかった。彼女は坂を登り、私たちのアパートメントの前を通過し、道路の反対側に向かった。

海からの夜風が眼下の食料品店の看板にきしり声をあげさせ、上方のアーク灯を揺すった。私たちの建物の影の部分を通過したとき、一陣の風が女をとらえた。オーバーコートとスカートがもつれ合った。女は風に背中を向け、帽子に片手をかけた。ヴェールが風で顔から吹きあげられた。

女の顔は写真の顔――マイラ・バンブロックの顔だった。

ディックも私も一緒に確認した。「おれたちのベイビーだ！」飛びあがって、彼は声を張りあげた。

「待つんだ」私は言った。「丘のつき当りの家にいま向かってるところだ。このまま行かせよう。彼女が中に入ったら、あとにつづく。あの家を調べる口実にしよう」

私は、電話が置いてある隣室に入り、パット・レディに電話をかけた。

「女は中に入らなかった」ディックが窓辺から声をかけてきた。「小道を通りすぎてしまった」

「あとを追え！」私は命じた。「つじつまが合わない！あの女はどうしたんだ？」怒りさえおぼえた。「中に入るはずなんだ！あとをつけろ！パットと話をしてから、おれも行く」

ディックは出て行った。

パットの妻のアルシアが電話に出た。私は名乗った。

「ベッドからパットをたたき起こして、こっちへ来させてください。私がどこにいるか、彼は知っています。急ぐよう伝えてください」

「そうします」アルシアは約束した。「どこか知らないけど、十分以内に行かせます」

外に出て道を登り、ディックとマイラ・バンブロックのあとを追った。ふたりとも目に入らなかった。黄色い家を隠している茂みを通りすぎ、左手につづく石の小道をぐるっとまわりこんで先に進んだ。まだふたりの姿は見えない。

うしろを振り向くと、ディックが私たちのアパートメントに入って行くのがちょうど目にとまった。私もそっちへ戻った。

「彼女は家の中に入った」合流すると、彼が告げた。「坂を登って行って、茂みを横切り、崖の端まで戻ってから、足から先に地下室の窓に滑りこんだ」

うまい具合に展開している。探っている相手がおかしな真似をすればするほど、厄介な仕事は結末に近づいている。

レディは、彼の妻が約束した時間より一、二分早く到着した。服のボタンをかけながらやって来たのだ。

「アルシアにいったいなにを言ったんだ?」彼はうなり声をあげた。「パジャマの上にオーバーコートを着せられ、残りの服を車に放りこまれたんで、ここに来るあいだに着替えをしなきゃならなかったんだぞ」

「あとで一緒に泣いてやる」私は彼の不満を一蹴した。「マイラ・バンブロックがいまさっき、地下室の窓からあの家に入りこんだところだ。エルウッドは一時間前から中にいる。片づけるとしよう」

パットは慎重に構えた。

「たとえそんな状況でも、捜査令状が必要だと思う」わざとぐずつかせている。

「そうだな」私も同意した。「ただし、あとから用意すればすむことだ。そのためにあんたがここにいるんだろう。コントラ・コスタ郡は彼女を捜している――殺人罪での起訴を考えているはずだ。あの家に踏みこむのに必要な口実はそれで充分だ。あくまでもめあては彼女だということにする。たまたまなにかに遭遇すればそれに越したことはないがね」

パットはヴェストのボタンをかけ終えた。「なるほど、けっこうだ！」むっつりと彼はこたえた。「好きに進めてくれ。令状なしに家宅捜索をしたかどでもしおれがつぶされたら、あんたのならずもの探偵社でおれの職を見つけるハメになるんだぞ」

「よろこんで見つけてやる」私はディックに声をかけた。「おまえは外を固めてくれ、ディック。逃げ道から目を放すな。誰もとめだてする必要はないが、もしバンブロックの娘が出てきたらぴったりと尾行しろ」

「そうくると思ってた」ディックがわめいた。「大詰めの見せ場にさしかかるたびに、いつでもおれは街角で立ちん坊という役まわりなんだからな！」

8

パット・レディと私は高い茂みに隠された小道をぬけて黄色い家の正面玄関に近づき、呼鈴を鳴らした。赤いトルコ帽、赤い縞の絹のシャツと赤い絹のジャケット、赤いズアーヴ兵風のズボンと赤い室内ばきというでたちの黒人の大男がドアを開けた。背後の暗い玄関ホールをほんの少しのぞかせて、戸口いっぱいに立ちはだかっている。

「ミスター・マックスウェルはご在宅かな？」私はたずねた。

黒人は首を横に振り、私の知らない言語でなにかこたえた。

「では、ミスター・エルウッドは？」

また首を横に振った。そして私の知らない言葉。

「じゃ、誰がいるんだ」私はくいさがった。

ちんぷんかんぷんな言葉のごった煮の中にまぎれこんでいた英語を三つ拾った。〝主人〟〝いない〟〝家〟のように聞こえた三つの単語だった。

ドアが閉まりかけた。私は足で押しかえした。

パットがバッジ《バザー》をちらつかせた。

英語はお粗末だが、黒人は警察のバッジのことは知っていたらしい。

黒人の片方の足が後方の床をどしんと踏みしめた。家の奥で耳がつぶれそうなほど大きな銅鑼《どら》の音が響いた。

黒人はドアに全身の重みをかけてきた。

ドアを押しかえしている足に重心をのせたままわきに寄り、そのまま黒人のほうに大きく体を傾けた。

腰から繰り出した拳を黒人の腹のまん中にめりこませた。

レディがドアを押したたき、ふたりとも玄関ホールに入りこんだ。

「このデブのチビめ！」まともなヴァージニア訛りで黒人はあえぎ声を洩らした。「いまのは効いたぞ！」

レディと私は黒人のそばを通りぬけ、暗闇の中でつき当りも定かではない廊下を歩いた。

階段の最下段が私の足を止めた。

二階で銃声がした。こっちを狙ったものらしい。弾は当らなかった。

二階でよく聞きとれない声——女の悲鳴、男のわめき声がして、薄れた。ドアが開いて閉まったように、声がして、また聞こえなくなった。

「ほら、上だ！」パットが私の耳元でわめいた。階段を昇った。銃を撃ったやつは見当らなかった。

階段を昇りきった正面のドアには錠がおりていた。パットの巨体がドアを押し開けた。

青っぽい光の中に出た。広い部屋で、部屋中が紫色と金色だった。ひっくり返った家具やめくれあがった敷物が散乱している。奥のドアの近くに灰色の室内ばきの片方が落ちていた。緑色の絹のガウンは部屋の中央の床に落ちていた。人の姿はなかった。

室内ばきの奥のカーテンの降りたドアに向かうパットのあとを追った。ドアには錠はかかっていなかった。パットがドアを大きく開けた。

三人の若い女と男がひとり、顔に恐怖の色をたたえて部屋の隅にうずくまっていた。マイラ・バンブロックもレイモンド・エルウッドもまじっていない。私たちが知っているものはひとりもいなかった。

男女の姿をチラッと目にとめたあと、私たちの視線は別のほうに移った。

部屋の奥の開いたドアに気をとられたのだ。

そのドアの先に別の小部屋があった。

まさに乱痴気騒ぎの渦だった。

小さな部屋中にもつれ合った人間の体が詰めこまれていた。熱に浮かされ、身もだえする生身の肉体の山だ。男と女が投げこまれた狭いじょうごさながらだった。じょうごの出口にあたる小さな窓めがけて、連中は口々にわめきながら煮えくりかえっていた。成人の男女、若者や娘たちが悲鳴をあげ、身もだえし、体をくねらせ、押しのけ合っている。丸裸のものもいた。

「あの中に飛びこんで窓をふさごう！」パットが耳元で叫んだ。

「そんな無茶な……」言いかけたが、彼はすでに大混乱の中に身を投じていた。私もあとを追った。

窓をふさぐのが狙いではなかった。愚かな試みにとりかかったパットを救出するためだった。この性的倒錯者たちの煮えたぎるような大騒動の中で勝利を収めるのは五人がかりでも無理だった。たとえ十人がかりでも窓から逃げ出させないようにはできなかったろう。

やっとそばに近づいたときには、あのデカいパットもダウン寸前だった。半裸の娘——というか少女——が彼の顔にハイヒールの尖った踵を打ちつけようとしていた。からみついた手や足が彼の体を引きはなそうとしている。

いくつもの顎や手首を拳銃の銃身で殴りながらパットを救出し、群れからひきずりだした。「マイラはいなかった!」手を貸して立たせてやり、彼の耳元でわめいた。「エルウッドもだ!」

確かではなかったが、ふたりを見かけた憶えはない。あのふたりはこの群れの中にはまじっていないのだろう。窓に向かって殺到するこの野蛮人どもは、私たちのことを気にもかけていなかった。どんな連中にせよ、この騒ぎの主謀者たちではないということだ。この連中はカモの群れだ。大物たちはここにはまぎれこんでいない。

「別の部屋を当ってみよう」私はまたわめき声をあげた。「こいつらには用はない」

パットは手の甲で傷ついた顔をこすり、笑い声をあげた。

「これ以上かかわりたくないってのは、おれも同感だ」彼は言った。

元来た道を逆戻りして、階段の上に向かった。人影はない。隣室にいた三人の娘とひとりの男の姿は消えていた。

階段の上で足を止めた。倒錯者たちが出口を求めて争っているかすかなざわめきのほかになんの物音もしなかった。

階下でドアが鋭い音を立てて閉まった。

どこからともなく人間の体が現われ、背中を殴られて踊り場に平らに落とされた。

頬に絹の感触がした。たくましい手が私ののど首を探っている。

私は手首を曲げ、拳銃が上下逆に自分の頬にくっつくようにした。轟音に耐えられることを祈って、私は引き金を引いた。

頬が焼けた。破裂しそうになった頭がうなりをあげた。

絹の感触が去った。

パットが私の体をぐいと起こしてくれた。

階段を降り始めた。

シュッ、シュッ！

なにかが顔のそばを通過し、無帽の髪の毛をかきまわした。

ガラスや磁器、壁土が無数に砕ける音が下方から私の足元を襲った。

私は頭と拳銃を同時に傾けた。

大男の黒人の赤い絹をまとった腕は上方の階段の手すりの上に長く伸びてかかったままだった。

黒人の体に二発撃ちこんだ。パットも二発。

手すりの上で黒人の体がよろめいた。

彼は両腕を振りまわしながら私たちの上に落ちてきた——死者のスワンダイヴだ。

ふたりとも黒人の体の下敷きにならないように階段を転げ降りた。

黒人が着地したとき、体の重みで家が揺れたが、そのときは彼のことは眼中になかった。私たちの注意はレイモンド・エルウッドの滑らかに艶光りした頭に向けられた。上方からの明りに照らされて、階段下部の手すりの端の親柱をまわりこむ顔がほんの一瞬目にとまった。チラッと闇に浮かんで消えた。

私より手すりに近い位置にいたパット・レディは眼下の暗闇めがけて手すり越えの片手跳躍を試みた。

私は残りの階段をふた跳びで降り、親柱に手をかけてぐいっとまわりこみ、きゅうにうるさい音が響きだした暗い廊下に突進した。

見えなかった壁が私に強くぶつかった。反対側の壁に跳ねかえされた私は、廊下の暗さに比べると日中の明るさのような、カーテンのおりた灰色の部屋に転がりこんだ。

9

パット・レディは片手を椅子の背にかけ、下腹をもう一方の手で押さえながら立っていた。血まみれの顔はネズミ色だった。目はガラス玉で苦痛の色をたたえている。手ひどく蹴られたような表情を浮かべていた。

彼はニヤリと笑おうとしたが、うまくいかず、家の裏手のほうを顎で示した。私は奥に向かった。

　狭い通路でレイモンド・エルウッドを見つけた。

　彼はむせび泣きながら、錠のおりたドアを狂ったように引っ張っていた。途方もない恐怖の色を示してこわばった顔は蒼白だった。

　私は彼との距離を目で測った。

　躍りかかったとき、相手が振り向いた。

　振りおろした銃身に渾身の力をこめた。

　一トンもの肉と骨のかたまりが私の背中を砕く勢いで襲ってきた。

　反対側の壁にぶち当り、息もできず、目がくらみ、吐気をおぼえた。怪物のような黒人の一連隊が駐屯しているのだろうか——それとも同じ怪物と何度も何度も出会っているのか。

　こんどの相手は私に考えるゆとりを与えてくれなかった。

　とてつもなく大きく、強靭だ。手心を加える気は毛頭ないらしい。

　拳銃を握った私の手は体のわきにそって平べったく垂れさがっていた。黒人の片方の足を撃とうとした。はずした。もう一度やってみた。相手は両足を動かした。半ば向き合ったまま、私は身をくねらせて逃げまわった。

　エルウッドの体が私の体の片側に乗りかかってきた。

　黒人は私の体を後方に押し曲げ、背骨をアコーディオンのように折りたたんだ。

必死に両膝をつっぱろうとしてみた。耐えられないほどの重みが体にかかっている。膝がガクンと折れ、体がうしろに反り返った。

戸口で体を揺すっているパット・レディの姿が、黒人の肩越しに天使ゲイブリエルのように光り輝いた。

パットの顔は苦痛に満ちた灰色をしていたが、目は澄んでいた。右手は拳銃をつかんでいた。左手が尻のポケットから革の棍棒を引きぬいた。

彼は髪の毛を剃った黒人の頭部にブラックジャックを振りおろした。

黒人は頭を振りながら、ぐるりとまわって私からはなれた。

黒人が接近する前にパットはもう一度殴った——こんどは顔面だったが、相手はたじろがなかった。

自由になった手をひねって拳銃を持ち直し、エルウッドの胸部をきれいな一発でえぐった。彼の体は私の体をつたって床に落ちた。

黒人はパットを壁に追いつめ、思いっきり痛めつけている。赤くて広い背中が標的だった。だがすでに六発中五発は撃ちつくしていた。予備の弾がポケットにあったが、装填には時間がかかる。

エルウッドの弱々しくからみつく手からぬけだし、銃身で黒人を殴る仕事にとりかかった。頭部と首のつなぎめは脂肪のかたまりだった。三度殴ると、黒人はパットもろとも倒れこんだ。

黒人の体をわきに転がした。ブロンドの刑事が――いまはもうブロンドとはいえない――立ちあがった。

狭い通路の奥の開いたドアの向こうは人のいないキッチンだった。

パットと私はエルウッドが開けようとしていたドアに戻った。念入りな建てつけで、締まりも頑丈だった。

ふたりがかりで全身の体重――合計三百七、八十ポンド――をかけ、ドアにぶつかった。ドアは揺れたが、持ちこたえた。もう一度体をぶつけた。木の板は割れなかった。

もう一度やった。

ドアはすっ飛んだ。ふたりそろって、雪ダルマのように階段を転げ落ち、セメントの床で止まった。

先に意識をとり戻したのはパットだった。

「まだ曲芸師をやってるのか」彼は言った。「おれの首からはなれろ！」

私は立ちあがった。彼も立ちあがった。地下室の床に墜落して立ちあがるまでに深夜をまわりこんでいたらしい。

肩の近くに明りのスイッチがあった。明りをつけた。

こっちも同じ姿なら、私たちはみごとな悪夢の同伴者だった。彼は汚れた生肉のかたまりだ。こっちも同じだが、体を隠す布地はほんのわずかしか残っていない。

こんな格好は気に入らなかったので、私たちが立っている地下室を見まわした。奥には煖炉と石炭箱と薪の束があった。正面は廊下で二階と同じつくりのいくつかの部屋に通じていた。最初のドアには錠がおりていた。だがさほど頑強ではない。押し開けると、中は写真家の暗室だった。

ふたつめのドアには鍵がかかっていなかった。化学実験室のような部屋で、蒸留用レトルト、試験管、バーナー、小型の蒸留器が目に入った。部屋の中央には小さな丸い鉄製ストーヴが据えられている。人の気配はなかった。

廊下に戻り、あまり楽しくない気分で三つめのドアに向かった。この地下室は空っぽの金庫そっくりだ。ここで時間の無駄づかいをやっている。上にいるべきだったのだ。ドアを試してみた。

揺るぎもしなかった。

小手調べにふたりがかりでぶつかってみた。ぴくりともしない。

「ちょっと待て」

パットは薪の山に戻って斧を持って来た。

彼が斧をドアに打ちおろすと、木のかたまりが飛び散った。ドアにできた穴の中で銀色の光の点がきらめいた。ドアには鉄かスチールの裏張りがしてあった。

パットは斧をおろし、斧の柄で体を支えた。

「お次の処方箋はあんたにまかせる」彼は言った。

いい案が浮かばなかったのでかわりに提案した。「おれはここに残る。おまえは上に行って、仲間のおまわりが到着したか様子を見てこい。ここは神に見捨てられた穴のような場所だが、誰かが気づいて通報したかもしれない。この部屋に入る方法が見つからないか探してくれ——窓はどうかな——それともこのドアを打ち破るだけの人手を集めるか」

パットは向きをかえて階段に戻りかけた。

音がして、彼は足をとめた。鉄の裏張りをしたドアの向こう側からボルトの鳴る音が聞こえた。

パットはひと飛びして、ドアの反対側に移った。私は一歩後ずさった。

ドアがゆっくりと向こう側に開いた。遅すぎる動きだった。

私はドアを蹴り開けた。

蹴りながらパットと私は部屋に踏みこんだ。

パットの肩が中にいた女にぶつかった。相手が倒れこむ前になんとか抱きとめた。

パットは彼女の拳銃をとりあげた。私は女を立たせた。

女の顔は無表情な青白い正方形だった。

マイラ・バンブロックだ。だが、写真やプロフィールにあった男っぽさはまったく失われていた。

マイラの体を片腕で支え——彼女の腕を効かなくさせるためもあった——部屋の中を見まわした。壁が茶色い金属張りの小さな立方体の部屋だった。床には奇妙な小男の死体が横たわっていた。

体にぴったりと張りつくビロードと絹を身につけた小男だった。黒いビロードはブラウスと半ズボン、黒い絹は靴下とキャップ、はいているのは黒い人工皮革のパンプスだった。顔は小さく、年老いて骨ばっているが、皺ひとつなく、石のように滑らかだった。

穴がひとつブラウスに開いていた。顎のすぐ下の高い襟首の近くだ。そこからゆっくりと血が流れ出ている。しばらく前に、もっと速いスピードで流れ出た血が、男の体のまわりの床をおおっていた。

男の後方にある金庫が開いていた。その金庫の前の床に書類が散らばっている。書類の山を吐きださせようと、金庫を傾けたのだろう。

女が私の腕の中でもがいた。

「この男を殺したのか?」私は訊いた。

「ええ」一ヤードしか離れていないのに聞きとれないほどかぼそい声だ。

「なぜ?」

くたびれたように首を振って目にかかった茶色の短髪をはらった。

「理由なんかどうでもいいでしょう」女が聞き返した。「わたしが殺したのよ」

「理由が問題になることもある」かかえていた腕を放して話しかけ、ドアを閉めに向かった。閉め切った部屋の中のほうが話しやすいものだ。「私はたまたまきみの父親に雇われている身だ。ミスター・レディは刑事。もちろんふたりともどんな法律破りもできないが、くわしく話してくれたら、きみを助けられるかもしれない」

「わたしの父に雇われてるの？」彼女は質問した。

「そうだ。きみと妹さんが失踪したとき、きみのお父さんは私を捜査に就かせた。私たちはきみの妹さんを発見して……」

顔と目と声に生気が甦った。

「わたしはルースを殺さなかった！」彼女は声を張りあげた。「新聞は嘘を書いたのよ！　わたしは殺してない。あの子がリヴォルヴァーを持っていたことを知らなかった。知らなかったのよ！　わたしたちはいろんなことから身を隠そうとしてたの。いろんなものを燃すために森の中で車をとめた。そのとき初めてあの子が銃を持ってることに気がついた。はじめは自殺を話し合ったんだけど、わたしは思いとどまらせようと説得したわ――うまくいったと思っていた。あの子から銃を奪いとろうとしたけど、できなかった。わたしが銃をとろうとしたとき、あの子は自分を撃ったの。とめようとしたわ。わたしはあの子を殺してない！」

いくらか筋道立っている。

「それから？」私は先をうながした。

「それから、サクラメントへ行って車を放置し、サンフランシスコへ戻ってきた。ルースは、レイモンド・エルウッドに手紙を一通書いたと言っていたわ。自殺すべきじゃないと最初に説得する前にあの子が打ち明けたの。わたしはレイモンドから手紙をとり戻そうとした。その手紙の中であの子は自殺をほのめかしていた。手紙をとり戻したかったんだけど、レイモンドはこのヘイダーにやってしまったと言った。

それで、それをとり返すために、今夜ここに来たの。うまく見つけだしたとき、二階がさわがしくなった。そしてヘイダーがやって来て、わたしを見つけた。彼はドアにボルトをかけて……わたしは金庫の中にあったリヴォルヴァーで彼を撃った。なにか言いかけて振り向いたときに撃ったの。こうなることは初めから決まっていたのよ。でなければ、こんなことできるはずがなかったわ」

「おどされたり、襲われたりしたのではないのに彼を撃ったというのか？」パットが訊いた。

「ええ。彼がこわかった。彼にしゃべられるのがこわかったの。憎んでたわ！　止めようがなかった。こうなるしか道はなかった。もし彼に話をする機会があったら、わたしは撃てなかった。彼が撃たせなかったはずよ」

「このヘイダーという男は何者なんだ？」私はたずねた。

マイラはパットと私から目をそらし、壁と天井と床に横たわる奇妙な小男からも目をそらした。

10

「彼は……」のどに湿りをくれ、自分の足をじっと見おろしたままマイラは先をつづけた。「レイモンド・エルウッドがわたしと妹を初めてここに連れて来たの。おもしろいところだと思った。ところがヘイダーは悪魔だった。彼に何かを言われると、頭からそれを信じてしまうの。どうしようもなかったわ。いろんなことを告げられて、それをぜんぶ信じてしまうの。麻薬を盛られていたのかもしれない。いつも生ぬるい青い色をしたワインが用意されていたわ。そこに麻薬が入っていたのかもしれない。そうでなかったら、わたしたち、こんなことはできなかった。誰もできないはずよ——ヘイダーは自分のことを司祭と呼んでいた——アルゾアの司祭だと。彼は肉体からの魂の離脱を説いていたわ……」

マイラの言葉がかすれて途切れた。彼女は身ぶるいした。

「おそろしかった!」パットと私が黙っていると、彼女は先をつづけた。「でも、彼の言うことを信じてしまうの。それがすべてよ。理解するまでは絶対に理解できない。彼が言っていたことはほんとうはそのとおりではなかったかもしれない。でも、彼がほんとうだと言えば、みんな、ほんとうだと信じてしまう。あるいは、よくわからないけど、信じているふりをしただけかもしれない。頭がおかしくなっていたし、血管の中に麻薬が流れていたからよ。わたしたちはここに何度も何度も戻って来た。何週間も、何カ月も。そしてとうとう、当然訪れた自己嫌悪がわたしたちをここから遠ざけてくれた。

ここに来るのをやめたの。ルースとわたしは——そしてアーマ・コーレルも。その時点でわたしたちは彼の正体を知った。彼はおカネを要求した——わたしたちが彼の秘密結社を信じていた——信じているふりをしていたときに与えたよりずっと多額のおカネだった。要求額はとても払えなかった。そして払う気もないと告げたんです。すると彼は、わたしたちに——わたしたちの写真を送りつけてきました。ここで過ごしていたあいだに写された写真です。どんな写真かなんて……とても……口では説明できません。でも、つくりものではなかったんです！　自分たちのありのままの姿だということはわかっていました。わたしたちになにができたでしょう？　おカネを払わなければ、写真のコピーを父親や友人たち、わたしたちを知っている誰かれおかまいなしに送りつけると言われました。

要求額を払う以外になにができたでしょうか。なんとかしておカネを工面しました。おカネを払いつづけました。とうとう、手に入れる方法が尽きてしまいました。どうしたらいいのか途方に暮れたんです！　打つべき手はなにもなかった——ルースとアーマは死んでしまいたいと言いだしました。わたしも自殺を考えた。でもルースには思いとどまるよう説得したんです。一緒に逃げようと言いました。妹を連れて、安全なところへ逃げるつもりだった。ところが、こんなことになってしまった！」

マイラは口を休め、自分の足を見つめつづけた。

床に横たわっている黒いキャップと衣裳の薄気味悪い小男の死体にもう一度目をやった。のどからもう血は流れ出ていなかった。

さまざまな断片を一枚の絵におさめるのはさほど難しくなかった。なんらかの秘密宗教の司祭を自称し、宗教儀式を装った性的狂宴をおぜん立てしたのが、ここに死んでいるヘイダー。その相棒で、彼に良家の女たちとカネを運んで来たのがエルウッド。隠しカメラで撮影できるような照明装置が用意されていた秘密の部屋。結社に忠誠を示しているあいだ邪教の信徒たちから寄せられた寄進。そのあとに、隠しカメラで写した写真をネタにしくまれた恐喝。

私はヘイダーからパット・レディに視線を移した。彼は死んだ男をしかめっ面をしてにらんでいた。部屋の外から物音は聞こえてこない。

「妹さんがエルウッドにあてた手紙を手に入れたんだね？」私はマイラに訊いた。

胸元に隠したくしゃくしゃの紙に手がさっと伸びた。

「ええ」

「自殺するつもりだとはっきり書かれているのか？」

「そうです」

「これで彼女の容疑についてはコントラ・コスタ郡の役所と話をつけられるはずだ」私はパットに言った。

彼は傷だらけの頭でうなずいた。

「話はつく」彼は同意を示した。「たとえその手紙がなくても、殺人の罪を証拠づけるのは難しいだろう。その手紙があれば、起訴に持ちこまれることさえないかもしれない。それは大いにあてにできる。そしてもうひとつ、ここでの銃撃についてもたいした取り沙汰はないだろう。この子は無罪放免になり、おまけに感謝までされることになるんだろうな」

マイラはパットに顔を殴られたかのようにたじろぎ、あとずさりした。

いまは、彼女の父親に雇われた人間として振舞うべきときだ。彼女の立場に立って事態を考えてみた。

煙草に火をつけ、血と汚れにまみれたパットのほんとうの顔をじっと見つめた。彼は公正な男だ。

「いいか、パット」甘言を弄しているのではないという声音で、私は彼をだましにかかった。「ミス・バンブロックは、あんたが言うように法廷に立ち、無罪放免になり、感謝までされるだろう。だがそれをやるには、知っていることを洗いざらいしゃべらねばならない。あらゆる証拠を提出せねばならない。ヘイダーが撮影したこの写真——ほかにも見つかるだろう写真の山を証拠にしなければならなくなる。

この写真のためだけに命を絶った女たちがいたんだ、パット。おれたちは少なくともそのうちのふたりを知っている。ミス・バンブロックが法廷に立つことになれば、ほかにどれだけいるかわからない数の女性たちの写真を人目にさらさざるを得なくなる。少なくともふたりの女性がそこから逃れるために自殺を選んだ窮地にミス・バンブロックを――そしてあと何人いるかもわからない女や娘たちを法廷に立たせる大宣伝をやらねばならなくなるんだ」

パットは渋い顔をして私を見つめ、汚れた顎の先をもっと汚れた親指でこすった。

私は深く息をつき、芝居をつづけた。「パット、あんたとおれは、ここまであとをつけて来たレイモンド・エルウッドを訊問するためにこの家に来たんだ。先月、セントルイスの銀行を襲撃した連中との関係を疑っていたということにしてもいい。あるいは先々週デンヴァーの近くであった郵便列車襲撃事件で奪われたものの処分にかかわっていたと疑っていたことにしてもいい。とにかくおれたちは彼のあとを追っていた。出所不明の大金を持ち、実際には営んでいない不動産業のオフィスを構えていたこともわかっていた。

いま言った事件のひとつとの関連で、彼を訊問するためにおれたちはここへ来た。おれたちがデカだと気づいたとき、二階の黒人ふたりが襲ってきた。それが騒ぎのきっかけだった。この秘密宗教結社のいんちき商売はたまたまおれたちが遭遇しただけで、とりたてて気を惹かれることじゃなかった。どうやら、おれたちが訊問しようとしていた男との友好関係のために連中は襲いかかってきたものらしい。ヘイダーもそのひとりだった。あんたともみ合いになり、あんたは彼の拳銃で射殺した。その拳銃というのは、もちろん、ミス・バンブロックが金庫で見つけたやつのことだ」

パット・レディは私のおぜん立てがまったく気に入らないようだった。私を見つめる目にはまぎれもなく不快な色が浮かんでいる。

「頭がおかしいのか」彼は私をなじった。「そんな手を使って誰がよろこぶ？　そんなことをしても、ミス・バンブロックを表から消すことはできない。確かにここにいるんだ、そうだろう？　となれば残りのこともぜんぶ数珠つなぎに明るみに出てしまう」

「ちがうんだ。ミス・バンブロックはここにいなかったことにする」私はくわしく言ってきかせた。「上はいま警官でいっぱいだろう。あるいはまだかもしれない。どっちにしろ、あんたはミス・バンブロックをここから外に連れだして、ディック・フォーリーに預けてくれ。彼が娘を家に送る。彼女はここでのパーティとはなんの関係もなかった。あす彼女は、父親の弁護士とおれも同道して、マルティネスへ赴き、コントラ・コスタ郡の検事と話をつける。ルースがどうやって自殺にいたったかを説明する。二階でくたばっているはずのエルウッドと、バンブロックの娘たちやコーレル夫人を知っていたエルウッドをたまたま結びつける人間が現われてもあわてることはない。法廷に立つことさえなければ――コントラ・コスタの連中には、マイラを妹殺しで起訴することは難しいと納得させるつもりだ――新聞に出ないようにもできるし、いろんな厄介ごとからも逃れられる」

パットは親指を顎の先にあてたままぐずぐずしていた。

「いいか」私はせっついた。「ミス・バンブロックのためばかりじゃないんだ。死んだふたりの女と、生きている数えきれない女たちがいる。自分勝手にヘイダーとかかわったのは確かだが、そのために人間として生きるのをやめさせるわけにはいかない」

　パットはかたくなに首を左右に振った。

「ごめんよ」私はお手上げだというつくりものの口ぶりで娘に話しかけた。「できるかぎりのことはやってみた。だがここにいるレディさんにはとても無理な注文をつけてしまった。こんな大それたことをやるのをためらったからといって、責めるつもりはない……」

　パットはアイルランド気質の男だった。「そんなに早くあきらめて飛んで行くな」彼はピシリと私のおためごかしの台詞を中断させた。「だけど、なぜおれが、このヘイダーを撃つハメになったんだ。なぜあんたじゃいけない？」

　うまくいった！

「なぜなら」私は説明した。「あんたは刑事だが、こっちはちがうからだ。誠実で、バッジをつけた、治安を守る刑事に撃たれたとするほうがずっとまちがいが少ない。おれは二階の連中をあらかた始末した。あんたもここにいたことを証明するなにかをすべきだろう」

　いまのは半分しか真実ではなかった。私の考えでは、もしパットがヘイダー殺しを認めたら、なにが起ころうと、あとになってかんたんに逃げだすことができなくなる。パットは公正な男だ。どんなことがあっても私は彼を信じられる――だが、がんじがらめにしておけば相手を信じるのはもっとたやすくなる。

　パットはブツブツ言いながら首を横に振ったが、「墓穴を掘ってるのはまちがいなさそうだ」

とうなり声をあげ、「よし、やってやる。これっきりだぞ」と言った。

「おみごと！」私は娘の帽子を、それが落ちていた床の隅から拾いあげようと足を踏みだした。

「あんたがこの子をディックに預けて戻って来るまで、ここで待とう」私は娘に帽子と指示を同時に与えた。「レディさんがきみに会わせてくれる男と一緒に家に帰りなさい。私が姿を見せるまで家から出ないように。できるだけ早く行くようにする。私にそう言われたということ以外、誰にもなにもしゃべらないこと。お父さんにもだ。どこできみを見つけたかも教えてはいけないと言われた、と言いなさい。わかったね」

「はい。わたし……」

お礼のことばはあとで思いだすと楽しいが、やらねばならないことがあるときは時間の無駄にすぎない。

「さあ、行け、パット！」

ふたりは出て行った。

11

死者とふたりっきりになるとただちに私は相手の体をひとまたぎして金庫の前に膝をつき、写真を探すために手紙や書類をわきに押しやった。写真はすぐには目に入らなかった。金庫内の仕切りのひとつに鍵がかかっていた。

私は死人の体をさぐった。鍵はなかった。鍵のかかった仕切りは手強かった。しかも私は西部の腕ききの金庫破りでもない。こじあけるのにしばらく手間どった。

探していたものは中にあった。写真のネガフィルムの厚い束だ。プリントもごっそりと出てきた――五十枚はありそうだ。

バンブロック姉妹の写真を探しながらぜんぶに目を通した。パットが戻って来る前にポケットに隠してしまいたかった。どれくらい時間のゆとりがもらえるのかわからない。

運にも恵まれなかった――仕切りをこじあけるのにも手間どってしまった。写真の山から六枚めのプリントに目がとまる前に彼は戻って来た。その六枚目というのが、最悪の一枚だった。

「さあ、終わったぞ」部屋に入って来たパットがうなり声をあげた。「ディックに渡してきた。エルウッドは死んでいた。おれが二階で見た黒人たちのひとりもだ。ほかの連中はみんな逃げたらしい。警官はまだ姿を見せていない――警官隊の出動を要請した」

片手のネガフィルムの束、もう一方の手にプリントを持って、私は立ちあがった。

「それはなんだ?」パットが訊いた。

もう一度彼にはたらきかけた。「写真だ。いま、たいへんな借りができたばかりなのに、またなにか頼もうなんてあつかましいことを言うつもりはないんだがね、パット。あんたの目の前になにかを並べるところなんだ。ぜんぶ隠さずに見せるから、好きなようにしてくれ」

私は写真を振って先をつづけた。「これはヘイダーの飯の種だ――彼が集めていた――もっと集めつづけようとしていた写真だ。人間が写っているんだ、パット。ほとんどが女と娘たちだ。思わず目をそむけるような写真もまじっている。

大騒ぎのあとでこの家から写真の山が見つかったとあすの新聞が書き立てたら、次の日の新聞には自殺者の長いリストが載るだろう。失踪者リストはもっと長くなりそうだ。だがもし新聞が写真の中身についてなにも書かなければ、リストはずっと短くなるにちがいない。たいした数にはなるまい。写真がここにある人たちの何人かは、そのことを知っているはずだ。警察がそれを探しに来るのではないかとおそれている。この写真についてこれまでにわかったことは、それから逃れようとふたりの女性が自殺をしたことだ。この写真の山はたくさんの人たちに揺さぶりをかけられるシロモノなんだ、パット。それにたくさんの家族のものたちにもだ。新聞がどっちの道を選ぶとしても。

だがいいか、パット、もし新聞が、ヘイダーはあんたに撃たれるまえに写真と書類の山をすべて、識別不能になるまで焼却しつくしたと書いたらどうなる？　そうなればたぶんこれ以上自殺騒ぎは起きないだろう。この数カ月間に起きた失踪騒ぎも自然と解決するんじゃないか？　さ、これをどうする、パット。決めるのはあんただ」

いま思い返すと、そのとき私は生涯で最も雄弁だったように思う。

だがパットから拍手はもらえなかった。

彼は私に悪態をついた。こっぴどく、徹底的に罵られた。小さな戦いでまた私が勝ち点を得たことを思い知らされた悔しさもこめられていた。肉と骨からできているのだから打ちのめされることもある、どんな人間からもいまだかつて浴びせられたことのない悪罵のかぎりを彼は私に投げつけた。

パットがぜんぶ言い終えると、私たちは金庫で見つけた書類や写真や小さな住所録を隣の部屋に運び、小さな丸い鉄製ストーヴで燃した。警官隊の到着が聞こえる前に最後の一枚が灰になった。

「これですべて終わりだ！」ひと仕事終えて立ちあがると、パットが宣言した。「この先千年生きようと、おれにものを頼むのはこれっきりだぞ」

「ああ、これっきりだ」私はおうむ返しにこたえた。

私はパットが好きだ。公正ないい男だ。写真の山の中で見つけた六枚めの写真というのは彼の妻のものだった。向こうみずで、熱い目をしたコーヒー王の令嬢アルシアの写真だった。

解説

一九二五年にダシール・ハメットは彼の主戦場であった〈ブラック・マスク〉誌に六篇のコンチネンタル・オプ物語を発表した。本篇はその六篇中の三つめの作品で同年五月号に掲載されたものだった。一九二三年に五篇、最盛期ともいえる一九二四年に八篇（〈ブラック・マスク〉誌以外にも別に一篇）とつづき、順序からいえばシリーズ第十七作ということになる。

おそらくこの頃からハメットはひそかにオプ物語の長篇化を考え始めていたのだろう。インチキ宗教とそれにひきつけられる上流階級の女性や娘たち、麻薬、性的儀式といった背景を持つ本篇「焦げた顔」はやがて三年後に『デイン家の呪い』（ハヤカワ・ミステリ文庫）に進化してゆく原型のような作品だった。背景や筋立てだけでなく、名無しのオプがアメリカ西部の騎士道に則った行動をとるところもよく似通っている。「焦げた顔」に登場する若い女たちはいずれも上流階級の〝新しい女たち〟、時代の最先端をゆく〝断髪〟のフラッパーであり、中年のオプにとっては扱いにくい存在でもある。『デイン家の呪い』のヒロイン、ゲイブリエルも〝ファム・ファタール〟であると同時に敬って振舞わざるを得ない手のかかるお姫様だった。

また物語の色づけとしておもしろいのは『デイン家の呪い』にも登場するサンフランシスコ市警のパット・レディ刑事（と彼の妻＝大金持ちの令嬢）の扱いである。読みようによってはこの短篇の主人公はパットなのだ。

ならず者の妻　*Ruffian's Wife*

いつものように、マーガレット・サープは眠りからふんぎりよく目を覚ました。今朝の目覚めもいつもと変わりない。が、ただ一つ違うことがあった。八時発のサンフランシスコ行き定期船の物悲しい汽笛が聞こえないのだ。ベッドの向かいの壁にかかった時計の針は、ひょろ長い手のような格好で、七時少しすぎをさしていた。マーガレットは体をくるっとまわし、陽の当る壁に背を向けた。もう一度目を閉じる。

しかし、眠れなかった。すっかり目が覚めていた。隣家で飼っているニワトリの朝のざわめき、フェリーに乗ろうと急ぐ車のうなる音が聞こえる。たばねていない髪の先で頬をくすぐるそよ風には、なじみのないモクレンの香りがした。彼女は起き上がると、柔らかなスリッパに足をすべりこませ、バスローブに腕を通し、着替えるまえにトーストとコーヒーの食事をしようと階下におりた。

黒ずくめの太った男が台所から出ようとしていた。

思わず両手で喉首のロープをつかみ、マーガレットは叫び声をあげた。

太った男が山高帽をとったとき、澄んだ赤い指輪がキラリと光った。男はドアのノブをつかんだまま、マーガレットのほうを振りかえった。ゆっくりと、きまった軸で自転する球のようになめらかな仕草だった。まるで頭の上にある目に見えない荷物のバランスをとるかのように、慎重に頭をあやつっている。

「あんたは——サープの——女房——だ」

ひとこと言っては軽く吐息をつくので、言葉に一定の間隔があき、口調を和らげた。一語一語が、原綿の中に一つ一つ積み重ねられた宝石を思わせた。四十すぎの男で、目は鋭く輝いている。口ひげと髪の毛、アイロンをかけたばかりのスーツとエナメル靴、最後の仕上げのように、瞳の色まで黒かった。糊のきいたきついカラーの上の、丸く浅黒い顔は、異様にきめが粗く堅いぶつぶつだらけで、日焼けでもしているように見えた。この調和を乱して、ネクタイだけが半フィートの深紅の炎だった。

「あんたの——亭主は——この家に——いない」

マーガレットの名前を言ったとき同様、それは質問ではなかった。が、返事を期待してか口をつぐんだ。マーガレットは、階段と台所のあいだのホールで立ちどまったまま、いまだに動転していたので、「そうよ」と言うのがやっとだった。

「あんたは——亭主の——帰りを——待っている」

この男の態度からは、さしせまった危険はなにも感じられなかった。台所に忍びこんでいたのに、マーガレットに見つかっても少しも冷静さを失っていないようだ。ようやくマーガレットはすらすらと言葉を吐きだした。「いまはいないわ——あなたの言うとおり、わたしは夫の帰りを待っている。でも、いつ帰ってくるか、わたしにはわからないの」

黒い帽子と黒い両肩が同時に動き、みごとなおじぎの格好をしたが、丸い頭は動かなかった。

「あんたは——とても——親切だ。だから——亭主が——帰ったら——わたしが——待っていると——伝えてくれるね。わたしは——ホテルで——待っている」一定の間隔をおいて一息つくこのしゃべり方は、センテンスを果てしなく間のびさせ、言葉をバラバラに散らばらせたので、意味がつかみにくかった。「レオニダス——ドウカスが——待っていると——亭主に——伝えてくれ。そう言えば——わかる。われわれは——友だち——とても——仲のいい——友だち。名前を——忘れないように——レオニダス——ドウカスだ」

「きっと伝えるわ。でも、いつ帰ってくるかほんとにわからないの」

レオニダス・ドウカスと名乗る男は、見えないなにかを頭で支えているのか、わずかにうなずいただけだった。口ひげと肌の浅黒さが歯の白さをきわだたせている。微笑が、浮かんだときと同様こわばったまま消え失せた。ほとんど弾力がなかった。

「あんたは――亭主の――帰りを――待っている。亭主は――もうすぐ――帰ってくる」

ゆっくり身を翻すと、男は台所から外に出て、ドアを閉めた。

マーガレットは爪先立ちで急いで部屋を横ぎると、ドアに鍵をねじこんだ。錠の内部で嚙みあわずに鳴る音がするだけで、どうしても鍵のかかる音がしなかった。モクレンの温かくて甘い香りが彼女を包んだ。壊れた錠との格闘に見切りをつけ、ドアのそばの椅子に重く腰をおろした。背中に汗をかいていた。寝巻とローブの下の脚がひんやりしている。ベッドで気づいたモクレンの香りを運んできたのは、そよ風ではなく、ドウカスという男だったのだ。寝室に残っていた思いもかけない男の気配で、目が覚めたのだ。彼は表面だけ輝く目で、夫のガイを捜していたのだ。ガイが家にいれば、わたしの隣りで寝ていると思ったのだろう。その様子が心に浮かんだ――ベッドに屈みこんでいるドウカス、あいかわらず頭をぎごちなくまっすぐにし、宝石の指輪をつけた拳にはキラリと光るナイフの刃。マーガレットは身震いした。

それから、笑った。馬鹿げている！　ガイが――タフな体とタフな神経の持主の、わたしのガイが――暴力沙汰を、帳簿係にとっての足し算のようにしか考えていないわたしのガイが、あんな香水をつけた喘息持ちのデブにやられるなんて、考えられないわ！　ガイが眠っていようと起きていようと、ドウカスが襲ってきたら、それこそドウカスはあっというまに地獄行き――鎖でつながれた飼犬が、わたしの赤い狼にむかって吠えるようなもんよ！

椅子から勢いよく立ち上がると、彼女はトースターとコーヒー・ポット相手にせわしなく体を動かしはじめた。レオニダス・ドウカスのことは心から消え去り、彼から聞いたしらせだけが残った。ガイが帰ってくる。黒ずくめのあのデブは、自信を持ってそう言った。ガイが帰ってくれば、荒々しい笑い声、大声でどなる悪態の数々、奇妙な名前のさまざまな土地での無法ぶりの自慢話、タバコと酒の匂い、それが家じゅうに満ちあふれる。ならず者の七つ道具ひとそろいが、戸棚や部屋は言うに及ばず、屋根裏から地下室にいたるまで、そこらじゅうにあふれて家の中をとり散らかす。足元には薬包が転がる。ブーツと弾薬ベルトが思いもかけない場所で見つかる。葉巻、その吸殻と灰があたり一面に落ちる。たぶん、近所の噂の種になるほど、玄関のポーチまで酒の空びんが並ぶことになるだろう。

ガイが帰ってくる。そのまえに、こぢんまりした家だけど、やることがいっぱいあった。窓と絵と木造部分を拭くこと、家具と床を磨くこと、カーテンをかけ直すこと、絨毯を掃除すること。ああ、帰ってくるとしても、三日先、いえ、せめて二日先でありますように。

面倒くさいので放っておいた、あのゴム手袋はどこにあるのかしら？　玄関の戸棚か、それとも二階か？　見つけなくっちゃ。ごしごし磨かなきゃならないものがたくさんある。ガイのために、荒れた手をしていてはいけない。トーストを口に運んでいる小さな手を見て、彼女は顔をしかめた。荒れてる！　クリームの新しいのを買ってこなくちゃ。仕事を全部すませたあと時間があれば、午後のあいだに町へ出かけよう。でも、そのまえにまず、家の中をピカピカにきれいにしよう。ガイが糊のきいたカーテンを軽くつまんで、笑いながらこう言うのが聞こえてきそうだ。「おれみたいな野牛が入れられるには、まさにぴったりのきれいな牛小屋だな！」

それから、こんな話も——ひと月ものあいだ、二人の根っからのならず者のインディアンとラット島の小屋で過ごしたんだが、三人いっしょに一つのベッドで寝たんだ。というのも、毛布が一つしかなかったもんでな。

マーガレットの願いが通じたのか、二日の間、ガイは帰ってこなかった。ほかの誰も訪ねてこなかった。八時発の定期船が丘の上まで聞こえるくらいに汽笛を鳴らすまで眠る習慣を、彼女は一時《いっとき》とりやめ、朝起きて着替えをすませると、五時半から七時まで家の中を動きまわった。照明器具をきれいに掃除したり、前日の汚れ物を洗濯したり、部屋と部屋のあいだをひっきりなしに往復して、幸せそうに、すみずみまで目を光らせながら働いた。

南ウォーター通りへ買物に行くと、ホテルの前を通りすぎるたびに、ドウカスの姿が目にとまった。彼はいつも正面がガラス張りのロビーにいた。まるまると太った体を黒ずくめの服で包み、特大の椅子に背すじを伸ばして坐り、通りのほうを向いて、じっとしていた。

前を通ったとき、彼は一度だけホテルから出てきた。

彼女のほうに目を向けるでもなくそむけるでもなく、あいさつを求めることも避けることもなかった。マーガレットは愛想よく微笑みかけて会釈し、小さな頭を起こして、指輪をはめた手で帽子を持ち上げている男から、離れ去った。十歩ほど進んだところまでモクレンの香りが後を追ってきたので、憐れみからとはいえ、自分が見せた礼儀正しさに彼女は満足した。

通りを歩いているときも、買物をしているときも、ドラ・ミルナーのところに立ち寄ったときも、アグネス・ペプラーとヘレン・チェイスをドラの店の表口で迎えたときも、同様に愛想を振りまいた。彼女たち三人とおしゃべりをしながら、心の中では夫を自慢する名文句を考えていた。ドラが客室のリネン製品について話しているときは、〈トム・ミルナーがドラッグストアの薬売り場と清涼飲料水売り場のあいだを行き来するのと同じくらい楽々と、ガイは大陸と大陸のあいだを行き来するのよ〉と。アグネスとヘレンに出したお茶をドラが自慢しているときは、〈ネッド・ペプラーがブリーフケースを運ぶのと同じくらい無造作に、ガイは自分の命を危地に運んで行くわ〉つづけて、〈ポール・チェイスが高級分譲地を売り物にしているように、ガイは勇気を売り物にしている〉と。

彼女たち三人を含めて友だちや近所の連中は、〝かわいそうなマーガレット〟〝かわいそうなかよわいサープ夫人〟を話の種にしている。ご亭主は名うてのならず者で、いつもどこか遠い土地へ行き、悪事のかぎりをつくしている、と。同情している、というかそのふりをしているだけなのだ。扱いやすいペットの亭主どもを飼っているだけじゃないの。彼女の夫が檻に入れられないほどの野獣だから、立派な社会的地位の象徴である冴えない制服を着ていないから、平坦で安全な道を歩んでいないから、なんてかわいそうなサープ夫人とくる！　くすくす笑いをもらしそうになったが、このとき議論されていたブリッジゲームに対するヘレンの講釈を台なしにするのも悪いと思って、マーガレットはお茶のカップを口元に持っていって笑いをこらえた。

「そんなの簡単なことじゃないの。ゲームを始める前に、みんなでルールを決めればいいのよ」

自分の意見をきかれたとき、マーガレットはそうこたえた。そしてまた、ひそかな考え事にふけった。

まっぴらよ。ひとり悦に入りながら心の中で叫んだ。絶対にイヤよ。決まった時間に食事と眠りに帰ってくるような、飼いならされた、家庭に縛られた男を夫に持つなんて。そんな男は、精いっぱい羽根を伸ばして飛んだとしても、けっして目がくらむほどの高さまで舞い上がることはない。せいぜいがときおりのトランプ遊び、田舎者のサンフランシスコでの休日、あるいは、偶然知り合った速記者、マニキュア師、婦人帽子屋の店員相手の退屈な浮気程度なのだ。

マーガレットの願いどおり、あの日から六日目の午後に、ガイが帰ってきた。

台所で夕食の仕度をしていると、家の前に車がきしんで止まる音がした。ドアに走り寄り、カーテンをかけてあるガラス窓をのぞきこんだ。ガイが歩道に立っていた。こっちに背を向け、船着場から乗ってきた車の中から革製の旅行鞄を取り出していた。冷たい手で髪をなでつけ、エプロンのしわを伸ばしてから、彼女はドアを開けた。

鞄を両手に一つずつ持ち、小脇にも一つかかえて、ガイが車から離れた。二日分の派手な赤毛の無精ひげがはえている顎でにっこり笑いかけ、ハンカチでも振るように鞄を一つ振ってみせた。

もじゃもじゃした赤毛の頭の上で、破れた縁なし帽子がひん曲っていた。コール天のボロボロの上着の下で、胸が盛り上がっていた。ごつごつしたもともとふくらはぎのあたりで、汚れたカーキ色のズボンがぴっちり張っていた。初めは白かったズック靴が、サイズの大きすぎた足を包もうとしていたが、茶色の靴下の親指はむきだしになっていた。乞食と見まちがえそうな身なりの赤毛の海賊。鞄の中にはちゃんとした服が入っているのだ。ボロ着を着ることによって、家に帰る途中——野良仕事から帰る途中だと見せかけようとしているのだ。ゼラニウムとキンレンカの茂みに鞄がこすれ合うのもかまわず、ガイは歩道を大股で近づいてきた。

マーガレットの喉はこみ上げてくる熱いかたまりを感じた。あたりが霧のようにぼやけ、突進してくる赤い顔しか目に入らなかった。心の中の嗚咽で乳房が揺れた。恋人に走り寄るように、夫に向かって走りだしたかった。強姦魔から逃がれるように、夫から逃げだしたかった。しかし、彼女は戸口に突っ立ったまま、ほてって乾ききった口元に遠慮がちな微笑を浮かべただけだった。

彼が踏み段を上がり、玄関に着いた。鞄を下に落とし、太い腕を妻の体に伸ばした。アルコール、汗、タバコ、そして海の匂いが鋭く鼻をついた。顎ひげが頬をこすった。体が宙に浮き、息もできず、抱き締められ、堅い唇で押しつぶされ、傷つけられ、叩かれた。その痛みで両目をきつくつむり、ぐるぐる回る大地にただ一人どっしりと根をおろしている夫に、むしゃぶりついた。みだらな愛の言葉と神を冒瀆する愛の悪口雑言が耳元で鳴り響いた。しわがれ声の甘いささやきが迫ってきた。彼女は声をあげて笑った。

ガイが帰ってきた。

夜遅くなって、やっとマーガレットはレオニダス・ドウカスを思い出した。夫のひざの上に坐り、目の前のテーブルに山と積まれた小さな飾り物――セイロンでの略奪品を身を乗りだして眺めた。ザルガイの耳飾りは耳を半分ほど隠し、糊がきいて小ざっぱりした彼女の室内着とは不似合いに垂れさがる金色の重い飾り物だった。

風呂に入り、ひげを剃り、新品の白い服に着替えていたガイは、あいている片手でワイシャツの下にぐいと手をつっこんだ。財布ポケット付きベルトを腰からゆっくり引っぱりだすと、テーブルの上にドサッと放り投げる。そのベルトは、食べすぎた蛇のように、太くて無表情だった。そばかすだらけの指で、ガイはベルトのポケットをさぐった。緑色の紙幣をゆっくり取り出したはずみにコインが転がり出て、そばの新聞のところで止まった。その上に、ガイが札を次々に放りだして、コインをおおい隠した。

「まあ、ガイ!」彼女はあえぎながら言った。「こんなにいっぱい?」

くすくす笑いながら、ガイはひざの上の妻を左右に揺さぶると、テーブルの札をつまみ上げて、子供が落ち葉をもてあそぶようにひらひらさせた。

「こんなにいっぱいだ。このカネの一つ一つに、人間の赤い血が染みこんでいる。おまえには冷たくて緑色に見えるかもしれんが、一つ残らず、コロンボの街のように熱くて赤いものなんだ。おまえにコロンボの街を見せてやりたいよ」

夫の血走った目に浮かぶ笑みを見て、彼女は身震いをかろうじてこらえると、笑いながら一番近くの札におずおずと手をのばした。

「どのくらいあるの、ガイ？」

「わからん。動きまわりながら奪ったんだ」自慢げにこたえた。「数えてみるヒマはなかった。いきなり派手にぶっぱなし、全員片づけてから踏みこんだ。あの晩は、ヨーダエラ川を血で赤く染めてやった。ぬかるみで、あたりはまっ暗、それに、すげえ雨。茶色の悪魔みたいな雨だった。コルク帽をかぶったインド人がおれたちを懐中電燈の光で追ってきたが、岩壁に彫られた首の曲がらない大仏像しか見つけられなかった。そいつはあの世へ送ってやったよ」

〝首の曲がらない大仏像〟という言葉で、マーガレットはドウカスの顔を思い出した。

「忘れてたわ！　先週、男が一人、あなたに会いにきたのよ。ホテルであなたを待ってるわ。ドウカスという名前で、ものすごいデブの……」

「あのギリシア人だ！」

ガイ・サープは妻の体をひざの上からおろした。あわてず、乱暴なまねもせず、まじめな仕事に取りかかる前にオモチャを片づけるときのように、大事そうにおろした。

「ほかになにか言っていたか？」

「あなたの友だちだとしか言わなかったわ。朝早くだった。台所に忍びこんでたのよ。二階にも上がってきたんだと思うわ。誰なの、ガイ？」

「仲間だ」握り拳に歯を立てながら、彼はあいまいにこたえた。自分の家にドウカスがこそこそ忍びこんだことを、真剣に考えるふうでもなく、少しも気にしていないようだった。「そのあと、やつを見かけたことは？」

「話はしなかったけど、ホテルの前を通るたびに見かけたわ」

ガイは歯のあいだから握り拳を離すと、親指で顎をこすり、盛り上がった肩をまるめてだらりと垂らし、手を伸ばしてマーガレットの体をつかんだ。気持よさそうに深々と椅子に腰をおろし、ごつい両腕でしっかりと妻を抱き締めながら、妻の頭の下から柔らかくて太いどら声で笑いだし、冗談をまじえてまた自慢話をはじめた。しかし、その目はいつものサファイア色に戻っていなかった。冗談やくすくす笑いとは裏腹に、心の中では冷静に考えをめぐらしているように見えた。

その夜、彼は、子供か獣のような寝息を立てて眠った。が、夫がなかなか寝つかれなかったことに彼女は気づいていた。

夜が明けるまえに、彼女はベッドからこっそり抜け出ると、金を別の部屋に持っていって数えてみた。一万二千ドルあった。

朝起きると、ガイは笑い声を絶やさず陽気にしゃべりまくった。妙な深刻さを内に秘めているようには少しも見えなかった。マドラスの街やサイゴンの賭博場での喧嘩騒ぎのこと、キャンディにあるクイーンズ・ホテルで出会ったフィンランド人のことなどをおもしろおかしく話した。そのフィンランド人は、地球の自転する騒音に悩まされずに住めるのは太平洋のある場所しかないと考え、巨大ないかだをそこへ曳かせていったのだという。

ガイは笑いながら話し終えると、もう二度と食い物にありつけないかもしれない人間の熱心さで、朝食を口に運んだ。食べ終わると、黒い葉巻に火をつけて立ち上がった。「ちょいと丘をおりて、おまえの友だちのレオニダスに会ってくる。やつの用件がなにかはっきり聞いてくる」

妻の体を自分の胸に手荒く引きよせ、彼はキスした。そのときマーガレットは、夫の上着の下のホルスターにおさまったリヴォルヴァーのふくらみに気づいた。正面の窓に走りより、夫が歩いていくのを見つめた。両肩を揺すりながら、〈バング・アウェイ、マイ・ルールー〉を口笛で吹きながら、悠々と威張って丘をおりていった。

台所に戻ると、マーガレットは、まるで初めて挑戦する大仕事であるかのように、大騒ぎしながら皿洗いをはじめた。エプロンには水がはねかかるし、石けんは二度も手からすべって床に落ちるし、カップの取っ手も一つもぎ取ってしまった。しばらくして、皿洗いはいつもの手馴れた仕事になったが、余計な考え事を追い払ってくれる作業ではなくなった。昨夜のガイの落ち着きのなさ、うわべだけの笑いなどをついつい考えてしまう。

彼女は、鎖につながれた飼犬と赤毛の狼を比べる歌を作った。香水をつけた喘息持ちのデブの男と、帳簿係にとっての足し算ぐらいにしか暴力沙汰を考えていない男。心の中で復唱するとリズムがつき、そのリズムによって彼女はなぐさめられた。おかげで、丘の下のホテルで起こっていることを考えずにすんだ。

皿洗いをすませ流しを磨いていると、ガイが帰ってきた。彼女は短く夫に微笑みかけると、すぐに顔を伏せ、ふたたび仕事をつづけた。物問いたげな視線に気づかれまいとしたのだ。

彼のほうは妻をじっと見ながら、戸口に立っていた。

「気が変わったんだ」やがて彼が口をひらいた。「やつの出方を待つ。おれに会いたけりゃ、その方法はやつにもわかってる。やつ次第だ」

そう言うとドアから離れた。二階に上がる足音がした。

彼女は流しに掌をついて両手を休めた。流しの白い磁器は白い氷。その冷たさが両腕を伝わり体の中にしみこんできた。

一時間後、マーガレットが二階に上がると、ガイはベッドの端に腰をおろし、布きれで黒いリヴォルヴァーの銃身を磨いていた。彼女は部屋の中をせかせかと動きまわり、忙しく働いているふりをしながら、訊きたいことを夫のほうから話してくれるのを待った。しかし、話は関係のないことばかりだった。愛用のナイフを研ぐ名彫刻家の完全主義者ぶりを発揮して、夫はゆっくりいつくしむように、リヴォルヴァーをきれいに拭き、油をさしていた。レオニダス・

ドウカスのことにはまったく触れようとしなかった。

その日はそのあと、夫はずっと家に閉じこもっていた。夕方までは、居間でタバコをふかしたり酒を飲んだりしていた。体をそらしたとき、左のわきの下にリヴォルヴァーのふくらみが見えた。彼は汚い言葉を吐きながら陽気に自慢話をした。そのときはじめてマーガレットは、夫の目に三十五歳の年齢を感じた。同様に、いかつい顔の筋肉の一筋一筋にもはっきりと感じとった。

夕食後、電気もつけずにただ暮れなずむ薄明りの中で、二人は食堂にじっと坐っていた。外の明るみがなくなっても、二人とも電気のスウィッチを押しに立ち上がらなかった。スウィッチは仕切りカーテンのあるホールのドアのそばにあった。あいかわらず夫はおしゃべりだった。彼女は話すのが苦痛だったが、夫のほうはそんな妻に気づいていないように見えた。彼女から話しかけることはけっしてなかった。

二人が暗闇の中で坐っていると、玄関のベルが鳴った。

「ドウカスなら、中に通してくれ」ガイが言った。「そのあとは、邪魔にならないように二階に上がってろ」

マーガレットは部屋を出るまえに明りをつけると、夫を振りかえった。口にくわえていた火の消えた葉巻の短い吸いさしを、彼は下におろしていた。夫はおどけてニヤリと笑った。

「騒ぎを聞きつけても」彼は教えた。「掛けぶとんの中に頭を突っこんで、絨毯の血を拭きとる一番いい方法を考えてろ」

彼女は背すじをすっくと伸ばし、ドアに近づいて開けた。

ドウカスが丸くて黒い帽子をとると、両肩を動かしておざなりの会釈をした。そのとたん、モクレンの匂いが漂ってきた。

「亭主は――中に――いるな」

「ええ」ドウカスは彼女より頭一つ背が高かったが、それでも、彼に向かって自分が微笑みかけているのがわかるように、彼女は顎をかしげた。魅力的な優しい微笑になるようつとめた。「お入りになって。あなたがいらっしゃるのを主人はお待ちしてたんです」

ガイは依然として同じところに腰をおろし、新しい葉巻に火をつけていた。ドウカスにあいさつもせず、立とうともしなかった。葉巻を口からはなすと、穏やかなそれでいて横柄な微笑を浮かべながら、気どって歯のすきまから煙を吐きだした。

「わざわざ遠方から、ようこそ」ガイは口をひらいた。

仕切りカーテンの前に立ったまま、ギリシア人は何も言わなかった。

二人をそこに残し、部屋を抜けると、マーガレットは裏手の階段を上がった。夫の声が階段をのぼる彼女の耳に聞こえてきたが、どら声なので一言も聞きとれなかった。ドウカスの声なら、耳を傾けなかっただろう。

暗い寝室でじっとしたまま、彼女はベッドの脚を両手できつくつかんだ。体の震えでベッドも震えた。夜だったのでなおさら心に疑問が生じ、彼女を苦しめた。影のように実体のない疑問が、もつれあい、からまりあい、ほぐれあい、さまざまな形で一瞬のうちに駆けめぐり、それがなにかもはっきりわからなかった。だがそれは、この八年間でかけがえのないものになっていた誇りと関係があるはずだった。

その疑問は、男の勇気と強靭さに対する誇りとかかわりがあるはずだった。さまざまな窃盗、殺人、その他のありとあらゆる犯罪を、少年のりんご泥棒同様責めるべきでない悪事に変える勇気と強靭さである。その疑問は、この金色に光る勇気があるかないかにかかわっているはずだった。もしその勇気がなければ、海賊は、活躍の舞台を大規模にしただけの万引きにすぎない。家のかわりに他人の領地に忍びこむ空巣狙いにすぎない。派手な自伝をわがものにできる才能にめぐまれた人目を忍ぶ有名人にすぎない。そうなれば、彼女の誇りはガラクタ同然となるのだ。

床からささやき声が伝わってきたが、遠くはなれているし、あいだの木造部分のために、黄褐色の壁紙を貼った食堂でかわされている話の内容までは聞きとれない。そのささやき声によって、彼女は食堂のほうに引きよせられた。疑惑の引力に自然と体が吸いよせられた。

彼女は寝室にスリッパを脱ぎすてた。ストッキングの足で、暗い正面階段をそろそろ一段ずつおりた。音がしないように、スカートをしっかり握ってたくしあげながら、まっ暗な階段を忍び足でおりていった。いまの彼女にとってはどちらも他人のように思える二人の男が取引している部屋のほうへと。

仕切りカーテンの下と両袖から黄色い光がさしこんで、ホールの床に淡いゆがんだUの字を形作っていた。ガイの声が聞こえてきた。

「……そこにはなかった。おれたちはセイロン島を逆にまわって、ダンブラからわざわざカラウェヴァ川に行った。が、ムダ足だった。失敗だったと言ったはずだ。イギリス人の水夫たちを襲って、やつらの目のまえにあったカネを奪っただけなんだ！」

「そこに——あると——ダールは——言ったんだ」

ドウカスの声は、堪忍袋の緒が切れる寸前の人間に特有な、無理矢理抑えた穏やかなものだった。

忍び足で戸口にたどりつくと、マーガレットはカーテン越しにのぞいた。二人の男とテーブルがまず目に飛びこんできた。ドウカスのオーバーコートの肩が片方こちらに向いている。まっすぐに坐り、太いももに両手をじっとのせ、上向きの横顔もじっと動かなかった。ガイの白い袖の両手がテーブルの上にあった。額とのどの血管を浮き上がらせ、濃い藍色の目を細めてぎらつかせながら、身を乗りだしていた。ガイのグラスは空っぽだったが、ドウカスのグラスには、濃い酒がまだ縁までいっぱい入っている。

「ダールの言うことなんかくそくらえだ」ガイの声はぶっきらぼうだったが、断固とした調子ではなかった。「ブツはそこにはなかったと言ってるんだ」

ドウカスが微笑んだ。白い歯がむきだしになる。自然さもユーモアもない重苦しいしかめ面で、口を閉じた。

「だが――セイロンに――行くまえより――帰ってきた――いまのほうが――懐はあったかく――なったはずだ」

ガイが唇のあいだから平たい舌先をちらりと出して引っこめた。テーブルの上にある、そばかすだらけの手に視線を落とし、顔を上げてドウカスを見た。

「たいしたことはない。おまえには関係のないことだが、一万五千ドル手に入れただけだ」そこでガイの言葉から誠実さが消え、力のないどなり声で、説明した。「ある男に頼まれた仕事だったんだ。おれたちの計画とはなんの関係もなかった。目当ての計画が失敗したあとのことだ」

「なるほど――だが――まだ――信用――できない」

穏やかに、一言ごとに吐息をつきながらしぼりだされる言葉は、〝この嘘つきめ！〟と叫ぶ悪態にも劣らない決定的な荒々しさを秘めていた。

ガイの両肩が盛り上がり、歯が鳴り、ふくれ上がった顔の血管がひきつった。彼のまえにいる浅黒い日焼けした仮面にむかって、目が真赤に燃えあがった。マーガレットが息を殺しているのが苦痛になるほど、長いあいだ燃えあがっていた。

真紅の目の炎がおさまった。彼は目を落とした。両手を――蒼白になっている握り拳をにらんでいる。

「勝手にしろ、くそっ」ガイがボソリとつぶやいた。

マーガレットの体がカーテンの陰でふらついた。かろうじて理性の力で本能的にカーテンを片手でつかみ、体を支えた。彼女の体は冷たい湿り気を帯びた殻だった。今日まで――疑惑に目覚めていたとはいえ――この瞬間まで抱いていた八年間の誇りのかたまりが消滅した、空っぽの殻だった。涙が顔を濡らした。いまや馬鹿げたものになった気高い誇りのための涙が。マニラ紙のリボンを見せびらかして、〝あたしの金の王冠を見て！〟と甲高い声で叫びながら、大人の間を駆けまわる少女のように自分が思えた。

「われわれは――時間を――ムダにしている。ダールは――五十万ルピーだと――言った。たしかに――それは――大げさ――だった。だが――その半分には――なったはずだ」一言一言の息つぎを少しも変えずにくり返して話すので、人間の声とは思えなかった。一つ一つの言葉のつながりがなくなり、部屋を支配する険悪さの象徴となった。「端た金は――どうでもいい――おれの取り分は――七万五千ドルだ。必ず――手に入れる」

ガイはごつごつした白い握り拳から顔を上げなかった。その声は荒れていた。

「どこにそんな金があるというんだ？」

ギリシア人の肩が百分の一インチほど動いた。長い間、微動だにしなかったので、そのわずかな動きからも、はっきり肩をすくめたとわかった。

「あんたは――払ってくれる。それほど――昔の話――じゃないが――カイロで――トム――バーキー――と名乗っていた――男のことを――イギリス領事に――密告して――ほしくないはずだ」

ガイが立ち上がり、椅子がうしろでくるくる回った。ガイがテーブルの真向うに突進した。のどには叫ぶ力もないのに、マーガレットは口に掌を押しつけ叫びだしそうになるのを抑えた。

ギリシア人は、右手の宝石の指輪をガイの顔に命中させた。左手には、いつのまにか小型のピストルが握られていた。

「坐るんだ――相棒」

テーブルの上に身を乗りだしているガイが、遠くからやってくる物体が急に止まったときのように、はたと小さく見えた。少しの間、ガイはそのままじっとしていた。それから、一声うなり、冷静さをとり戻すと、椅子を起こし腰をおろした。ガイの胸がふくれ上がりゆっくりしぼんだ。

「聞いてくれ、ドウカス」真剣な面持ちで言った。「あんたはまちがってる。おれの手元には一万ドルぐらいしかない。体を張ってかせいだカネだ。それでも、つべこべ文句を言うなら、できるだけのことをしよう。一万ドルの半分、五千ドルでどうだ」

マーガレットの涙が止まった。自分への憐れみが、台所にいる二人の男への憎しみに変わった。彼女の誇りを踏みにじった二人の男。依然として彼女の体は震えていた。だが、いまは怒りのためだった。デブの男に脅迫されて金で追い払おうとしている、自慢の赤毛の狼に対する軽蔑のために体が震えた。夫に対する軽蔑は、ドウカスをも包みこむほどすさまじかった。戸口から中に踏みこんで、この軽蔑を二人の男にぶちまけてやりたかった。しかし、その衝動からはなにも生まれてこなかった。どうしたらいいのか、二人になんと言ったらいいのか、まったくわからなかった。

彼女の誇りは、彼女が知らないその世界における夫の地位にひとえにかかっていたのだ。彼らの世界を、彼女はまったく知らなかったのだ。

「五千ドルでは——何の——足しにも——ならない。あんたに——流した——セイロンの——情報を——つかむために——使った——カネは——二万ルピー——なんだ」

自分の腑甲斐なさのために、マーガレットは自分自身をも軽蔑した。その軽蔑のあまりの辛さに、彼女は、ガイに対する誇りを正当化して少しでもとり戻そうとした。つまるところ、夫の住む世界についてどんなことを知っているというのか？　男の値打ちを決める基準をはっきり身につけているのか？　すべての試合に勝てる男がいるだろうか？　ドウカスにピストルをつきつけられたガイに、ほかのどんな行動がとれるというのだ？

この問いかけの空しさに、彼女は自分に腹を立てた。ほんとうのところは、ガイを一人の男ではなく、ほとんど伝説的英雄だといつも考えていたのだ。夫を弁護するために考えだした言葉が、そのどれをとっても頼りないのは、夫が助けを必要としていること自体に原因があるのだ。夫を恥ずかしく思うのをやめても、彼を崇める代償にはならない。夫が臆病者ではないと自分に言いきかせても、夫の勇気に対する歓喜で詰まっていた袋を空っぽのままにするだけだ。

カーテンのむこうにいる二人の男は、テーブルをあいだにはさんで駆け引きをしていた。

「……びた一文――負けられん。どんな――男にも――自分勝手に――おれを――裏切らせない」

彼女はカーテンとドアのわき柱のすき間から、テーブルの高さにピストルを構えているデブのドウカスと、そのピストルを気にしていないふりをしている赤毛のガイをにらみつけた。怒りで胸がいっぱいになった――武器もなんの力もない怒り。ほんとうに武器はないの？　ドアのそばに電気のスウィッチがある。ドウカスとガイは話に夢中だ……

はっきり心が決まらないうちに、片手が伸びた。この状況には我慢ならない。暗闇が変えてくれるはずだ。たとえわずかにしても、やってみる価値はある。仕切りカーテンと柱のすき間に片手をさしこんだ。まるで指先に目がついているように正確に曲り、スウィッチに吸いよせられた。

暗闇に轟音がとどろき、細長いブロンズ色の炎が走った。意味のない獣のうなり声でガイがどなった。椅子が床に叩きつけられた。引きずって歩く足音、踏みつける足音、取っ組みあう足音がした。低いうめき声とうなり声が交錯した。

夜の闇で見えなかったが、このときはじめて二人の男の存在が、マーガレットにとって実在のものになった。現実の二つの肉体。どちらも、彼女の誇りを台なしにした生来の姿ではない。一人は彼女の夫――かたわにされているか、殺されている。もう一人はドウカス――二人とも、あるいはどちらかは死んでいるだろう――一人の女の虚栄心のために。一人の女、つまりマーガレットは、英雄の妻ではなかったと告白することにより、二人の男を死の淵に立たせることを選んだのだ。

すすり泣きながら、仕切りカーテンを押しのけ、さっきはあれほど簡単に指に吸いついたスウィッチを両手で探した。手探りしている壁に二つの肉体が激突し、壁が震えた。背後で、肉と肉、骨と骨がぶつかりあう音がした。荒い息づかいに合わせて足を引きずる音がした。ガイの罵声が聞こえた。電気のスウィッチのない壁紙のあたりを、彼女の指が、上下に、左右に、ひらひらさまよった。

取っ組みあっていた足の動きが止まった。ガイの罵声も途中でやんだ。のどのゴボゴボいう音が部屋を支配していた。その音はほかのすべての音を吸収し、しだいにはげしくなり、息苦しくなるほどの圧迫感を闇に与えた。マーガレットは狂ったように指を壁にはわせた。

右手がドアのわき柱を探り当てた。そのまま柱をつかみ、木の角が手を切るほどしっかりつかみ直すと、壁の様子を心に描きながら、気ちがいじみた手探りを一時中断した。電気のスウィッチは肩の少し下にある。

「肩の真下よ」ゴボゴボいう音に負けまいと、荒々しく自分にささやきかけた。一方の肩で柱にもたれ、両手を壁にぴたりとつけると、動かしはじめた。

ゴボゴボという音がとだえた。いっそう重苦しい沈黙――だだっ広いがらんどうの沈黙が訪れた。

掌に金属の冷たさを感じた。指がスウィッチに触れる。無我夢中でまさぐると、指がすべった。両手でスウィッチをつかんだ。明りがついた。彼女は振りむいて壁に背をもたせかけた。

部屋のむこうで、ガイがドウカスの上にまたがっていた。ごつい両手でドウカスの頭を持ち上げている。その両手はギリシア人の白い襟をつかんでいる。ドウカスの舌は、青白い口から垂れる青白いペンダントだった。飛び出た両目が鈍く光っている。赤い絹の靴下留めの先端が、ズボンの片方の脚から靴にかけて垂れさがっていた。

明りに目をしばたたかせながら、ガイがマーガレットのほうに顔をむけた。

「でかしたぞ」妻をほめた。「このギリシア人は、明るいあいだはやっつけられる相手じゃないかった」

ガイの顔の片側が赤い筋の下で赤く濡れていた。〝なかった〟という過去形の意味する事実から目をそむけるために、彼女は夫の傷に逃げ場を求めた。

「まあ、ケガしてるわ！」

ガイは両手をギリシア人の首からはなすと、片手で頬をなでた。その手が赤く染まった。ドウカスの頭が床に落ち、うつろな響きを立てた。ピクリともしない。

「かすり傷さ」ガイは言った。「正当防衛に見せかけるにはちょうどいい」

ふたたびくり返されたある事実を意味する言葉に、思わずマーガレットは床に転がっている男に目をやった。すぐに目をそらした。

「その男は……？」

「とっくにくたばってる」ガイは保証した。

彼の声は明るく、少し満足げだった。

背中を壁に押しつけながら、彼女はぞっとして夫を見つめた。ギリシア人の死に自分が果たした役割と、夫の声と態度の冷酷残忍さに胸がむかついた。妻のそんな気持にガイは気づいていなかった。彼は何か考えこみながら、死体を見下ろしていた。

「前にも言ったろ。やつがしかけてきたら、しこたま叩きのめしてやると」彼は自慢した。「五年前、マルタでやつにも同じことを言っておいたんだ」

彼はドウカスの死体を片足でそっと小突いた。マーガレットは壁にもたれて身をすくませながら、吐きそうになった。

片足で死体をゆっくり小突きながら、ガイは考えこんでいる。彼女が地図でしか名前を知らず、十字軍と仔猫ぐらいしか思いつかない、そんな土地で五年前に起こったことやもっと昔のことを考えているのか、ガイの目はうつろに遠くを見ていた。彼の頬から血がしたたり落ちている。しずくが束の間止まってはたまると、死体のコートの上に落ちていった。

足の残忍な動きが止まった。ガイの目が見開かれ、輝き、真剣な顔が引きしまっている。拳で掌をピシャリと打つと、くるっと振り向いてマーガレットを見た。

「そうだ！　こいつはラパスの真珠の独占権を持っている！　殺されたというしらせより先に、おれが向こうに着ければ、おれは——おい、どうしたんだ？」

彼は妻を見つめた。顔から生気が失せ、困惑の表情に変わった。

マーガレットはためらいがちに夫から目をそらした。ひっくり返っているテーブルを見、床に目を落とした。自分の目が示しているあることが夫にわかるよう目を上げておくことが、彼女はできなかった。もし夫がすぐに気づいていたら——だが、じっと夫を見つめ、自分の目が示していることが夫の心に焼きつくのを待つことは、彼女にはできなかった。

彼女はその思いを声に表わさぬように、言った。

「警察に電話する前に、頬の傷の手当てをしてあげるわ」

第一次世界大戦末期の一九一八年六月、陸軍に志願入隊したダシール・ハメットは国内の基地でインフルエンザにかかり、病院暮しをくり返したあげくに肺結核と診断された（青年時代に母親から罹患）。除隊後ピンカートン社に再就職したが、一九二〇年十一月に再発し、タコマの病院に入院。翌年二月、ハメットはサンディエゴ近くの陸軍病院に移され（このあたりのことは前掲の「チューリップ」と「休日」を参照）、春に退院後、サンフランシスコに住み始めた。

当時、カリフォルニア州での死亡率が七〇パーセント以上だった〝死の病い〟肺疾患との生涯つづく戦いが始まったこの時期に、ハメットはタコマの病院で恋仲になった看護婦ジョゼフィンと結婚し、十月には長女メアリーも生まれていた。だがハメットの病状が悪化した一九二四年、罹患を避けるために妻子はサンフランシスコ湾の向こう岸にある田舎町、フェアファックスに移住した。一九二六年に次女ジョーが生まれたあともハメットは日曜日ごとにフェリーで妻子を訪れていたという。土産品もたくさん運んできたのだろう。

一八九八年創刊の老舗のライフスタイル誌〈サンセット〉の一九二五年十月号に掲載された本篇をハメット自身の私生活になぞらえて読むのも一興だ。ただし、ハメット研究家だった作家、ジョー・ゴアズも住んでいたフェアファックスは内陸にあり、当然フェリー乗り場もないので、本篇の舞台とは異っている。

アルバート・パスターの帰郷　*Albert Pastor at Home*

部屋に入ってきたレフティがスーツケースをすとんと置き、ドアを蹴って閉め、「やあ、坊や《キッド》」と私に声をかける。

私は立ちあがって握手を交わし、「やあ、レフティ」とあいさつを返す。見ると、目のまわりが黒ずんでいる。どうかしたのは一週間ほど前のことらしい。顎のあたりの傷跡には薄い皮がのぞいている。こういうのをじろじろ見るほど私は無作法ではない。

「で、どうだった、久しぶりの故郷《ふるさと》は?」

「汽車の駅の後ろ側に目をやると、そこにおれの生まれた町が転がっていやがった」ふざけている口ぶりだ。「下の引き出しになにかあるんだろ」

下の引き出しにはスコッチが一本入っている。

「こいつは上物じゃない。この国でつくられたいかさまにだまされるなんて思われたくないからな」と言いながらレフティはそれを飲む。彼の飲みっぷりを見れば、どこの国でつくったにせよ、それをつくった男も気分を悪くはしないだろう。

レフティはチョッキのボタンをはずし、しゃべりはじめる。

「なあ坊や、たいした里帰りだったぜ。ここは大きな街だから、なにひとつ文句はない。ところが、故郷《くに》に帰ってみろよ、ガキの頃いっしょに遊びまわった連中がいまもいて、てめえの家族が住んでいて……そういやぁな、坊や、おれにはまだ十八にもならねえ弟がいるんだが、あんたにゃひと目会わせてやりたいね。目方と丈《たけ》はあとちょいだが、おれにひけをとらないでかいやつで、ものすごいパンチを持っている。毎朝地下室で、グラヴをはめて打ちあったんだが、とにかくすごいパンチだった。こっちの調子がいいときでも、クリンチに持ちこむのがやっとのありさまだ。こいつに会わせてやりたいよ、坊や」

どうやら顔の傷跡の話を持ちだしてもよさそうな雲行きだ。

「ぜひ会いたいね。連れてくればよかったのに、あんたのかんばせにそれだけのことがやれる男なら……」

レフティは具合の悪いほうの目に片手をあてて、「こいつは、弟のせいじゃない。じつはな……」急に笑いだし、目から手をはなし、コートのポケットから宝石箱をとりだして私に押しつける。「そいつをよく見てみろよ」

箱の中には、プラチナ製とおぼしき懐中時計がひとつ。つながっている鎖もプラチナらしい。まちがいない。

「字が刻んであるだろう」とレフティ。

懐中時計の裏蓋に、〈アルバート・パスター（どうしても必要なとき、レフティはこう名乗る）へ。食料雑貨店保護協会《プロテクション》より、感謝をこめて〉とある。

「保護協会《プロテクション》だって？」

私は慎重に、「これはまるで……」

「やくざ《ラケット》のことさ！」レフティはあとをひきとり、高笑いすると、机を勢いよくたたく。「嘘つきだと言われるかもしれないが、おれの生まれ故郷の、人口二十五万には及びもつかないちっぽけな町にも――昔ながらのいい町だってことには変わりはないんだぜ――なんとやくざ連中がおひかえあそばしてたってわけだ！」

たとえ嘘つきだと思っても、面と向かってレフティを嘘つき呼ばわりはできない。リング上で闘うさいのルールがもしなかったら、というか、ルールがあるということをつい忘れてしまうほど短気な男でなかったら、リングを去り、私と組んで仕事をはじめたりせずに、ヘヴィ級の世界チャンピオンになっていたはずの男である。で、「そうかい」とこたえておく。

「そうなんだ」とレフティ。「地方検事局だってたまげるこったろう。あんなちっぽけな町にも大都会なみの縄張りがあるってんだから、こいつはお笑い草だ。おまけにおれのオヤジは、ほかの店主たちといっしょに保護料をまきあげられてたんだ」

彼は、あまり上物ではないと言ったスコッチの瓶に手を伸ばす。

「あんたのオヤジは食料雑貨店をやっているのか?」

「まあな。昔っから、おれにあとを継がせたがっていた」とレフティ。「おれが拳固稼業で名を挙げても、いい顔をしなかったのはそのせいだ。もう水にながしてくれたがね——おれがリングから身を退《ひ》いたからさ。あんたももう少したてばわかるだろうが、おれのオヤジはいい年寄りになった。おれたちはうまくやっている。セダンを一台買ってやった。自慢げに乗りまわしてるオヤジを見せてやりたいぜ。デューゼンバーグだと思うか?」

「そうなのか?」

「いいや。だが、オヤジが乗りまわしてるところを見たら、ロールスロイスだと思うんじゃないかな。二、三日たった頃、オヤジはおれにこぼした。やくざどもが町の食料雑貨店主を呼び集めて、保護協会に加入するか、さもなければ、とおどしをかけてきたと言うんだ。やくざにたてつく店主はそんなに多くはいない。もともとたいして儲かる商売じゃないし、このうえやくざにピンはねされればもっと苦しくなる。オヤジはくよくよしてた。

オヤジにはなにも言わずに、おれはひとりで出かけ、ちょいと考えてみた。おっかないお兄さんたちに会いにいって、ここはひとつききわけてくれ、それともおれを相手にするか、と直談判するってのはどうだろう。それほどわるい考えとは思えなかった。どうだい?」

「わるくないよ、レフティ」

「と、おれも思ったのさ」とレフティ。「で、そのとおりにやったんだが、やつらは聞きわけがよくなかった。おれが顔を出したとき、案の定、保護協会のオフィスには、お兄さんが二人いた――口だけは達者だったが、動きはからっきしだった。しばらくして三人めが入ってきたが、その頃にはこっちもしっかり汗をかいていたんで、家具をいくつかぶっこわし、文句なしにカタをつけてやった。そのあと、オヤジと仲間の店主たちが寄り集まって、この時計を買ってくれたってわけだ。そのままだったら、支払わなきゃならなかった翌月分の保護料でな」

レフティは懐中時計と鎖を箱に戻し、その箱をだいじそうにポケットにしまう。「ところで、肝心のアガリはどうなってる？」

わたしはカネの入った封筒をポケットからとりだし、彼に渡した。

「あんたの分け前だ。〈カレッスィーの店〉の分は、そのなかに入っていない。知ってるね、三番街に店を出している小柄な太った男だ」

「知ってるとも」とレフティ。「御託《ごたく》をならべてるのか？」

「保護料を払いすぎて、保護してもらうものがもうなにもないと言ってる。これ以上の値上げには応じられないとがんばっているんだ」

「ほう」とレフティ。「おれが街をちょっと留守にすると、すぐにやつらはカネをけちりはじめるってわけか」

彼は立ちあがってチョッキのボタンをかける。

「いいだろう。ちょいと足をのばして、あのチビのデブに会ってこよう。ここはひとつ聞きわけてくれ、それともおれを相手にするか、とやつに話してみるぜ」

『アルバート・パスターの帰郷』に付けられた二つの挿絵。右・〈エスクァイア〉1933年秋号（創刊号）より。左・エラリー・クイーン編〈*Nightmare Town*〉（1948）デル版（1950年刊）より。

解説

前掲「ならず者の妻」〈〈サンセット〉一九二五年十月号〉と本篇「アルバート・パスターの帰郷」〈男性誌〈エスクァイア〉一九三三年創刊号〉が掲載された時期には丸八年の隔りがある。この八年間にダシール・ハメットは、前後篇に分載された、それぞれが長めの中篇である「ブラッド・マネー」を皮切りに、四つの長篇小説『赤い収穫』『デイン家の呪い』『マルタの鷹』『ガラスの鍵』を〈ブラック・マスク〉に連載した。そしてそのいずれもが一年を待たずにハードカヴァーの単行書となり、大きな評価を得た。

ところがこの八年のうち最盛期にさしかかる前の一九二五年秋に、編集長、フィル＝コディとの不仲もあって、ハメットが断筆を宣言し、一年間以上小説を書かなかった時期があった。一九二六年になって掲載された三篇が書かれたのは実際には前年の秋以前だったのである。

パルプ・ライター稼業に見切りをつけ、市内の宝石店で広告文を作成する高給とり〈月給三百五十ドル〉のコピー・ライターの仕事に就いたハメットだったが、一九二六年七月、勤務先で喀血。窮地に立たされた彼に励ましと助力の手をさしのべたのが、〈ブラック・マスク〉の第四代編集長、ジョゼフ・T・ショーだった。仲間の作家たちの温かい応援も加わり、コンチネンタル・オプとダシール・ハメットが甦ったのが一九二七年だった。

闇にまぎれて　*Night Shade*

ライトを消したセダンがパイニー・フォールズ橋のすぐ手前の路肩に駐まっていた。そのわきを通過したとき、若い女がセダンから頭を突きだして、「すみません」と声をかけてきた。さし迫った口調だったが、耳障りとか甲高いと言えるほどの感情の昂ぶりはこもっていなかった。

ブレーキを踏み、車を後退させた。そのときには男が一人、すでにセダンから降りていた。薄暗かったが、若くてかなりの大男だとわかった。男はこっちが行きかけていた方角に片手を振り、「そのまま行け、お兄さん《バディ》」と言った。

若い女がまた言った。「町まで乗せていってもらえないかしら」彼女はセダンのドアを開けかけているようだった。帽子が前に傾いて、片方の目を隠している。

「いいとも」とこたえた。

路上の男が一歩詰め寄り、前と同じように片手を振ってうなり声を発した。「とっとと失せろ、お前は」

かまわず車から降りた。路上の男が向かってこようとしたとき、セダンから別の男の声がかかった。警告を発する荒々しい声音だった。

「やめとけ、トニー。そいつはジャック・バイだぞ」セダンのドアがぱっと開き、若い女が飛びだした。

「そうか！」と言ってトニーは、おぼつかなげにもじもじした。だが女がこっちの車に向かいかけるのを見ると、憤然と大声をあげた。「わかってるのか。そいつの車で町へ行ったりすると……」

そのときには女はすでにロードスター〔二人乗りのオープンカー〕の中だった。「それじゃあね」と彼女は声をかけた。

男はこっちを向き、頭を振りながらしつこくしゃべりかけた。「そんなことをさせるわけには……」

殴ってやった。ぶっ倒れたのも無理はない。強く殴ったからだ。だがもし彼にその気があったら、立ちあがれないほどではなかったはずだ。しばらく様子を見て、セダンの中の男に声をかけた。「かまわないか？」まだ相手の顔は見えなかった。

「そいつはオーケーだ」相手はあたふたとこたえた。

「おれが言ってきかせる」

「よろしくな」そう言って、若い女の隣りに乗りこんだ。降りだす前に町に着く予定だった雨がポツポツきはじめた。男と女が乗ったクーペがそばを走り抜けて町へ向かって行った。それを追って橋を渡った。

女が言った。「ご親切にどうも。あの車にいても身の危険はなかったのですが、なんだかいやな感じがしたので……」

「危険ではないが」と言った。「いやな目にあいそうだった」

「二人をご存じなの？」

「いや」

「あっちはあなたを知ってたわ。トニー・フォレストとフレッド・バーンズよ」なにもこたえずにいると、彼女はつけ加えた。「あなたを怖れていたわ」

「なにをしでかすかわからない男だからね」

女は笑った。「今夜は人助けをなさったわ。どっちか一人とだけだったら出かけなかったんだけど、二人一緒ならと……」彼女はコートの襟を立てた。「雨がかかるの」

また車を駐め、女の側のカーテンをさぐった。「で、あなたの名前はジャック・バイなのね」

脇のカーテンをとめているあいだに、彼女は言った。

「そちらはヘレン・ウォーナー」

「どうして名前を?」彼女は帽子をまっすぐにかぶり直していた。

「何度か見かけた」幌の取り付けを終えて車内に戻った。

「声をかけたとき、わたしが誰かわかったの?」車が走りだすと、彼女はたずねた。

「ああ」

「あんな連中と一緒に出かけるなんて、バカな真似をしたわ」

「震えてるね」

「寒いの」

手持ちの小瓶が空で悪かったな、とこたえた。


角を曲り、ヘルマン通りの西の端に曲りこんだ。ローレル通りとの角にある宝石店の前の時計は十時四分すぎを指していた。ゴム引きの黒合羽をまとった警官が時計の支柱に寄りかかっていた。香水には通じていないので、女がつけている香水の名前はわからなかった。

彼女は言った。「寒いの。どこかに寄って一杯いただけないかしら?」

「本気かい?」その口ぶりが気になったのか、彼女はくるっと首を回し、薄闇の中でこっちを見た。

「ほんとよ」彼女は言った。「あなたがお急ぎでなければ」

「急いではいない。マックの店はどうかな。ほんの三、四ブロック先だよ。ただし……黒人《ニガー》の店だ」

女は笑った。「毒は盛られないわよね」

「その心配はない。ほんとうに行きたいのか？」

「もちろんよ」大げさに身ぶるいしてみせた。「冷えきってるの。まだ時間も早いし」

トゥーツ・マックがドアを開けてくれた。丸くて黒い禿げ頭をさげ、「今晩は、サー、今晩は、マダム」と声をかけてきた丁重さから察するところ、どこか別の店へ行ってくれたらよかったのにと望んでいるのは明らかだったが、彼がどう思おうととりわけ気にもならなかった。

「やあ、トゥーツ。元気か？」わざと明るい口ぶりで話しかけた。

店の客はまばらだった。ピアノから一番遠く離れた隅のテーブルに向かった。きゅうに彼女はまじまじとこっちを見た。青さのきわだった目が今度は大きく見開かれた。

「車の中で気づいたと……」

「どうしたの、その傷跡は？」話をさえぎって彼女はたずね、腰をおろした。

「これのことか」片手を頬にやってこたえた。「喧嘩だ、二年ぐらい前の。胸のほうはもっとすごいぜ」

「そのうち一緒に泳ぎに行かなくちゃね」彼女は楽しげに言った。「坐ってくれない？　飲物、早くね」

「本気なんだね――」

彼女はテーブルを指で弾きながら拍子をとって口ずさみだした。「飲みたい、飲みたい、飲みたい」唇のふっくらとした小さな口は、笑みを浮かべると、広がらずに上向きに曲線を描いた。

飲物を注文し、早口でおしゃべりをした。ジョークを飛ばし、おかしくもないのに声をあげて笑い合った。質問を発し――彼女がつけている香水の名前も質問の一つだった――こたえはどうでもよく、気にもかけなかった。そしてトゥーツはと言えば、こっちが彼の様子をうかがっていないすきに、カウンターのうしろからむっつりとにらんでいた。雲行きが悪い。

お代わりを飲み干したところで切りだした。「さて、御輿《みこし》をあげるとするか」

彼女は、帰りたがったり、もう少し粘りたがったりする素振りはちらとも見せずに素直に立ちあがってくれた。淡いブロンドの髪の端が帽子のうしろの縁《へり》の上に巻きあがっていた。

ドアのそばで話しかけた。「いいかい、その角を曲るとタクシーのたまり場がある。家まで送らなくてもかまわないね」

彼女は腕に手をかけてきた。「かまうわよ。ねえ……」通りにはほとんど明りがなかった。

彼女の顔は子供のようだった。腕から手を離して彼女は言った。「でも、お嫌なら……」

「そういうことだ」

彼女はゆっくりとしゃべった。「あなたはいい人ね、ジャック・バイ。とても感謝してるわ――」

「たいしたことじゃないさ」握手をしてから、もぐり酒場《スピークイージー》へ戻った。

トゥーツはまだカウンターのうしろにいた。そこから出て、近寄ってきた。「あんなことをされちゃ迷惑だぞ」嘆くように首を振って、彼は言った。

「わかってる。わるかったよ」

「おまえの身のためにもならない」あいかわらず悲しげに彼は先をつづけた。「ここはハーレムじゃないんだ。いいか、自分の娘がおまえと遊びまわっていて、この店にやってきたと知ったら、判事のウォーナーは、おれたちをあれやこれやと痛めつけかねない。よく聞け、おまえのことは好きだが、忘れるんじゃないぞ。肌の色がそれほど黒くなかろうと、いくつの大学を出ていようと、おまえはやっぱり黒人《ニガー》だってことをな」

「そうかい」とこたえた。「じゃ、ほかの人間になりたがってるっていうのか、中国人とか?」

解説

闇にまぎれて　*Night Shade*

〈ブラック・マスク〉に載ったハメットの最後の短篇小説は一九三〇年十一月号の「死の会社」だった。オプ物語の最終作でもあったが、出来栄えはあまりよくなかった。ハメットが一躍有名作家になったので、おクラにされていたものが陽の目を見たのかもしれない。その後ハメットは、三年間にわずか五篇の中短篇小説しか書かなかった。そのうちの三篇は一流誌〈アメリカン・マガジン〉に二篇、〈コリアーズ〉に一篇掲載された私立探偵、サム・スペードが登場するごくありきたりの探偵小説だった。

〈リバティ〉に三回分載された「暗闇から来た女」に次いで一九三三年夏、ハメットは前掲の「アルバート・パスターの帰郷」を秋に創刊される〈エスクァイア〉創刊号に送りつけた。ところがハメット自身かエージェントが誤まって同じ作品を、エラリー・クイーンの依頼をうけて、彼が創刊する〈ミステリー・リーグ〉にも送ってしまった。その誤まりを正すために書き上げられたのが本篇「闇にまぎれて」（旧訳題名「夜陰」）だったという。

ほぼ同時期に書かれたこの二篇には興味深い共通点がある。「闇にまぎれて」にはデリケートでたくみなオチのネタをうまく隠す文章上のトリックが仕掛けられている。赤狩りの渦中、一九五一年の後半に五ヵ月間服役したハメットは、一九五三年にも上院小委員会の喚問をうけたが、そのとき共産主義との関連を取り沙汰されたのが本篇「闇にまぎれて」だった。〝赤と黒〟をとりちがえた茶番劇である。

〝興味深い共通点〟というのは、じつは私のあやふやな推測なのだが、もう一方の「アルバート・パスターの帰郷」の原文につけられた二点のイラスト（三四四頁参照）を眺めているうちに、私は奇妙なことに気がついた。〈エスクァイア〉のイラストでは〝レフティ〟はわざわざ背面から描かれているが、角刈りの頭部はきわめて特徴的である。一方、クイーン編の短篇集（デル版）におさめられている一ページ大のイラストでは、〝レフティ〟の肌の色はけっして白人の色には見えない仕上りになっている。

ハメットが企てた隠し味に気づかない読者のために配慮されたイラストだったとしたら、これまで私もふくめて日本の読者がそこに気づかなかったのはいたしかたないのかもしれない。〝線路向こうの故郷の町〟に帰った〝レフティ〟の台詞を明白な訛りを表現する口語体で記した作者の苦心など、よほどの英語の達人でなければ読みとれるはずがないからだ。

ダシール・ハメット長短篇作品リスト

Ⅰ　長篇小説（刊行年代順）

Red Harvest（1929）『赤い収穫』砧一郎訳（ハヤカワ・ミステリ、一九五三年）、『血の収穫』田中西二郎訳（東京創元社、一九五六年）、同題・能島武文訳（新潮社、一九六〇年）、『赤い収穫』稲葉由紀訳（東都書房、一九六四年）、『血の収穫』河野一郎訳（中公文庫、一九七七年）、同題・田中小実昌訳（講談社文庫、一九七八年）、『赤い収穫』小鷹信光訳（ハヤカワ・ミステリ文庫、一九八九年）

The Dain Curse（1929）『デイン家の呪』村上啓夫訳（日本出版協同、一九五三年）、同題・同訳（ハヤカワ・ミステリ、一九五六年）、『デイン家の呪い』小鷹信光訳（ハヤカワ・ミステリ文庫、二〇〇九年）

The Maltese Falcon（1930）『マルタの鷹』砧一郎訳（ハヤカワ・ミステリ、一九五四年）、同題・田中西二郎訳（新潮社、一九五六年）、同題・村上啓夫訳（東京創元社、一九六一年）、同題・石一郎訳（角川書店、一九六三年）、同題・鳴海四郎訳（筑摩書房、一九七〇年）、同題・宇野利泰訳（学習研究社、一九七九年）、同題・小鷹信光訳（河出書房新社、一九八五年）、同題・同訳（ハヤカワ・ミステリ文庫、一九八八年、同題、改訳決定版、二〇一二年）
〔ほかに抄訳、児童書もある〕

The Glass Key（1931）『ガラスの鍵』砧一郎訳（ハヤカワ・ミステリ、一九五四年）、同題・大久保康雄訳（東京創元社、一九五七年）、同題・小鷹信光訳（ハヤカワ・ミステリ文庫、一九九三年）、同題・池田真紀子訳（光文社古典新訳文庫、二〇一〇年）

The Thin Man (1934) *Redbook* (December 1933) にコンデンス版を掲載。『影のない男』大門一男訳(抄訳スタア一九三四年新年号)『影なき男』砧一郎訳(雄鶏社、一九五〇年)、同題・同訳(ハヤカワ・ミステリ、一九五五年)、同題・小鷹信光訳(ハヤカワ・ミステリ文庫、一九九一年)

Ⅱ　短篇小説(発表年代順。長篇分載もふくむ。〔 〕内は別題名。#はコンチネンタル・オプ物語)

1 **“The Parthian Shot”** *The Smart Set* (October 1922)「最後の一矢」小鷹信光訳(HMM二〇〇五年六月号)
〔*The Smart Set* には “The Great Lovers” (November 1922) やパロディ “The Master Mind” (January 1923) などが同じくダシール・ハメット名義で掲載された。ほかにも *10 Story Book* (November 1922) にダグハル・ハメット名義で載った小品 “Immortality” などもあるが、いずれも小説ではない〕

2 **“The Barber and His Wife”** *Brief Stories* (December 1922) ピーター・コリンスン名義。「理髪店の主人とその妻」小鷹信光訳(HMM二〇〇五年六月号) **＊本書収録**(同題)

3 **“The Road Home”** *The Black Mask* (December 1922) ピーター・コリンスン名義。「帰路」小鷹信光訳(HMM一九七七年五月号)、同題・同訳(短篇集⑦) **＊本書収録**(同題)

4 **“The Sardonic Star of Tom Doody”** *Brief Stories* (February 1923) 〔Wages of Crime〕 ピーター・コリンスン名義。「犯罪の価」田中小実昌訳(ヒッチコック・マガジン一九六三年一月号)

5 **“The Vicious Circle”** *The Black Mask* (June 15, 1923) 〔The Man Who Stood in the Way〕 ピーター・コリンスン名義。「厄介な男」丸本

聴明訳（HMM一九七六年八月号）

6 **"The Joke on Eloise Morey"** *Brief Stories*（June 1923）「軽はずみ」稲葉由紀訳（宝石一九六一年十一月号）

7 **"Holiday"** *The New Pearsons*（July 1923）「休日」稲葉由紀訳（マンハント一九六二年九月号）、同題・稲葉明雄訳（短篇集④）**＊本書収録**（同題）

8 **"The Crusader"** *The Smart Set*（August 1923）メアリー・ジェーン・ハメット名義。「怪傑白頭巾」小鷹信光訳（EQ一九八二年一月号）同題・同訳（短篇集⑦）

9 **"Arson Plus"** *The Black Mask*（October 1, 1923）ピーター・コリンスン名義。「放火罪および……」稲葉明雄訳（EQMM一九六四年十二月号）、同題・同訳（短篇集③）、同題・小鷹信光訳（短篇集⑧）＃

10 **"The Dimple"** *Saucy Stories*（October 15, 1923）〔In the Morgue〕「死体置場」田中小実昌訳（EQMM一九五九年十一月号）＃

11 **"Slippery Fingers"** *The Black Mask*（October 15, 1923）ピーター・コリンスン名義。「つるつるの指」小山内徹訳（別冊宝石93号、一九五九年十一月刊）＃

12 **"Crooked Souls"** *The Black Mask*（October 15, 1923）〔The Gatewood Caper〕「身代金」妹尾アキ夫訳（宝石一九五五年五月号）、「黒づくめの女」稲葉由紀訳（ヒッチコック・マガジン一九六二年十一月号）、同題・同訳（短篇集③）

13 **"The Green Elephant"** *The Smart Set*（October 1923）「厄介なプレゼント」久慈波之介訳（探偵倶楽部一九五八年九月号）、「緑色の悪夢」稲葉明雄訳（HMM一九九四年七月号）

14 **"It"** *The Black Mask*（November 1, 1923）〔The Black Hat That Wasn't There〕「暗闇の黒帽子」井上一夫訳（EQMM一九六〇年七月号）**＊本書収録**（同題）＃

15 **"The Second - Story Angel"** *The Black Mask*

（November 15, 1923）「深夜の天使」田中小実昌訳（ヒッチコック・マガジン一九六三年二月号）

16 **"Laughing Masks"** *Action Stories*（November 1923）〔When Luck's Running Good〕「ついている時には」田中融二訳（ＥＱＭＭ一九六〇年四月号）

17 **"Bodies Piled Up"** *The Black Mask*（December 1, 1923）〔House Dick〕「雇われ探偵」鮎川信夫訳（ＥＱＭＭ一九五六年七月号）、「戸棚のなかに屍が三つ」黒羽新訳（探偵倶楽部一九五八年三月号）、「やとわれ探偵」稲葉明雄訳（短篇集④）＃

18 **"Itchy"** *Brief Stories*（January 1924）〔Itchy, the Debonair〕「紳士強盗イッチイ」森郁夫訳（ＥＱＭＭ一九五九年十月号）

19 **"The Tenth Clew"** *The Black Mask*（January 1, 1924）〔The Tenth Clue〕「第十の手懸り」訳者不詳（マスコット一九四九年九月号）、「十番目の手掛り」狩久訳（探偵倶楽部一九五八年一月号）、同題・同訳（別冊宝石116号、一九六三年二月刊）、「十番目の手がかり」田中西二郎訳（短篇集②）、同題・木村二郎訳（短篇集『コンチネンタル・オプ』立風書房）、同題・田中融二訳（短篇集⑤）＃

20 **"The Man Who Killed Dan Odams"** *The Black Mask*（January 15, 1924）「オダムズを殺した男」福島仲一訳（探偵倶楽部一九五八年七月号）、「ダン・オダムズを殺した男」遠川宇訳（ＥＱＭＭ一九六五年九月号）、同題・稲葉明雄訳（短篇集④）、同題・田中融二訳（短篇集⑤）

21 **"Night Shots"** *The Black Mask*（February 1, 1924）「夜の銃声」稲葉明雄訳（ＥＱＭＭ一九六四年六月号）、同題・同訳（短篇集③）＃

22 **"The New Racket"** *The Black Mask*（February 15, 1924）〔The Judge Laughed Last〕「判事最後に微笑む」訳者不詳（ウイン

ドミル一九四八年十一月号)、「判事の論理」石田善彦訳(EQ一九七八年五月号)同題・小鷹信光訳(短篇集⑦)

23 **"Esther Entertains"** *Brief Stories* (February 1924)

24 **"Afraid of a Gun"** *The Black Mask* (March 1, 1924)「拳銃が怖い」小鷹信光訳(HMM二〇一一年八月号)**＊本書収録**(同題)

25 **"Zigzags of Treachery"** *The Black Mask* (March 1, 1924)「裏切りは死を招く」黒田昌一訳(別冊小説宝石一九七二年爽秋号)、「裏切りの迷路」小鷹信光訳(HMM一九九四年七月号)**＊本書収録**(同題)#

26 **"One Hour"** *The Black Mask* (April 1, 1924)「一時間の冒険」杉本エリザ訳(探偵倶楽部一九五六年五月号)、「一時間」田中融二訳(EQMM一九五九年八月号)、同題・同訳(短篇集⑤)、同題・稲葉明雄訳(HMM一九七四年四月号)、同題・同訳(短篇集④)#

27 **"The House in Turk Street"** *The Black Mask* (April 15, 1924)「ターク街の家」邦枝輝夫訳(宝石一九六一年十一月号)、「ターク通りの家」藤井裕三訳(短篇集『コンチネンタル・オプ』)、同題・小鷹信光訳(短篇集⑥⑧)#

28 **"The Girl with the Silver Eyes"** *The Black Mask* (June 1924)「銀色の眼の女」邦枝輝夫訳(別冊小説宝石一九七四年四月号)、「銀色の目の女」小鷹信光訳(短篇集『コンチネンタル・オプ』)、同題・同訳(短篇集⑥⑧)#

29 **"Women, Politics and Murder"** *The Black Mask* (September 1924)〔Death on Pine Street〕「をんな二人」訳者不詳(マスコット一九四九年七月号)、「午前三時路上に死す」都筑道夫訳(探偵倶楽部一九五六年四月号)、「パイン街の殺人」田中融二訳(短篇集⑤)#

30 **"The Golden Horseshoe"** *The Black Mask* (November 1924)「絞首台は待っていた」久慈波之介訳(探偵倶楽部一九五七年九月号)、「金

の馬蹄」砧一郎訳（短篇集①）、「黄金の蹄鉄」石田善彦訳（短篇集『コンチネンタル・オプ』）#

31 **"Who Killed Bob Teal?"** *True Detective* (November 1924)「だれがボブ・ティールを殺したか?」砧一郎訳（短篇集①）#

32 **"Nightmare Town"** *Argosy All-Story Weekly* (December 27, 1924)「悪夢の町」谷京至訳（探偵倶楽部一九五七年四月号）、「悪夢の街」井上一夫訳（短篇集『悪夢の街』ハヤカワ・ミステリ）

33 **"Mike, Alec or Rufus"** *The Black Mask* (January 1925)〔Tom, Dick or Harry〕「誰でも彼でも」砧一郎訳（別冊宝石73号、一九五八年一月刊）#

34 **"The Whosis Kid"** *The Black Mask* (March 1925)「フウジス小僧」砧一郎訳（短篇集①）、「フージス・キッド」宮脇孝雄訳（短篇集『コンチネンタル・オプ』）#

35 **"Ber - Bulu"** *Sunset Magazine* (March 1925)〔The Hairy One〕「毛深い男」小鷹信光訳（HMM一九七二年十二月号）同題・同訳（短篇集⑦）

36 **"The Scorched Face"** *The Black Mask* (May 1925)「焦げた顔」谷京至訳（探偵倶楽部一九五六年十月号）、同題・丸本聰明訳（短篇集『悪夢の街』）、同題・小鷹信光訳（HMM二〇一〇年一月号）**＊本書収録**（同題）#

37 **"Corkscrew"** *The Black Mask* (September 1925)「謎の大陸探偵」訳者不詳（ウインドミル一九四八年一～二月号）、「町の名はコークスクルー」訳者不詳（マンハント一九五九年九月号）、「新任保安官」稲葉由紀訳（短篇集『悪夢の街』）、同題・稲葉明雄訳（短篇集③）#

38 **"Ruffian's Wife"** *Sunset Magazine* (October 1925)「ならずものの妻」谷京至訳（探偵倶楽部一九五七年十月号）、「ならず者の妻」小鷹信光訳（HMM一九八四年七月号）同題・同訳（短

篇集⑦）**＊本書収録**（同題）

39 **"Dead Yellow Women"** *The Black Mask* （November 1925）「シナ人の死」砧一郎訳（短篇集①）＃

40 **"The Gutting of Couffignal"** *The Black Mask* （December 1925）「カウフィグナル島の掠奪」砧一郎訳（『名探偵登場③』一九五六年、ハヤカワ・ミステリ）、「クッフィニャル島の夜襲」田中西二郎訳（短篇集②）＃

41 **"The Nails in Mr. Cayterer"** *The Black Mask* （January 1926）「ケイタラー氏の打たれた釘」砧一郎訳（別冊宝石87号、一九五九年五月刊）

42 **"The Assistant Murderer"** *The Black Mask* （February 1926）「愛は裁く」訳者不詳（マスコット一九四九年二～三号）、「アマいペテン師」平井イサク訳（探偵倶楽部一九五六年十一月号）、「殺人助手」稲葉由紀訳（宝石一九六一年五月号）、同題・同訳（『名探偵登場⑥』一九六三年、ハヤカワ・ミステリ）、同題・稲葉明雄訳（短篇集④）

43 **"The Creeping Siamese"** *The Black Mask* （March 1926）「忍び寄るシャム人」訳者不詳（マスコット一九四九年一月号）、「うろつくシャム人」都筑道夫訳（探偵倶楽部一九五六年六月増刊号）、同題・稲葉明雄訳（ＥＱＭＭ一九六五年一月号）、同題・同訳（短篇集③）＃

44 **"The Big Knockover"** *Black Mask* （February 1927）「血の報酬Ⅰ　大きな女」中田耕治訳（ＥＱＭＭ一九六一年四月号）、「でぶの大女」小鷹信光訳（短篇集⑥⑦⑧）＃

45 **"$106,000 Blood Money"** *Black Mask* （May 1927）「血の報酬Ⅱ　小柄な老人」中田耕治訳（ＥＱＭＭ一九六一年五月号）、同題・小鷹信光訳（短篇集⑥⑦⑧）＃

46 **"The Main Death"** *Black Mask* （June 1927）「メインの死」砧一郎訳（短篇集①）、「メイン氏の死」笹村光史訳（短篇集『コンチネンタル・オプ』）、同訳・改題「ジェフリー・メインの死」

（短篇集⑧）#

47 **“The Cleansing of Poisonville”** *Black Mask* (November 1927)『赤い収穫』の第一回。#

48 **“Crime Wanted-Male or Female”** *Black Mask* (December 1927)『赤い収穫』の第二回。#

49 **“This King Business”** *Mystery Stories* (January 1928)「王様商売」小山内徹訳（宝石一九五六年四月号）、「王様稼業」稲葉明雄訳（HMM一九七一年十～十一月号）、同題・同訳（短篇集③）#

50 **“Dynamite”** *Black Mask* (January 1928)『赤い収穫』の第三回。#

51 **“The 19th Murder”** *Black Mask* (February 1928)『赤い収穫』の第四回。#

52 **“Black Lives”** *Black Mask* (November 1928)『デイン家の呪』の第一回。#

53 **“The Hollow Temple”** *Black Mask* (December 1928)『デイン家の呪』の第二回。#

54 **“Black Honeymoon”** *Black Mask* (January 1929)『デイン家の呪』の第三回。#

55 **“Black Riddle”** *Black Mask* (February 1929)『デイン家の呪』の第四回。#

56 **“Fly Paper”** *Black Mask* (August 1929)「消えた令嬢」訳者不詳（ウインドミル一九五〇年一月号）、「蠅取り紙」能島武文訳（宝石一九五五年十一月号）、同題・丸本聰明訳（HMM一九七五年十一月号）、「蠅とり紙」田中融二訳（短篇集⑤）#

57 **“The Maltese Falcon”** *Black Mask* (September 1929, October 1929, November 1929, December 1929, January 1930)『マルタの鷹』の五回連載。

58 **“The Diamond Wager”** *Detective Fiction Weekly* (October 19, 1929)「ダイヤモンドの賭け」宮脇孝雄訳（EQ一九九五年七月号）

59 **“The Farewell Murder”** *Black Mask* (February 1930)「フェアウェルの殺人」訳者不詳（ウインドミル一九四八年十一月号）、「フェヤウェル殺人事件」能島武文訳（探偵倶楽部一九五七年一月号）、「フェアウェルの殺人」稲葉由紀訳（別冊宝石123号、一九六三年十月刊）、同題・稲葉明雄訳（短篇集③）、「フェアウェル殺人事件」大井良純訳（短篇集『コンチネンタル・オプ』）

#

60 **"The Glass Key"** *Black Mask*（March 1930）『ガラスの鍵』の第一回。

61 **"The Cyclone Shot"** *Black Mask*（April 1930）『ガラスの鍵』の第二回。

62 **"Dagger Point"** *Black Mask*（May 1930）『ガラスの鍵』の第三回。

63 **"The Shattered Key"** *Black Mask*（June 1930）『ガラスの鍵』の第四回。

64 **"Death and Company"** *Black Mask*（November 1930）「恐ろしき計画」大江専一訳（新青年一九三一年夏増刊号）、「死の会社」訳者不詳（ウインドミル一九四八年七月号）、「人妻攫い」田中潤司訳（耽奇小説一九五八年第四号）「死の商会」大井良純訳（HMM一九八五年十一月号）、「死の会社」小鷹信光訳（短篇集⑧）#

65 **"On the Way"** *Harper's Bazaar*（March 1932）

66 **"A Man Called Spade"** *American Magazine*（July 1932）「緑色のネクタイ」浅野篤訳（新青年一九三五年春増刊号）、「スペードと云う男」川井蕃訳（スタア一九三六年四月増刊号）、「私は殺される」能島武文訳（探偵倶楽部一九五八年四月号）同題・同訳（別冊宝石116号、一九六三年二月刊）、「スペードという男」砧一郎訳（『名探偵登場④』一九五六年、ハヤカワ・ミステリ）、同題・田中小実昌訳（『世界短篇傑作集4』一九六一年、創元推理文庫）、同題・田中西二郎訳（短篇集②）、同題・稲葉明雄訳（短篇集④）

67 **"Too Many Have Lived"** *American Magazine*（October 1932）「人間が多すぎる」高橋泰邦訳（別冊宝石81号、一九五八年十一月刊）、「生きている奴が多すぎる」仁賀克雄訳（『ミステ

リー短篇傑作集・第2集』一九六八年、洋販出版）、「赤い灯」稲葉明雄訳（短篇集④）、「赤い光」田中融二訳（短篇集⑤）

68 **"They Can Only Hang You Once"** *Collier's* (November 1932)「貴様を二度は縊れない」田中潤司訳（宝石一九五六年十月号）、「私は殺される」能島武文訳（探偵倶楽部一九五八年四月号）、同題・同訳（別冊宝石116号）、「二度は死刑にできない」稲葉明雄訳（短篇集④）、「死刑は一回でたくさん」田中融二訳（短篇集⑤）

69 **"Woman in the Dark"** *Liberty* (April 8, 1933, April 15, 1933, April 22, 1933)「暗闇から来た女」吉岡龍訳（新青年一九三四年夏増刊号）、「暗闇から来た女」乾信一郎訳（別冊宝石79号、一九五八年九月刊）、『闇の中から来た女』船戸与一訳（一九八八年刊の単行書からの翻訳、集英社、一九九一年刊）

70 **"Albert Pastor at Home"** *Esquire* (Autumn 1933)「アルバート・パスターに感謝をこめて」中田耕治訳（マンハント一九六一年五月号）、「アルバート・パスター帰る」小泉太郎訳（短篇集『悪夢の街』）、「アルバート・パスターの帰郷」小鷹信光訳（エスクァイア日本版一九八七年夏号）同題・同訳（短篇集⑦）**＊本書収録**（同題）

71 **"Night Shade"** *Mystery League Magazine* (October, 1933)「夜陰」稲葉明雄訳（ＥＱＭＭ一九六四年三月号）、同題・同訳（短篇集④）**＊本書収録**（「闇にまぎれて」）

72 **"Two Sharp Knives"** *Collier's* (January 13, 1934)「二つのナイフ」訳者不詳（新青年一九三四年十一月号）、「二本のするどいナイフ」中田耕治訳（ＥＱＭＭ一九五七年一月号）、「両雄ならび立たず」田中融二訳（短篇集⑤）

73 **"His Brother's Keeper"** *Collier's* (February 17, 1934)「ああ、兄貴」久慈波之介訳（ＥＱＭＭ一九六二年四月号）、同題・稲葉明雄訳（短篇集④）

74 **"This Little Pig"** *Collier's* (March 24, 1934)

75 **"A Man Named Thin"** *Ellery Queen's Mystery Magazine*（March 1961）「不調和のイメージ」小笠原豊樹訳（ＥＱＭＭ一九六一年七月号）

76 **"Tulip"** 短篇集 *The Big Knockover*（1966）初出。「チューリップ」小鷹信光訳（ＨＭＭ二〇一一年八～九月号）**＊本書収録**（同題）

〔付〕その他の短篇小説

"The Man Who Loved Ugly Woman" *Experience*（刊行年月不詳）

"A Tale of Two Women" *Saturday Home Magazine*（刊行年月不詳）

"A First Aide to Murder" *Saturday Home Magazine*（刊行年月不詳）

この二篇は旧作の改題かもしれない。

"So I Shot Him" *The Strand Magazine*（2011 #33）執筆当時未刊行だった作品。

Ⅲ　短篇集（収録作品は収録順に短篇リストの通し番号で表記）

$106,000 Blood Money（1943）44、45を収録。*Blood Money* の題名で一書にまとめられ、同年ワールド社からハードカヴァー、一九四四年デル社からペイパーバック版が刊行された。

The Adventures of Sam Spade & Other Stories（1944）67、68、66、42、71、22、73を収録。エラリイ・クイーン編・序。

The Continental Op（1945）56、29、25、59を収録。エラリイ・クイーン編・序。

The Return of the Continental Op（1945）34、40、64、26、19を収録。エラリイ・クイーン編・序。

Hammett Homicides（1646）27、28、21、46、72、38を収録。エラリイ・クイーン編・序。

Dead Yellow Women（1947）39、31、17、30、13、35を収録。エラリイ・クイーン編・序。

Nightmare Town（1948）32、36、70、37を収録。エラリイ・クイーン編・序。『悪夢の街』（井上一夫・他訳。ハヤカワ・ミステリ、一九六一年）

The Creeping Siamese（1950）43、20、41、6、33、49を収録。エラリイ・クイーン編・序。

Woman in the Dark（1951）9、11、14、69、24、7、5を収録。エラリイ・クイーン編・序。

A Man Named Thin（1962）75、4、12、2、18、15、10、16を収録。エラリイ・クイーン編・序。

The Big Knockover（1966）40、56、36、49、12、39、37、76、44、45を収録。リリアン・ヘルマン編・序。

The Continental Op（1974）19、30、27、28、34、46、59を収録。スティーヴン・マーカス編・序。『コンチネンタル・オプ』（小鷹信光・他訳、立風書房、一九七八年）

Nightmare Town（2000）32、17、38、20、21、25、42、73、72、29、15、24、33、26、31、66、67、68、75およびThe First Thin Man（長篇『影なき男』の第一稿、未完。*City Magazine* November 4, 1975初出）を収録。カービイ・マッコーリー、マーティン・H・グリーンバーグ、エド・ゴーマン共編、ウイリアム・F・ノーラン序。

Crime Stories and Other Writings（The Library of America版、2001）9、11、12、19、25、27、28、29、30、32、34、36、39、40、42、43、44、45、46、49、56、59、69、72および"The Thin Man : An Early Typescript"（前出の『影なき男』の第一稿）、エッセイ"From the Memoirs of a Private Detective"（*The Smart Set* March 1923）「実説・コンティネンタル・オプ」（大井良純訳、『ハードボイルドの探偵たち』パシフィカ、一九七九年刊）などを収録。スティーヴ・マーカス編・注。

Lost Stories（2005）1（付記した三篇も）、2、3、4、6、7、8、10、13、16、18、23、35、71、74および"Another Perfect Crime"（*Experience* February 1925）「もう一つの完全犯罪」佐々田雅子訳（HMM二〇一一年八月号）を収録。ヴィンス・エマリイ編、ジョー・ゴアズ序。

The Hunter and Other Stories（2013）初再録された短篇58、65および後年〝発掘〟されて紹介された"Faith""The Cure""Seven Pages"の三篇（本リスト未記載）のほか、ヴィットという ハードボイルド探偵が登場する"The Hunter"（一九二五年か二六年に書かれたものらしい）などの犯罪がらみの短篇小説をはじめとして、ぜんぶで十二篇の未刊行作品（ボツになって売れなかったもの）が収録されている。それ以外にも、一九三一年に公開されたゲイリー・クーパー主演の「市街」（City Streets）など三本の映画原案（映画ストーリー。いずれも未刊）と、"A Knife Will Cut for Anybody"と題されたサム・スペード物の短篇小説（未完）がオマケとしてついている。うまくいけば四本めのスペード短篇になるはずだったこの書きかけの作品の中で、彼はあいかわらず〝にやりと狼のように〟笑ったりしていた。リチャード・レイマン、ジュリー・M・リヴェット共編、リチャード・レイマン序。

Ⅳ　日本で独自に編纂された短篇集

①『探偵コンティネンタル・オプ』（砧一郎訳、六興出版部・六興推理小説選書106、一九五七年。ハヤカワ・ミステリ、一九六〇年）いずれも39、46、31、30、34を収録。

②『血の収穫／ビロードの爪』（中央公論社、世界推理名作全集、一九六九年）同全集の第十回配本（ハメット／ガードナー）に、長篇『血の収穫』（河野一郎訳）のほかにオプ物語の19、

40と66～68のスペードものの三短篇（田中西二郎訳）収録。

③『ハメット傑作集1』（稲葉明雄訳、創元推理文庫、一九七二年）59、12、43、37、9、21、49を収録。

④『ハメット傑作集2』（稲葉明雄訳、創元推理文庫、一九七六年）66、67、68、7、71、20、42、73、26、17を収録。

⑤『死刑は一回でたくさん』（各務三郎編・田中融二訳、講談社文庫、一九七九年）20、19、26、29、56、67、68、72を収録。

⑥『ブラック・マスクの世界――別巻』（小鷹信光・編訳、国書刊行会、一九八七年）ハメットの個人短篇集ではないが、27、28および44、45を収録。

⑦『ブラッド・マネー』（小鷹信光・編訳、河出文庫、一九八八年）44、45、3、8、22、35、38、70を収録。

⑧『コンチネンタル・オプの事件簿』（小鷹信光・編訳、ハヤカワ・ミステリ文庫、一九九四年）9、27、28、44、45、46、64を収録。

V　映画「影なき男」シリーズ関連書

Return of the Thin Man (2012)

映画「影なき男」シリーズのオリジナル・シナリオ集。リチャード・レイマン、ジュリー・M・リヴェット共編、リチャード・レイマン序。

"After the Thin Man"「続・影なき男」木村二郎訳（HMM一九八七年四、五月号）シリーズ第二作「夕陽特急」（シナリオは一九三五年に完成、三六年公開。日本公開は三七年）

"Another Thin Man" シリーズ第三作「第三の影」（シナリオは一九三八年に完成、三九年公開。日本公開は四〇年）短篇59「フエアウェルの殺人」を翻案。

訳者あとがき

1

一九七〇年、〈ハヤカワ・ミステリマガジン〉（ＨＭＭ）の十二月号から三年近く連載をつづけた『海外ミステリ随想・パパイラスの舟』（一九七五年、早川書房刊）で私が用いた〝ですます〟調の語り口でこの「訳者あとがき」を書かせていただくことにします。肩の力を抜いて、あまり固苦しい話にならないよう努めましょう。

『パパイラスの舟』では、ダシール・ハメットはまだ主役ではありません。夫婦探偵小説の原型についてまとめた第二章「天国どころか大時化《しけ》だ！」で、ハメットが最後の長篇小説『影なき男』に登場させた、酒びたりの有閑紳士風私立探偵、ニック・チャールズとその美貌の妻ノラの名コンビをちらっと紹介し、第十五章「パラノイアックな紙魚」で、ハメット研究の先駆者の一人であるウイリアム・Ｆ・ノーランが作成した詳細なハメット書誌（一九六九年刊の*Dashiell Hammett : A Casebook*）にくわしく触れただけでした。

ハメットについて語れるだけの勉強がまだできていないことに充分気づいていたからでしょう。出張先のモンタナ州の鉱山町での荒仕事を活写した『赤い収穫』（初長篇）の主人公であるサンフランシスコの名無しの探偵、コンチネンタル・オプ、ジョン・ヒューストン＝ハンフリー・ボガートのコンビでつくられた不滅の映画『マルタの鷹』で小説より先に知ることになったタフで非情な私立探偵ヒーロー、サム・スペード、『ガラスの鍵』に登場する、悪徳の街の賭博師、ネド・ボーモンというハメットが長篇で活躍させた三人の立役者は、『パパイラスの舟』ではまだ名前さえ触れていなかったのです。

ダシール・ハメットは、よく知られている二人のアメリカ作家、アーネスト・ヘミングウェイ、ウイリアム・フォークナーと同じ時代を生きた作家でした。生年は、ハメット（一八九四年）、フォークナー（一八九七年）、ヘミングウェイ（一八九八年）の順で、三人とも十九世紀末に生まれました。没年も接近しています。ハメットが六一年一月に肺癌のため世を去った半年後に、長いあいだ患っていたヘミングウェイが衝撃的な自殺を遂げ、フォークナーはその翌年に亡くなりました。たんに同時代を生きただけでなく、実際にこの三人は親交もあり、いろいろな逸話も残っています。

晩年の一九五六年、ニューヨーク州北部の地方紙に載ったあるインタビュー記事の中で、ハメットは、「ヘミングウェイ（の小説）は少ししゃべりすぎだ。『老人と海』はまずまずだが」と述べ、フォークナーを現代アメリカの最高の作家と称賛しています。「いくぶん感傷的だったが、不運な服役の件についてはいっさい弁明しなかった」と、記事をまとめた記者が記していたのが印象的でした。新聞や雑誌記事の切り抜きサービス業者と契約していたハメットが、娘のジョーに送ったこの切り抜き記事は、二〇〇一年に刊行された『ハメット書簡集』の中で見つけたものです。

2

一八九四年五月、メリーランド州の貧しい農家に生まれたダシール・ハメットは、実業高校を中退後、職を転々としたのち、一九一五年にピンカートン探偵社に入社。月給は二十一ドルだったと伝えられています。

ハメットは、一九一八年六月、志願して陸軍に入隊しますが、肺疾患のため病院暮しを繰り返し、一時ピンカートン探偵社に復帰しましたが、一九二二年に退社。独学と読書を頼りにプロの作家をめざす修業時代が始まりました。

ダシール・ハメットの青春時代や物を書き始めた頃の話は「チューリップ」の訳注や発表年代順に配列した各収録作品の解説にも記しましたが、とりわけ物書きデビューの頃の話は「ハメットの修業時代」〈HMM〉二〇〇五年六月号）という記事でくわしく触れたことがあります。不要な部分は一部割愛し、ほぼ全文をここに再録させていただきます。この一文の末尾には、ハメットの署名入りで活字になった初めての短篇小説の全文もついています。頑迷な夫とわがままな息子を棄てて自由な旅に出る自立心の強いヒロインを描いた一分で読める小話をお楽しみください。

一九二二年初頭、ダシール・ハメットの作家をめざした修業時代については、ウィリアム・F・ノーランが『ダシール・ハメット伝』（晶文社）でかなりくわしい追跡調査をおこなっている。「ハメットが（商業雑誌に）投稿した原稿は短く、内容もとりとめなく、ただ体裁よく言葉を並べたものにすぎなかった」のでなかなか採用されなかったが、ジョージ・ジーン・ネイサンとH・L・メンケンが共同編集に当たっていた〈スマート・セット〉誌の一九二二年十月号に、初めて署名入りの小品「最後の一矢」が掲載された。ノーランはこれ以前にも無署名の小品がいくつか採用になっていたのではないかと推測している。

たいへん短い作品なので、この「最後の一矢」を末尾に付しておいた。このタイトル（パルティア人騎兵が退却しながら後方に放った矢の意）は、夫と息子を棄てて西部へ向かった若い母親が、息子に与えた洗礼名（ドン・キー＝ろば）を指していると、ノーランは指摘している。もう一つ興味深いのは、「理髪店の主人とその妻」の結びと「最後の一矢」のオチが共通していることだろう。ひとりよがりな夫を、妻が棄てるという新鮮な発想をハメットはおもしろがったのだと言えそうだ。

ハメットの署名入りのスケッチ風の小品は〈スマート・セット〉の次号にも掲載され、翌一九二三年八月号にはKKK団を諷刺したメアリー・ジェーン・ハメット名義の〝The Crusader〟「怪傑白頭巾」が、同年十月号には〝The Green Elephant〟「厄介なプレゼント」がおさめられた。

高級文芸誌〈スマート・セット〉のかたわら、ロマンス小説専門のパルプ誌〈ソーシイ・ストーリイズ〉の編集にも携わっていたネイサンとメンケンはボツにしたハメットの作品をこっちへまわしたりもしている。それが同誌掲載の"The Dimple"「死体置場」だったのかもしれない。

この時期ハメットはフィラデルフィアに本社を置く〈プリーフ・ストーリイズ〉という通俗読物小説専門のパルプ誌にも原稿を送りつづけ、「理髪店の主人とその妻」をふくむ五篇が掲載された。

このパルプ誌（編集長、ウィリアム・コーフォード）は一九二一年七月に創刊され、一九三〇年五月号までつづいた（欠号あり）が、ハメットの作品が掲載されている号には現在二百五十ドルから五百ドルの高値がついている。

作家としての修業時代に、ネイサンとメンケンの二人に少しでも名前と作品をおぼえられたことは、ハメットにとって大きなプラスとなった。この二人が、表面に立たずに創刊の準備を進め、一九二〇年四月に発足した読物パルプ誌が、のちにハメットの主戦場となるあの〈ブラック・マスク〉だったのである。

大成功をおさめ、この年のうちに発行部数二十五万部に達した〈ブラック・マスク〉をネイサンとメンケンは一万二千二百五十ドルで売却してしまった（……新しいクズ雑誌の成功のおかげで私たちはうんざりするような仕事を山のようにかかえ……この雑誌に送られてくる原稿を読む仕事にはぞっとする)。

だが、ハメットにとっては、メンケンに教えられたこの新しいパルプ誌も原稿を送りつける有力な候補の一つになった。

ピーター・コリンスン名義で書いた"The Road Home"「帰路」がまず一九二二年十二月号に採用された。そして、一九二三年十月一日号に"Arson Plus"「放火罪および……」――これが、探偵コンチネンタル・オプの記念すべき初登場短篇だった。

修業時代を終えたダシール・ハメットのプロの物書き人生がここから始まる。

〔付記〕文中にあるノーランの〝指摘〟には若干の注釈が必要かもしれません。キーという姓の男と結婚した女性が、夫と息子を捨てて旅立つ前に、だいじな跡とり息子を「ドン」と名づけたため、彼の名前は「ドンキー」(＝愚か者の意)になってしまったということです。「最後の一矢」は「最後っ屁」のことでしょう。

(二〇一五・八・二六記)

最後の一矢　*The Parthian Shot*

　息子が生後六カ月を迎えたとき、ポーレット・キーは自分の願いと努力もむなしく、赤ん坊がまちがいなく、いかんともしがたいほど父親似であることに気づいた。肉体上の類似はなんとか我慢できても、ハロルド・キーの愚かな頑固さまでがそっくりなことは——まだ満足に口もきけない赤ん坊が食べ物やオモチャをねだるときのひたむきさにあらわれていた——ポーレットにとっては耐えがたいことだった。こんな性格の二人の男性とは絶対に一緒に暮らしていけない！　一年半つづいたハロルドの支配力も彼女を完全に征服するまでにはいたらなかった。彼女は幼い息子を教会へ連れて行き、洗礼を施してドンと命名し、乳母に息子を家に連れ帰らせ、自分は汽車に乗って西部へ旅立った。

3

あと一つ、前に発表したまま単行書には一度も再録しなかった記事を、少し長めに、初出時のまま引用させてください。

一九八三年に、リリアン・ヘルマンのお墨つきを得て、女流作家、ダイアン・ジョンソンが書き上げた評伝『ダシール・ハメットの生涯』（一九八七年、早川書房刊）の翻訳作業が大詰めにさしかかっていた頃、私は「『影なき男』の頃のハメット」と題したこの一文を書きました〈HMM〉一九八七年四月号）。物書きとして最も充実していた三年間のあと、物を書けなくなってからのハメットの人生を非情な目で見つめている同書の第九章、第十章を参照したものでした。

一九三四年一月にクノップフ社から刊行された『影なき男』は、ハメットとヘルマンの出会いがなければけっして陽の目をみなかったであろう作品である。あるいはまったく別の作品になっていたはずだ。

そして、この本が現在の形で刊行された一九三四年は、異なる人生のなかでめぐりあった男と女――ハメットとヘルマンにとって、大きな分岐点となった年でもある。物書きとしてのハメットにとっては、その年が頂点であり、あとは下り坂しか待っていなかった。一方のヘルマンにとっては、その年十一月のニューヨーク公演で大好評を博した『子供たちの時間』によるデビュー年、劇作家としての輝かしいスタート台に立った年だった。

ハメットとヘルマンの出会いは、一九三〇年末ということになっている。正確な場所や日付はふたりもおぼえていないので、「三〇年末ということにしておこう」ときめたのだ。

ハメットはその年の二月に、四つめの長篇『ガラスの鍵』を書きあげていた。最後の仕上げに〝三十時間ぶっとおしのマラソン〟のような作業をしたと洩らしている。（中略）

だが『ガラスの鍵』の刊行は予定より遅れ、翌年に持ち越された。イギリス版が一月、アメリカ版が四月だった。ハメットはこの小説を、愛人だった女流作家、ネル・マーティンに捧げている。献辞を彼女に捧げようときめたときは、まだリリアン・ヘルマンとは出会っていなかったにちがいない。しばらくあと、ヘルマンはネル・マーティンの小説をこっぴどくけなしてハメットを怒らせるが、ハメットとネルの仲はしだいに冷めていった。

『ガラスの鍵』を完成させた直後、ハメットはただちに『影なき男』と題したハードボイルド・ミステリを書きはじめた。だが、ダブル・スペースでタイプ用紙六十五枚まで書き終えたところで、ハメットの手はとまった。『ガラスの鍵』の刊行延期がきまり、次作の刊行もかなり先にのびそうな情勢だったので、仕事に情熱を失ってしまったのだろう。てっとり早く手にはいるカネもほしかった。

「実際には『影なき男』はまだ存在せず、やっと書き始めたばかりだった。未完成の作品に生計を頼る傾向はこのとき始まった。計画が先走り、あたかも〝既成事実〟であるかのように、思いつきや夢が先行した」と、ダイアン・ジョンスンは手きびしい。

「これがぼくの最後の探偵小説になることを神様もお望みのようです」とハメットは、一九三一年四月末のヘルマンあての手紙に書いている。（中略）

ハリウッドで、作家やスターや遊び人たちと飲み明かし、財布が空になったハメットから「カネオクレ」の電報が再三届いた。送金と同時にクノッフは、「一刻も早く原稿がほしい」と電報を打ちかえした。ハメットは深酒に溺れ、淋病にかかり、結核が再発し、狂言自殺も試みた。リリアンはハリウッドに帰ってきたが、そんなハメットにはとりあわなかった。彼は秋にニューヨークにもどり、ウィリアム・フォークナーと親しい飲み友だちになった。

三二年五月、リリアンは正式にアーサー・コーバーと離婚し、ヘルマン姓にもどった。一方、カネをつかいはたしたハメットは、ホテル・ピエールから偽装して逃げだし、『イナゴの日』のナサニエル・ウエストが経営する、東五十六丁目のサットン・クラブ・ホテルにもぐりこんだ。文無し文士たちが常宿にしているホテルだった。

旧作の焼き直しやいくつかの新作短篇で糊口をしのぎながら、ハメットはサットンでやっと本腰をいれて『影なき男』にとりかかった。六十五枚まで書いた第一稿は完全に放棄し、まったく新しい設定と登場人物を用いて書きはじめた。（中略）

『影なき男』は三三年五月に完成した。ハメットとリリアンは、休養のためにフロリダへ赴き、キャンプ、魚釣り、酒びたりの気ままな生活を送った。リリアンは戯曲の創作に打ちこみ、ハメットは〝先生役〟をたのしんだ。「すばらしい年だった」とリリアンは述懐している。もしこのふたりに蜜月があったとしたら、それはこの年のフロリダ暮しだった。

雑誌にのったコンデンス版が前景気をあおり、刊行前にＭＧＭが二万一千ドルで映画化権を取得。翌年一月に刊行された『影なき男』は三週間で二万部が売り切れた。

「わたしがノラだと教えられたときはとてもうれしかった……だけどすぐにおちこんでしまった。この小説の中のわたしは、バカな女で、おまけにあばずれだと、ハメットにいわれたのだ……すごく不安になった。彼によく思われたかった。たいていのひとが同じことを願った」

献辞を捧げられたヘルマンの、素直な感想である。だがそれなら、ハメット自身に生き写しのニック・チャールズはどんな男だというのだろう。あれが男の規範といえるのだろうか。その年、ハメットの年収は八万ドル。成功した名士作家誕生の年だった。大当りをとった映画『影なき男』が公開された六月、ハメットは四十歳。それが彼の絶頂期だった。


彼はなぜ書けなくなったのか、という架空の相手からの質問にこたえるかたちで、ハメットの次女ジョーは彼女の回想記を次のように結んでいます。

「メインストリームの作家たらんとする思いが強すぎたからかな。作品を書きあげてしまうと、その結果と向き合わざるを得ない。それが怖かったのかもね。

パパは六人分ぐらいの人生を生き、言いたいことは言いつくした。口を閉ざすべき時だったのよ。「チューリップ」の結びの一節にあるようにね。

——疲れたら休むことだ。それがいい。そして自分自身やあなたの読者を、色つきのシャボン玉でだまそうなんてしないことだ——

つまり、書くのをやめた作家がひとりいたというだけのこと。ただし彼は、小説を書かないことについての小説を書きつづけていたんだけど」

4

「彼の人生の大半は乱痴気騒ぎの冒険的なものだったが、彼は充分それを愉しんで過ごした。彼は学び、学んだことを実行した。尊厳にたいする人間の権利を信じ、いついかなるときも、自分自身のゲームをおしとおした……彼は、単純明快な名誉と勇気の男だった」

（リリアン・ヘルマンの弔文より）


「彼の人生におけるヒロイズムは、彼自身のホレイショ・アルジャー式の成功にあるのではなく、カネも才能も消えてしまったあと、成功のあとの長い歳月に示されている。人の真価を証明するのは、長い空白の歳月なのだから」

（ダイアン・ジョンスン『ダシール・ハメットの生涯』より）

前にも別の本の「あとがき」で引用したことがあるのですが、ダシール・ハメットをただ作家としてではなく、己れの信念を貫き通した一人の男性としてじっくりと見つめた二人の女性の印象的な言葉をここで紹介させていただきました。

本書にはこのあとがきの中で紹介したダシール・ハメットのデビュー作である掌篇「最後の一矢」は別にして、日本では単行本初収録の遺作「チューリップ」を筆頭に合わせて十一篇の中短篇小説を収録しました。このうちの「休日」「暗闇の黒帽子」「闇にまぎれて」の三篇は、本書のために新たに訳稿をおこしたものですが、残りの八篇中七篇は一九七七年から二〇一一年にかけて〈HMM〉に訳載されたものです（一篇のみ〈エスクァイア日本語版〉掲載）。早川書房のそのつどの編集担当者および新たに翻訳した三篇の綿密な翻訳チェックでご協力いただいた翻訳家、松下祥子さん、本書刊行に多大なご尽力をいただいた草思社の木谷東男氏に深く感謝いたします。

私事ばかりを書き連ねることになりますが、ハメットが世を去った一九六一年に、私は筆名で商業誌デビューを果たしました。そして、その雑誌〈マンハント〉にハメット追悼文を書かせてもらったのが、そもそもの事の始まりでした。

本書巻頭に掲げた遺作「チューリップ」を初めて活字にして収録したリリアン・ヘルマン編の短篇集 *The Big Knockover* が一九六六年に刊行されたのがきっかけとなり、生前果たされなかったハメット復権の動きが急速に高まったのが六〇年代後半から七〇年代にかけてのことでした。七〇年代末になってやっと本腰を入れてハメットと取り組み始めた私は、一九七八年から連載を開始した「EQアメリカーナ」の後半をもとにして一書にまとめた『ハードボイルド・アメリカ』（一九八三年、河出書房新社刊）では四つの章をハメットのために割き、〈翻訳の世界〉での連載（一九八〇年から）をまとめた『アメリカ語を愛した男たち』（一九八五年、研究社出版刊→筑摩文庫）の中でも、ハメットが用いたアメリカ語について一章を設けました。

私の初めての〝ハメット本〟となったスティーヴン・マーカス編の短篇集『コンチネンタル・オプ』の解説で、私はオプ物語を「仕事だけが生きがいのプロの探偵が、彼の目にうつった事柄をありのまま上司に報告する興味深い調査報告書のようなものだとうけとめている。その調査報告書の内容と衝撃力をもった独特の語り口、随所に織りこまれている生の口語体による会話の魅力が、出来のいい読物として、読者である私の興味をそそる／ハメットはそういう方法で、アメリカ文学に、新しい、固有の一ジャンルを切りひらいたのだ」と記しました。

若干つけ加えておけば、オプは〝世直し保安官〟でも〝白馬の騎士〟でもありません。むしろ〝策士〟〝陰謀家〟と呼ぶほうがふさわしいでしょう。本書には、これまでに刊行された日本独自のハメット短篇集には収録されなかった「暗闇の黒帽子」「裏切りの迷路」「焦げた顔」の三篇を収録しました。

今世紀に入ってふたたび盛り上がりをみせているハメット研究の趨勢と私自身のかかわりについては、『アメリカ・ハードボイルド紀行』（二〇一一年、研究社刊）におさめた「ハメット没後五十周年に寄せて」という記事の中でくわしく触れました。

この記事の最後である読書イヴェントの課題本に『マルタの鷹』が選ばれたというネタをもとにして私は「『マルタの鷹』はついにアメリカ文学の古典となったのだ」と結んでいます。ついにそう言い切ったとき、いささか面映い感じがしないでもなかったのですが。

八〇年代以降、私はダシール・ハメットの五作の長篇小説、大部の二つの評伝、いくつものハメット短篇集の翻訳や編訳、雑誌でのハメット特集の仕事などをこなしてきました。大本命である『マルタの鷹』の改訳決定版という責務も果たしました。

そして、いまとり組んでいる本短篇集が、私のハメット関連の最後の仕事ということになりそうです。長年にわたって私の仕事を見守り、励ましてくださった読者の方々には、ただ「ありがとう」と頭を垂れるのみです。本書をきっかけに、新たにダシール・ハメットという希有な作家の世界への関心を駆き立てられた新しい読者の方々には、楽しく刺激的な旅となることを祈ります。

ダシール・ハメットへの尽きせぬ敬愛の念とさらなる関心を熟成させながら過ごしてきた長い歳月をいま振り返りつつ、ここに筆を措きます。

二〇一五・六・十二

小鷹信光

著者略歴――

ダシール・ハメット （Dashiell Hammett）

『マルタの鷹』『血の収穫』などが代表作のハードボイルド・ミステリー作家。1894年アメリカ生まれ。1961年没。親はポーランド系の移民で農家。フィラデルフィアとボルチモアで育つ。貧しかったので13歳ぐらいから職を転々としたあと、有名なピンカートン探偵社につとめ後年の推理作家の基盤を作った。両大戦への軍役、1920年代の「ブラックマスク」への寄稿から始まる人気作家への道、共産主義に共鳴したことによる服役、晩年は過度の飲酒や病気等で創作活動はとだえていた。

編訳者略歴――

小鷹信光 こだか・のぶみつ

1936年岐阜県生まれ。ハードボイルドを中心としたミステリ評論家、翻訳家、アンソロジスト、小説家。早稲田大学第一文学部英文科卒業。ワセダミステリクラブに所属し、在学中から評論活動を開始。医学書院に勤務する傍ら、翻訳家としても活動を開始。テレビドラマ『探偵物語』の原案者であり、小説版も手がけた。2007年、『私のハードボイルド』（早川書房）で日本推理作家協会賞を受賞。

著書『アメリカン・ヒーロー伝説』『アメリカ語を愛した男たち』（ちくま文庫）『私のペイパーバック』（早川書房）『アメリカ・ハードボイルド紀行』（研究社）など。翻訳書『人狩り　悪党パーカー』（リチャード・スターク著）『郵便配達夫はいつも二度ベルを鳴らす』（ジェイムズ・M・ケイン著）『マルタの鷹』『赤い収穫』（ダシール・ハメット著）（いずれもハヤカワ・ミステリ文庫）など。

チューリップ ダシール・ハメット中短篇集

2015年11月18日　第1刷発行

著　者　ダシール・ハメット
編訳者　小鷹信光
装幀者　平野甲賀
発行者　藤田　博
発行所　株式会社 草思社
〒160-0022　東京都新宿区新宿5-3-15
電話　営業 03（4580）7676　編集 03（4580）7680
振替　00170-9-23552

本文組版　株式会社 キャップス
印刷所　中央精版印刷株式会社
製本所　大口製本印刷株式会社

ISBN978-4-7942-2156-8 Printed in Japan　検印省略

http://www.soshisha.com/